D1501063

Ariel

Letras Hispánicas

José Enrique Rodó

Ariel

Edición de Belén Castro

QUINTA EDICIÓN

CÁTEDRA

LETRAS HISPÁNICAS

1.ª edición, 2000
5.ª edición, 2009

Ilustración de cubierta: *Ariel,* de J. A. Fitzgerald

© Ediciones Cátedra (Grupo Anaya, S. A.), 2000, 2009
Juan Ignacio Luca de Tena, 15. 28027 Madrid
Depósito legal: M. 40.170-2009
I.S.B.N.: 978-84-376-1791-6
Printed in Spain
Impreso en Fernández Ciudad, S. L.
Coto de Doñana, 10. 28320 Pinto (Madrid)

Índice

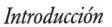

Introducción

José Enrique Rodó a los veintiún años.
(Foto Chute & Brooks, Montevideo.)

Ariel es un ensayo crucial en varios sentidos: se publicó en 1900, cuando expiraba el siglo en que se gestó el concepto y el nombre de América Latina y cuando, tras la independencia y la dificultosa delimitación de las nacionalidades que hoy conocemos, se afrontaba la doble tarea de definir una identidad cultural y de lanzar a las jóvenes sociedades hacia su modernización. El siglo XX todavía era un enigma, pero algunos, como Martí o Rodó, supieron expresar sus anhelos y reservas ante una realidad compleja en profunda transformación y, sobre todo, su alarma ante la amenaza de los Estados Unidos del Norte, un país que para muchos brillaba como el paradigma de la modernidad, pero que iniciaba su decidida expansión económica y política hacia el sur, donde aún la organización y la modernización eran procesos incipientes y desigualmente arraigados en países con graves problemas internos.

La reflexión que promueve José Enrique Rodó en *Ariel* es en gran medida una respuesta a la amenaza del «gigante del norte», y un rechazo del modelo utilitario y materialista anglosajón desde las trincheras ideológicas de un latinoamericanismo que se enraíza en la cultura humanística, reducto de la inteligencia y la razón, del espíritu y del idealismo. Pero en última instancia, su libro contiene una respuesta más amplia al fenómeno de la modernización que transformaba las mentalidades y las prácticas sociales exigiendo rápidos reajustes. Mientras otros contemporáneos se cierran al fenómeno modernizador, Rodó asume el riesgo de pensar en el torbellino, en el vértigo de la aceleración: es un moderno que, sin renunciar a algunos valores tradicionales, actúa a la vez como agente conductor de los nuevos procesos y como crítico de los mismos. Entre el silencio creador y estético del «reino interior» y los espacios públicos donde impera la «prosa» y el mercadeo de bienes e ideas prácticas, Rodó desarrolla su trabajo literario, que es el de uno de los primeros intelectuales modernos del mundo hispánico.

En su monografía sobre José Enrique Rodó, su compatriota Mario Benedetti escribía: «La peor injusticia que puede cometerse con respecto a Rodó, es no ubicarlo, al considerar y juzgar su obra, dentro de un proceso histórico»[1]. Las páginas que siguen se proponen trazar las líneas generales que nos permiten acceder a la atmósfera cultural en que Rodó se formó y desarrolló su trabajo intelectual, del que su ensayo *Ariel* fue y sigue siendo su obra más leída y divulgada.

HACIA JOSÉ ENRIQUE RODÓ

Trayectoria vital, textos y contextos

Nació José Enrique Rodó en la Ciudad Vieja de Montevideo, el 15 de julio de 1871, y fue el menor de los ocho hijos que tuvieron la uruguaya Rosario Piñeyro Llanas y José Rodó Janer, catalán de Tarrasa, donde su familia había tenido una industria textil[2]. Don José Rodó había vivido un año en Cuba antes de establecerse en 1842 en Montevideo, donde trabajaba como procurador y compartía la amistad de destacados intelectuales uruguayos (Andrés Lamas, Manuel Herrera y Obes) y de exiliados argentinos de tendencia unitaria (Florencio Varela, Miguel Cané, Juan Bautista Alberdi), que se refugiaron allí de la persecución de Rosas. La familia materna de

---

[1] Mario Benedetti, *Genio y figura de José Enrique Rodó*, Buenos Aires, Eudeba, 1966, pág. 99.

[2] Existen detalladas biografías de Rodó: la de Víctor Pérez Petit, *Rodó. Su vida. Su obra* (2ª ed.), Montevideo, Claudio García y Cía. 1924, y la menos conocida de Eugenio Petit Muñoz, *Infancia y juventud de José Enrique Rodó*, Universidad de la República, Departamento de Publicaciones, 1974. También la introducción de Emir Rodríguez Monegal a las *Obras completas* de Rodó y el libro de Wilfredo Penco, *José Enrique Rodó*, Montevideo, Arca, 1987. De esta información selecciono sólo algunos datos imprescindibles para comprender la trayectoria intelectual de Rodó en su tiempo.

Rodó, constitucionalista, principista y con simpatías políticas por los unitarios argentinos en el rechazo común a Rosas, establece ese vínculo que será determinante en la formación de nuestro autor.

Cuando nace José Enrique la ciudad modernizaba su paisaje urbano, y ya el tranvía atravesaba calles populosas: tenía unos 100.000 habitantes, de los cuales un considerable número eran inmigrantes europeos llegados al Río de la Plata para trabajar en las primeras industrias, en las vías férreas y en los campos. Eran los tiempos en que la vida gaucha, nómada y tradicional, llegaba a su fin, desplazada por la incipiente modernización de la ganadería y la roturación de la pampa, cuyo paisaje se transformaba por efecto de la agricultura y del ferrocarril. La tradición gauchesca, iniciada en la zona con Bartolomé Hidalgo en los tiempos de la independencia, continuará como una evocación de aquella forma de vida en vías de desaparición, mientras en el plano de la literatura culta conviven los neoclásicos tardíos y los románticos.

La política uruguaya buscaba con poco éxito soluciones acordes con esos nuevos tiempos en que los antiguos sectores rurales sufrían marginaciones y desajustes. Mientras desde la Universidad y las instituciones de la capital se hacía valer la Constitución de 1868, con el deseo de desarrollar una vida civil acorde con las teorías del liberalismo económico, la población del interior se levantaba en varias revoluciones capitaneadas por caudillos rurales que reivindicaban sus intereses frente al gobierno. La Guerra Grande enfrentó a la facción del presidente, Lorenzo Batlle, del Partido Colorado, principista y constitucionalista, con el caudillo revolucionario Timoteo Aparicio, bajo la enseña blanca que identificaba la ideología tradicionalista del Partido Nacional[3]. «Blancos» y «colorados», enfrentados por intereses contrapuestos a lo largo del proceso modernizador y democratizador, protagonizarán los mayores acontecimientos de la política uruguaya hasta los pri-

---

[3] El Partido Blanco fue fundado por Manuel Oribe, aliado del «restaurador» argentino Rosas. Sus seguidores se integraron posteriormente en el Club Nacional, luego Partido Nacional.

meros años del siglo XX. Rodó, en la tradición familiar, actuará, no sin problemas y desacuerdos, desde el Partido Colorado. De este modo el periodo modernizador se irá abriendo paso dificultosamente entre 1875 y 1910, en un clima caótico de agitaciones políticas y guerras civiles que enfrentan a «civilistas» y «candomberos»[4] y actualizan el viejo esquema civilización/barbarie de Sarmiento[5], que aun subyace en *Ariel,* aunque ampliado con nuevas matizaciones. Episodios violentos como el atentado contra el dictador Máximo Santos (1886) o el asesinato de Juan Idiarte Borda (1897) estremecen el naciente clima de bienestar económico que propician el liberalismo, las inversiones extranjeras y la orientación productiva y materialista de una incipiente burguesía montevideana.

La biografía de Rodó, salvo dos o tres acontecimientos aislados, refleja una vida estrechamente unida a su escritura y a sus actuaciones públicas. Las imágenes personales y biográficas que hemos heredado, congeladas en el bronce, en el mármol, en los pergaminos oratorios o en las fotografías que desde niño lo representaron serio y pensativo, marcan la progresiva oficialización de su faz pública como adusto «Maestro de la juventud de América» en detrimento de otras posibles imágenes donde pudiera, al menos, encontrarse el latido de su vida interior, o los trazos de una biografía cotidiana entrelazada con los avatares de la vida montevideana. Mientras los detalles biográficos de otros coetáneos forman parte inseparable de su producción literaria y agrandan la aureola de su creatividad con pinceladas de una originalidad bohemia y escandalosa (piénsese en la fotografía de Herrera y Reissig con su «recado» de morfina, en el trágico fin de los días de Delmira Agustini, escabrosamente publicados en la prensa, en las ma-

---

[4] José Pedro Barrán, *Historia Uruguaya. Apogeo y crisis del Uruguay pastoril y caudillesco (1835-1875)*, tomo 4, Montevideo, EBO, 1969-1977. Aparte de la designación de la facción política que representaba los intereses tradicionalistas y populares, el término *candombero* (derivado del *candombe*, nombre del carnaval uruguayo, con marcados rasgos folklóricos africanos) fue usado peyorativamente contra las manifestaciones de la cultura no letrada.

[5] Hugo Achugar, *Poesía y sociedad (Uruguay 1880-1911)*, Montevideo, Arca, 1984, pág. 58.

nifestaciones anarquistas de Roberto de las Carreras arremetiendo contra la moral burguesa y proclamando el amor libre, o en la vida industriosa y solitaria de Horacio Quiroga en la selva de Misiones), la vida de Rodó contrasta por sus neutros tintes de solterón un tanto misógino, de costumbres austeras, preservadas por una absoluta discreción[6].

La llamada *generación uruguaya del 900*, al fin y al cabo, es una suma de heterogeneidades unidas bajo la experiencia común del modernismo, un movimiento al que cada uno de sus integrantes imprimió su sello particular[7]. El grupo se inició en la vida intelectual del país en un momento crítico y a la vez fecundo de arraigo de la vida burguesa y de aperturas del positivismo a nuevas tendencias filosóficas[8]. La Generación uruguaya del Ateneo, romántica, y la realista, dejaba paso a un panorama más amplio donde tanto se manifiesta el gusto parnasiano y decadentista como se lee a Bakunin y a Marx.

En Europa algunos observadores del panorama filosófico habían empezado a diagnosticar la crisis de la ciencia y de la democracia, las dos mayores conquistas del siglo XIX, sustentadas por el evolucionismo de Darwin y de Herbert Spencer que, si bien sirvió a una primera etapa racionalizadora para eliminar los vestigios del atraso intelectual y de la vieja metafísica, comenzaba a suscitar reacciones. El determinismo crítico de Taine, las patologizaciones del arte de Nordau y la divulgación de las teorías criminológicas de Ferri y Lombroso asfixiaban los impulsos individuales y limitaban la visión de la realidad a una cadena de leyes inexorables. Tendencias positivistas especialmente desfavorables para América fueron la

---

[6] Véase su breve texto «¿Mi autobiografía?», *Obras completas*, pág. 1.176.

[7] Las grandes figuras de la Generación del Novecientos, junto a Rodó, son Horacio Quiroga, Delmira Agustini, Julio Herrera y Reissig, Florencio Sánchez, Carlos Reyles, Javier de Viana y los hermanos Carlos y María Eugenia Vaz Ferreira.

[8] Véase Carlos Real de Azúa, Emir Rodríguez Monegal y Jorge Medina Vidal, *El 900 y el modernismo en la literatura uruguaya*, Montevideo, Fundación de Cultura Universitaria, 1973. Un panorama general del modernismo uruguayo se encuentra también en Antonio Seluja Cecín, *El Modernismo literario en el Río de la Plata*, Montevideo, 1965.

raciología y la moda de la psicología colectiva, representada por Le Bon en sus *Leyes psicológicas de la evolución de los pueblos* (1894), de donde se infería que las naciones con componentes mestizos o de razas consideradas inferiores quedaban irremisiblemente condenadas al atraso material, moral y político. Esa interpretación racista, que daba supremacía a los anglosajones de Norteamérica, explicaba el auge de las dictaduras latinoamericanas (es la época de Cipriano Castro, Manuel Estrada Cabrera, Tomás Regalado, Juan Isidro Jiménez y Porfirio Díaz) o, como vio César Zumeta en *Continente enfermo*, propiciaba las invasiones extranjeras, que algunos criollos deseaban como la fórmula óptima para el desarrollo nacional, por obra de la fascinación que ejercía aquel asombroso progreso material (Martí la llamó *yanquimanía*; Rodó, *nordomanía)*, y bajo los subterfugios del panamericanismo.

Algunos pensadores de formación positivista reaccionaban contra el determinismo y el dogmatismo de la ciencia, contra la desacralización del mundo y la insignificancia del individuo, y evolucionaban hacia posiciones menos intelectualistas. Fue el caso de Guyau, Fouillée, Boutroux, Renouvier o Bergson, que buscaron armonizar sus posiciones iniciales restituyendo al ser humano su dimensión espiritual, su originalidad personal y, sobre todo, en el caso de Nietzsche, cifrando en la voluntad el triunfo sobre todo determinismo mecanicista y sobre los límites de la reductora sociología del momento. Renan, con su individualismo aristocrático temeroso de las masas ascendentes, y Carlyle, con su teoría de los héroes en el mundo moderno, anticiparon una reacción a la que se sumarán las voces neoidealistas de Édouard Rod, Paul Bourget y Ferdinand Brunetière. Este último, director de la *Revue des Deux Mondes*, contribuyó a expresar las tendencias de muchos intelectuales hacia una restitución de los maltrechos ideales en su conferencia *La renaissance de l'Idéalisme* (1896), donde aseguraba que más allá de las evidencias científicas, del positivismo y del naturalismo, late un misterio que se expresa en el arte y en las costumbres como una búsqueda de nuevas fuentes de espiritualidad y de afirmación subjetiva. Brunetière aludía al simbolismo y a otras tendencias que hacían de la estética una nueva religión donde se rescataba el individualismo romántico y se reinterpretaban las leyes de la selección natural para justificar un individualismo heroico, la existencia del ser excepcional y óptimo; las «especies proféticas» superdotadas por la naturaleza a las que pertenecen los artistas, los genios, los héroes culturales: los que ven más allá que la muchedumbre y pueden guiar los rumbos de la sociedad[9].

Todos estos cambios espirituales, que inspirarían a Rodó las páginas de «El que vendrá» y *Ariel*[10], se sintieron en el Uruguay finisecular no como un fenómeno estrictamente mimético, sino como una lógica reacción contra el positivismo asentado en la enseñanza universitaria y contra el materialismo que se extendía en la vida social uruguaya. El mismo Rodó trazaba el panorama filosófico de su época con estas palabras:

> La *lontananza* idealista y religiosa del positivismo de Renan; la sugestión inefable, de desinterés y simpatía, de la palabra de Guyau; el sentimiento *heroico* de Carlyle; el poderoso aliento de reconstrucción metafísica de Renouvier, Bergson y Boutroux; los gérmenes flotantes en las opuestas ráfagas de Tolstoi y de Nietzsche; y como superior complemento de estas influencias, y por acicate de ellas mismas, el renovado contacto con las viejas e inexhaustas fuentes de idealidad de la cultura clásica y cristiana, fueron estímulo para que

---

[9] Todos estos nuevos pensadores influyen directa o indirectamente en Rodó, si bien suele hacerse un excesivo énfasis en el magisterio de Ernest Renan. Gordon Brotherston, en su introducción a *Ariel* (Cambridge University Press, 1967) señala, en cambio, su mayor proximidad con Alfred Fouillée, el autor de *L'Idée moderne du droit* (1878). Ante las dos tendencias predominantes, la aristocrática de Renan, Carlyle, Emerson, Taine, Nietzsche o Ibsen, o la democrática, representada por Comte, Quinet, Bagehot, Bérenger y Bourget, Fouillée y Rodó optan por una posición intermedia, liberal, que, sin negar el valor de la democracia, conceden al espíritu y al intelecto un papel protagonista y orientador («Introduction», *op. cit.*, págs. 4-6).

[10] Pese a las deudas de Rodó con el pensamiento neoidealista francés, «El que vendrá» guarda una profunda similitud con el «Prólogo al 'Poema del Niágara' de Juan A. Pérez Bonalde» (1882) de José Martí, y también evoca los párrafos finales del cuento de Darío «El rey burgués», donde se anuncia al genio venidero. En sus páginas también pueden encontrarse alusiones a la modernidad y a la democracia que anuncian *Ariel*.

convergiéramos a la orientación que hoy prevalece en el mundo (...) Somos los neoidealistas[11].

Alberto Zum Felde, que caracteriza este momento de vacío espiritual como una Decadencia donde laten diversas potencialidades, describe un panorama en el que destacan la reacción modernista-decadentista en literatura, el auge del anarquismo y el socialismo, divulgados por obreros inmigrantes y por la editorial Sempere de Valencia, y la bohemia, una forma de entender la cultura intelectual en la tertulia, la discusión y el intercambio, desafiando las costumbres burguesas[12]. Algunos escritores del Novecientos como Florencio Sánchez y Álvaro A. Vasseur participaron de esa bohemia y de las ideas anarquistas, mientras Herrera y Reissig o Roberto de las Carreras vienen a representar el modelo del decadente y del *dandy* selectivo, provocador y desdeñoso hacia su entorno. Rodó no frecuentó ni el café «Polo Bamba», donde discutían bohemios y anarquistas hasta la madrugada, ni la «Torre de los Panoramas», el cenáculo de Herrera y Reissig, quien no pareció apreciarle demasiado. Al parecer mantuvo una relación cordial con las mujeres de su generación, María Eugenia Vaz Ferreira y Delmira Agustini, así como con el filósofo Carlos Vaz Ferreira que sería, como Rodó, profesor de la Universidad. Su lugar más frecuentado, fuera de su despacho particular, fue la Biblioteca del Ateneo. Para Rodó, como para el maestro Próspero de *Ariel*, la vida estaba estrechamente ligada a los libros, al pensamiento y a la escritura.

La primera educación de Rodó, la más influyente en su orientación posterior, se produjo en el clima culto de su casa. Desde su niñez ya era un escritor con vocación de periodista. Eugenio Petit Muñoz fue el primero en tener acceso a los periódicos que, entre los nueve y los catorce años, Rodó escribía a mano, imitando incluso en la letra de imprenta, las colum-

---

[11] José Enrique Rodó, «Rumbos nuevos», *El mirador de Próspero*, *Obras completas*, pág. 521.

[12] Alberto Zum Felde, «El positivismo y el Modernismo» *Proceso intelectual del Uruguay y crítica de su literatura* (2ª ed.), Montevideo, Claridad, 1941.

nas y la publicidad el aspecto de los diarios, y evocando el tono de aquellos periódicos románticos que leía en la biblioteca familiar. Entre ellos estaban *El Iniciador de 1838*, el *Comercio del Plata* y *El Plata Científico y Literario*, documentos de la intelectualidad argentina en el exilio uruguayo. El primero de estos diarios de Rodó, titulado *El Plata* (2 de febrero de 1881), muestra su precoz preocupación política desde el bando constitucionalista. Rodó inventó un personaje, José Eugenio Candy, un desterrado, que reunía proféticamente las facetas políticas e intelectuales a las que aspiraba el niño Rodó[13]. Ya en la escuela «Elbio Fernández», en la que ingresó en 1882, publicó junto con otros compañeros *Lo cierto y nada más* (1883), ya litografiado, donde incluyó un artículo sobre Franklin. Ese mismo año lanzan la siguiente publicación, *Los primeros albores*, donde junto a un «Franklin» más acabado, apareció un artículo sobre Bolívar, primera versión infantil de un trabajo que, tratado con perspectiva adulta, verá sucesivamente la luz en la *Revista Nacional...* y en *El mirador de Próspero*, y que demuestra la devoción del Rodó latinoamericanista por el Libertador.

El conjunto de los periódicos que Rodó fue publicando con algunos compañeros del «Elbio Fernández»[14], y su continuación de *El Plata* («el diario íntimo del niño», escribe Petit Muñoz)[15], demuestran no sólo su precocidad y temprana politización, sino también la fragua de otras tendencias ideológicas que se expresarán en su edad adulta: su republicanismo, su defensa de la democracia, su tolerancia, su antimilitarismo y pacifismo, o el rechazo frontal a las dictaduras.

En 1883 tuvo que abandonar el prestigioso colegio laico y privado «Elbio Fernández» por la crisis económica familiar, y debió continuar sus estudios en un centro público. La situa-

---

[13] Véase E. Petit Muñoz, *op. cit.*, pág. 93.
[14] *La Democracia*, *El Defensor*, *El Pampero*, *El Patriota*, *El Ideal*, *El Aquilón* fueron sus títulos.
[15] E. Petit Muñoz, *op. cit.*, pág. 114. Algunos de sus temas: la Revolución Francesa como conquista de los derechos humanos, ataques contra el dictador Máximo Santos, homenaje a la batalla de Caseros, donde el tirano Rosas fue vencido por fuerzas argentinas, brasileñas y orientales, etc.

ción material se agravó hacia 1885, cuando, al fallecer su padre, se vio obligado a trabajar para ayudar a la familia, primero como escribano y luego, desde 1891, en el Banco de Cobranzas. Tal vez estas circunstancias, unidas a su desacuerdo con el sistema pedagógico y de exámenes, explican que no alcanzara el título de Bachiller, pese a sus altas calificaciones en Literatura e Historia, y que desde 1894 decidiera formarse como autodidacta.

En 1895 inició su actividad literaria adulta, al fundar con Víctor Pérez Petit y los hermanos Daniel y Carlos Martínez Vigil la *Revista Nacional de Literatura y Ciencias Sociales*, que, definida como una publicación amplia y ecléctica, inaugura el modernismo en Uruguay[16]. En sus páginas Rodó publicó artículos sobre Leopoldo Alas (quien por estas fechas ejercía sobre Rodó un verdadero magisterio a distancia), y sobre otros escritores españoles (Menéndez Pelayo, Federico Balart, Núñez de Arce) o hispanoamericanos (Juan María Gutiérrez, Juan Carlos Gómez, Guido Spano o Leopoldo Díaz).

En 1896 Rodó era ya un modernista que miraba tanto hacia la tradición literaria como hacia el futuro de la nueva literatura. Así lo demuestra la publicación de «El que vendrá» en la revista que dirigía, un texto marcadamente finisecular que su autor desdeñó pasados los años, donde manifestaba la extrañeza del fin de siglo ante la modernidad y declaraba la

---

[16] La importancia de la *Revista Nacional...* ha sido explicada por José Enrique Etcheverry en «La *Revista Nacional*» (*Número*, núms. 6-7-8, Montevideo, junio 1950), y debe analizarse en relación con la proliferación posterior de otras revistas del grupo: *La Revista*, dirigida por Julio Herrera y Reissig (1899-1900); *La Revista de Salto* (1899-1900), de Horacio Quiroga; *Vida Moderna* (1900-1903), dirigida por R. A. Palomeque y Raúl Montero Bustamante, o el *Almanaque Artístico del Siglo XX*, que publicó entre 1900 y 1903 textos de Herrera y Reissig, de Horacio Quiroga y de otros modernistas.

En la *Revista Nacional...* coexisten las líneas positivista y espiritualista con un americanismo continuador de *El Iniciador de 1838* y con las primeras manifestaciones del modernismo rioplatense: textos de Rubén Darío, Lugones, Jaimes Freyre, Leopoldo Díaz, Eugenio Díaz Romero y Luis Berisso, entre otros. Víctor Pérez Petit, a través de sus series «La lírica en Francia» y «Los modernistas», da noticias de la renovación literaria europea: Tolstoi, Ibsen...También firmó una reseña de *Prosas profanas* (10-II-1897) que antecede y en parte motiva la que publicará Rodó en 1899.

insuficiencia de las escuelas literarias vigentes para expresarla. La sustanciosa correspondencia que intercambió con Leopoldo Alas en estos años demuestra, aparte de una relación epigonal con el introductor de Carlyle en España, que empezaba a ser conocido también en España por su *Revista Nacional...*, aunque ésta, que había acumulado deudas, dejó de salir en junio de 1897, cuando llegaba a su número 60[17]. Entonces concibió la colección *La Vida Nueva*, una serie de folletos donde Rodó continuó publicando sus textos. En el primer opúsculo reprodujo «El que vendrá», junto con «La novela nueva», un trabajo sobre las *Academias* del narrador Carlos Reyles, que le sirvieron para ahondar en sus ideas sobre la complejidad del fin de siglo y en la necesidad de crear una literatura nueva, capaz de reflejarla con profundidad.

En 1898 se inicia su actividad política que, según confesó alguna vez, siempre le produjo frustraciones y desasosiegos. Desde la Juventud Colorada, donde militaba, apoyó en *El Orden* la candidatura a la presidencia de Juan Lindolfo Cuestas, hasta que entró en desacuerdo con su orientación política. Mientras tanto, gracias al apoyo de su antiguo profesor Samuel Blixen, entró a sustituirlo interinamente en la Cátedra de Literatura de la Universidad, cargo que desempeñará durante tres años. Al mismo tiempo trabajará en la oficina de Avalúos de Guerra. El desenlace de la guerra de Cuba en 1898 determinó la gestación de *Ariel*, pero mientras trabajaba en ese ensayo, publicó en 1899 el segundo opúsculo de *La Vida Nueva* con su estudio *Rubén Darío. Su personalidad literaria. Su última obra*, sobre *Prosas Profanas*. Esta crítica no ha dejado de ser valorada como una de las mejores aproximaciones a la obra del poeta nicaragüense y como un claro testimonio de la posición de Rodó respecto al modernismo.

Por fin, en febrero de 1900 apareció *Ariel* como tercer opúsculo de *La Vida Nueva*, y se produjo la primera consa-

---

[17] La posición crítica de Rodó, modernista, pero antidecadentista, y su descalificación de la moda rubendariana, en este momento, coincide con la de Alas. Véase Alfonso García Morales, *Literatura y pensamiento hispánico de fin de siglo: Clarín y Rodó*, Sevilla, Secretariado de Publicaciones de la Universidad de Sevilla, 1992.

gración del «Maestro de la juventud de América», que entonces tenía veintinueve años. Mientras recibía adhesiones de Europa y de los países de América, inició su interesante correspondencia con Unamuno, en quien encontró cierta resistencia a aceptar algunos planteamientos de *Ariel*, como la idea de latinidad que, en cambio, Altamira y Leopoldo Alas sí habían propiciado en la medida en que avivaba la hermandad intelectual hispano-americana, que tanto anhelaban restablecer tras la definitiva ruptura política. La intención de Rodó, como puede leerse en una de sus cartas a Unamuno, era claramente militante:

> He ambicionado iniciar, con mi modesto libro, cierto movimiento de ideas en el seno de aquella juventud, para que ella oriente su espíritu y precise su programa dentro de las condiciones de vida social e intelectual de las actuales sociedades de América[18].

Ese mismo año Rodó fue designado Director de la Biblioteca Nacional, cargo que ocupará durante dos meses, porque la política lo seguía reclamando. Firmó un manifiesto por la unificación del Partido Colorado y en 1901, desde el Club Libertad, del que fue cofundador y vicepresidente, consiguió unificar las posturas de Julio Herrera y Obes y José Batlle y Ordóñez. Sus artículos en *El Día*, el periódico dirigido por Batlle, demuestran que, mientras apoyaba el proceso democratizador de su partido, también defendía la independencia de su criterio. En 1902 salió electo Diputado de la Cámara de Representantes por el Partido Colorado, y por el absorbente trabajo parlamentario debió renunciar a su cátedra universitaria. Al año siguiente, Batlle accedía a la presidencia con los votos del sector «blanco» encabezado por Acevedo Díaz, mientras otro sector nacionalista, el del caudillo «blanco» Aparicio Saravia, se levantaba en armas y se iniciaba otra guerra civil. La situación afectó a Rodó, como puede verse en su correspondencia con Juan Francisco Piquet, a quien confesa-

---

[18] «Correspondencia», *Obras completas*, pág. 1.375.

ba su rechazo por el medio uruguayo, que consideraba violento y primitivo, opuesto en todo al talante de tolerancia y civilización que se postulaba en *Ariel:*

> Por aquí todo va lo mismo: guerra y miseria, caudillos y fanáticos, ríos de sangre y huracanes de odio. En todo eso, vida febril y en lo demás muerte y silencio. La literatura no da otras señales de vida que el aborto periódico de algún decadentoide revenido, en abominables opúsculos. (...) En fin, mi amigo, este ambiente no tiene otra *salida* que la de replegarse dentro de uno mismo en las horas que le deja a uno libres[19].

Pero al llegar la paz le horroriza igualmente el ambiente «carnavalesco» (¿calibanesco?) de Montevideo celebrando «la ignominia de la revuelta montonera»:

> No se puede transitar por las calles. Las hogueras y barricas de alquitrán calientan y abochornan la atmósfera y llenan de un humo apestoso. Los *judas* populares cuelgan grotescamente de las bocacalles. Los cohetes estallan entre los pies del desprevenido transeúnte (...) el graznido ensordecedor de las pandillas de compadres mancha los aires con algún ¡viva! destemplado o alguna copla guaranga, mientras murgas asesinas pasan martirizando alguna pieza de candombe (...) Pueblo histérico, pueblo chiflado...[20].

No extrañará entonces que en 1905 abandone la política para retomar el trabajo de *Motivos de Proteo*, la obra en la que invirtió mayores esfuerzos e ilusiones. Mientras se agudizaban sus problemas económicos y avanzaban las reformas radicales de Batlle, salió de nuevo a la prensa para polemizar desde el diario *La Razón* con el Dr. Pedro Díaz sobre la prohibición de imágenes religiosas en los hospitales de caridad. Los textos de la polémica aparecerán en 1906 en el folleto *Liberalismo y jacobinismo*, donde Rodó, que no fue un católico or-

---

[19] *Ídem,* pág. 1.348. Rodó pudo referirse al poeta Roberto de las Carreras, que ese año publicó *Oración pagana* y *Parisianas.*

[20] *Ídem,* pág. 1.350.

todoxo, expuso una amplia reflexión cultural sobre los valores solidarios del cristianismo y defendió una vez más las virtudes de la tolerancia. Por estas fechas ya era notoria su divergencia respecto a la política de Batlle, y en 1907, como presidente del Club Vida Nueva, apoyaba la candidatura de Claudio Williman a la presidencia de la República. Mientras empezaba a colaborar en *La Nación* de Buenos Aires como corresponsal, la política lo llamaba de nuevo. En 1908 fue electo nuevamente diputado, y, entre otros informes y mociones de tipo cultural, defendió «Sobre el trabajo obrero en Uruguay», un amplio estudio sobre el aún incipiente derecho laboral que ilustra indirectamente las condiciones de la vida obrera uruguaya a principios de siglo. También intervino como diputado en los conflictos fronterizos con Brasil.

En 1909, tras larga e interrumpida elaboración, se publicó en Montevideo *Motivos de Proteo*, cuya edición se agotó rápidamente, y donde Rodó había decantado sus ideas pedagógicas, psicológicas y estéticas en una filosofía del desarrollo y perfeccionamiento individual (el *proteísmo)*, en una forma expositiva totalmente novedosa.

Mientras colaboraba en *La Razón* y *El Día* su prestigio intelectual seguía creciendo en paralelo a la expansión continental del arielismo y al reconocimiento de su magisterio americanista. En 1910 fue elegido presidente del Círculo de la Prensa, y el gobierno lo designó representante oficial de Uruguay, junto con Zorrilla de San Martín, en la celebración del Centenario de la Independencia de Chile.

En 1911 se produjo su tercer regreso a la política, apoyando inicialmente la presidencia de Batlle y Ordóñez, pero su radicalismo dio lugar a que Rodó se opusiera con firmeza a su orientación política; desde el *Diario del Plata* y otros medios combatió el colegialismo batllista en una campaña donde, con el pseudónimo «Calibán», firmó duros artículos sobre los políticos advenedizos y la corrupción en los comicios. Batlle, que al parecer había pensado enviar a Rodó a España para representar a su país en el Centenario de las Cortes de Cádiz, nombró a otro representante, frustrando sus expectativas de abandonar el país por un tiempo y entablar contactos directos con otros intelectuales del mundo hispánico.

Mientras el gobierno uruguayo lo marginaba, seguía recibiendo los frutos de su prestigio intelectual. En 1912 fue nombrado miembro correspondiente de la Real Academia Española, y al año siguiente publicó *El mirador de Próspero*, obra miscelánea con textos de crítica literaria, ensayos, prólogos, textos periodísticos y políticos. Ahí pueden leerse sus grandes trabajos americanistas en su versión definitiva: «Bolívar», «Montalvo», «Juan María Gutiérrez y su época», junto a algunos menos recordados, pero de gran interés filológico y estético, como «La enseñanza de la literatura», escrito en 1908.

En 1914, cuando en Europa se iniciaba la Primera Guerra Mundial, Rodó escribió a favor de la causa de Francia y los aliados con el pseudónimo «Ariel» en la sección «La guerra a la ligera», de *El Telégrafo*. Sus obras se iban publicando en Europa: *Ariel* se editó en París en 1914, junto con otros ensayos americanistas, y en 1915 el crítico venezolano Rufino Blanco Fombona publicó en la Biblioteca América, de Madrid, *Cinco ensayos de Rodó*, incluyendo «Rubén Darío», «Bolívar», «Montalvo», *Ariel* y *Liberalismo y jacobinismo*.

Por fin, en 1916, Rodó vio cumplidos sus deseos de visitar Europa. Se le esperaba en España y en París, donde se le iba a rendir un homenaje en La Sorbona, pero su trabajo como corresponsal de la revista argentina *Caras y Caretas*, unido a su mal estado de salud, no le permitieron realizar esos itinerarios. Pasó por Lisboa, Madrid y Barcelona, Marsella y la Costa Azul, y llegó a la Italia que tantas imágenes de cultura luminosa le había suministrado. Enfermo de nefritis, consultando médicos o recluyéndose en el balneario de Montecatini, experimentó algunas mejorías que le permitían la realización de su trabajo de cronista y una tardía vida erótica; recorrió varias ciudades italianas y se estableció en Roma durante dos meses. Los diarios que redactó en ese viaje final, así como otros testimonios posteriores, permiten imaginar cómo pudieron ser esos últimos meses de su vida, deambulando por ciudades cargadas de historia donde se desarrollaba el futurismo y otros movimientos de vanguardia, que no le atrajeron. En Palermo su enfermedad se agravó; se recluyó en su habitación del Grand Hotel des Palmes, donde era un huésped esquivo y desaliñado que rechazaba cualquier cuidado, y sólo al empeorar hasta un estado crítico, fue trasladado al Hospital San Saverio. Allí falleció el 1 de mayo de 1917, antes de cumplir los 46 años. La misma multitud que lo despidió cuando se alejaba del país hacia «la lejanía espectacular de un semidestierro»[21], lo recibió con luto nacional cuando, en 1920, el gobierno trasladó sus restos a Uruguay donde, con grandes honores y discursos solemnes, fueron depositados en el Panteón Nacional.

Tras su muerte se publicarán las crónicas que enviaba a *Caras y Caretas* con el título *El Camino de Paros* (Barcelona, 1918), y Hugo D. Barbagelata publicará su *Epistolario* (París, 1921). Posteriormente, otras ediciones y selecciones de su obra dispersa o inédita irán engrosando el *corpus* bibliográfico de un escritor que, aun en sus obras más trabajadas y estructuradas, fue un escritor fragmentario, en búsqueda: moderno.

El intelectual como «francotirador»

> Tracé mi destino en la vida: el de manejar la pluma. Y a tal destino me atengo. Hay mucho que hacer en América con ese instrumento de trabajo, y yo me debo a esta América.

En su libro *Pasado inmediato* Alfonso Reyes reunía a un grupo de hombres de letras de Hispanoamérica —Andrés Bello, Domingo F. Sarmiento, Juan Montalvo, Eugenio María de Hostos, José Martí, Justo Sierra y al mismo Rodó— bajo la definición común de «desbravadores de la selva y padres del Alfabeto»[22]. Ellos forman la estirpe de los educadores, los civilizadores, los modernizadores: una minoría letrada que a principios del siglo XX empezará a denominarse como *intelectual*[23] y que, como ha explicado Julio Ramos, va asumiendo

---

[21] Carlos Real de Azúa, «Rodó en sus papeles», *Escritura* núm. 3, Montevideo, marzo, 1948, pág. 93.

[22] Alfonso Reyes, «Justo Sierra y la historia patria», *Pasado inmediato*, *Obras completas*, XII, México, FCE, pág. 242.

[23] Según Aníbal González (*La novela modernista hispanoamericana*, Madrid,

el ejercicio de la crítica cultural mientras pugna por conquistar su autonomía estética y, a la vez, por participar y hacerse oír en la esfera pública de las nuevas sociedades que se modernizan[24]. No en vano Rodó evocará a esas figuras que le antecedieron como «ciudadanos de la intelectualidad americana»[25], fundadores de la «patria intelectual»; una patria que, como escribió en otro lugar, es un espacio ideal, pues «las fronteras del mapa no son las de la geografía del espíritu (...) la patria intelectual no es el terruño»[26].

Rodó se sintió un eslabón más en esa cadena de hombres de letras que, como Fernández de Lizardi en las vísperas de la independencia hispanoamericana, lucharon por crear vida literaria influyente en el rumbo social y, como explica Gutiérrez Girardot, por «mediar» entre la sociedad y el poder desde la cultura, propagando proyectos racionalizadores y buscando crear y educar a un público lector[27]. Esa tarea pedagógica se manifiesta en las dos grandes obras de Rodó: *Ariel*, que es una particular *paideia*, dirigida expresamente a los futuros intelectuales hispanoamericanos, en quienes depositó la responsabilidad que él mismo se había arrogado; y *Motivos de Proteo*, que guiará la autoeducación en los valores del esfuerzo, el heroísmo y la disciplina del pionero. Pese al aparente abandono de los temas americanos, Proteo habla también de las miserias y frustraciones del escritor en medios áridos para el desarrollo cultural, así como de su responsabilidad en la tarea de ir desbrozando el camino. El paradigma del intelectual

---

Gredos, 1987, pág. 28) en la novela el término «intelectual» se empieza a utilizar en su sentido moderno a principios de siglo en *Idolos Rotos* (1902), de Manuel Díaz Rodríguez, o en *Moral para intelectuales* (1909), de Carlos Vaz Ferreira. Rodó utilizó el término al menos desde 1889, cuando en su *Rubén Darío* se refería a «escritores e intelectuales» (*O. C.,* pág. 191).

[24] Julio Ramos, *Desencuentros de la modernidad en América Latina. Literatura y política en el siglo XIX,* México, FCE, 1989.

[25] En «La vuelta de J. C. Gómez», *El mirador de Próspero, Obras completas, op. cit.,* pág. 513.

[26] «La novela nueva», en *Obras completas, op. cit.,* pág. 156.

[27] Rafael Gutiérrez Girardot, *La formación del intelectual hispanoamericano en el siglo XIX.* University of Maryland, Latin American Studies Center Series, núm. 3 [s. f.], pág. 19.

armoniosamente desenvuelto en un *medio* maduro y receptivo, como Goethe en Weimar, era la meta que se proponía alcanzar.

Las acciones de Rodó fueron ambiciosas y trascendentes, y se iniciaron desde sus primeras manifestaciones públicas. En 1898, ante el sonado «caso Dreyfus», participó a la cabeza de un grupo de estudiantes con una adhesión a Zola y a los firmantes del «Manifiesto de los intelectuales» franceses[28], y este hecho ilustra no sólo la sincronización de la incipiente intelectualidad uruguaya con un proceso como el francés, sino también la identificación de Rodó con sus congéneres de esa dilatada «patria intelectual». Toda su obra, incluido su epistolario y algunos textos considerados menores, nos permite asistir a la autoconstrucción de una imagen y a la definición de un destino de intelectual entre las encontradas fuerzas de la modernidad y la tradición, del modernismo y del americanismo, del esteticismo y del compromiso social, del deseo de autonomía artística y la mercantilización del producto intelectual, no sin experimentar las tensiones, contradicciones y frustraciones que afectaron a los escritores del fin de siglo hispanoamericano.

Las estrategias de Rodó, multiplicadas hacia distintos frentes de influencia íntimamente interrelacionados, lo convierten en un intelectual híbrido, de transición, dado que en esos años —como ya observó Pedro Henríquez Ureña— la política pasaba a profesionalizarse, mientras los «hombres de letras» debían desempeñar el trabajo intelectual en el periodismo o en la enseñanza[29]. Para Rodó el periodismo y la ense-

---

[28] Si en Europa la figura del intelectual moderno se perfila con nitidez a la luz del proceso a Dreyfus, no deja de ser sintomático que Rodó fuera elegido por la Asociación de Estudiantes de Montevideo para redactar el texto liminar del álbum de firmas que remitirían a Zola como muestra de solidaridad. El texto de Rodó, del que da noticias Wilfredo Penco en su libro *Cartas de José Enrique Rodó a Juan Francisco Piquet* (Montevideo, Biblioteca Nacional, 1980, pág. 83), fue reproducido en dos periódicos de Montevideo el 22 de marzo de 1898: *La Tribuna Popular* y *La Razón*.
[29] Pedro Henríquez Ureña, *Las corrientes literarias en la América hispánica*, México, FCE, 1949, pág. 165.

ñanza, junto a la tarea de crítico y de ensayista literario, y también la política, fueron sus absorbentes y a veces simultáneas dedicaciones. Como «intelectual», su perfil se asemeja al del *clerc* finisecular (como lo ha definido Gutiérrez Girardot, un hombre de letras al servicio de la vida pública, entregado al desempeño de una función política en el más amplio sentido, en el que se incluye la política cultural)[30]. Pero, como hizo notar Ángel Rama, este tipo de intelectual politizado tenía ya un viejo arraigo en Hispanoamérica desde la época colonial, cuando se iniciaba esa «larga tradición redentorista del letrado americano»[31], y que aún en el modernismo obligaba a los intelectuales a manifestarse en los asuntos de la vida pública, rompiendo el silencio de la «torre de marfil»[32].

Ese perfil de «escritor politizado» en Rodó reúne las dos formas de actividad política que tendían ya a diferenciarse en esa época: la del político profesional y la del escritor y político cultural, gestor de un discurso y de unas acciones que trascienden la vida política uruguaya del momento, proponiendo un proyecto latinoamericanista, supranacional, divulgado en sus ensayos, trabajos hemerográficos, periodísticos y polémicos, así como en sus cartas e incluso en las dedicatorias, casi siempre doctrinales, de sus libros.

El político

La política parlamentaria no fue para Rodó una vocación principal, sino un arma de combate para hacer valer su misión intelectual y, tal vez, un medio de vida. Mientras desarrollaba su trabajo parlamentario, también iba dejando cons-

---

[30] Rafael Gutiérrez Girardot, *op. cit.*, págs. 18-21.
[31] Ángel Rama, *La ciudad letrada,* Montevideo, Fundación Internacional Ángel Rama, Arca, 1984, pág. 118.
[32] Cfr. Julio Ramos, *Desencuentros de la modernidad...*, *op. cit.*, págs. 62-81. Ramos reinterpreta esta situación descrita por Rama a la luz de las teorías de Bourdieu sobre el campo intelectual, y deduce que, en el caso de Rodó, la estética y la política se funden en un solo gesto de rechazo de la América Latina frente al utilitarismo invasor de los Estados Unidos.

tancia de su disgusto hacia una actividad que no le satisfacía, como lo demuestra en una carta dirigida al arielista peruano Francisco García Calderón, fechada en 1904:

> Seamos ciudadanos siempre y demos alguna vuelta por el Ágora; pero no empleemos preferentemente en la política la fuerza y la atención de nuestro espíritu, que pueden ser mucho más eficaces para bien de nuestros pueblos si las consagramos a *civilizar* y *educar* desde el libro, la cátedra, la prensa, el taller artístico o industrial, etcétera[33].

No obstante, si se leen con atención sus textos parlamentarios se constata que el intelectual no está ausente cuando luchaba por una legislación que protegiera e impulsara la vida cultural en distintas manifestaciones: la Universidad y el desarrollo de la investigación histórica, la libertad de prensa, la propiedad intelectual, la exención de impuestos al libro extranjero, ayudas a escritores, etc. Incluso en trabajos aparentemente alejados de la ordenación y dignificación de la vida intelectual, como es su extenso informe de tema laboralista «El trabajo obrero en Uruguay», encontramos su preocupación por conseguir una jornada laboral equilibrada, que permita a los obreros su desarrollo integral mediante el disfrute de un ocio que facilite su formación cultural; o la defensa de una ley democrática «arielista» que, dando igualdad de oportunidades a todos los trabajadores, permita a los más aptos mejo-

---

[33] «Correspondencia», *Obras completas*, pág. 1.437. En 1899 le escribía a Baldomero Sanín Cano sobre «lo difícil que es sustraerse en ciertos momentos a la absorción tiránica de las cosas políticas». Aún en 1907, recién nombrado diputado por tercera vez, le escribe al crítico colombiano:

> Para la desinteresada tarea intelectual, estas comarcas del Plata todavía son tierras de infieles: créalo usted. (...) Quizá no es usted ajeno a esta fatalidad de la vida sudamericana que nos empuja a la política a casi todos los que tenemos una pluma en la mano. Y yo no considero esto enteramente como un mal. Todo está en que no nos dejemos despojar de nuestra personalidad. (*O. C.*, pág. 1.375).

Estos testimonios ilustran los problemas de la especialización y profesionalización del escritor en momentos en que el campo intelectual se encontraba en proceso de transformación y reorganización.

rar y acceder así a una progresiva dignificación de su vida personal.

El crítico literario

Como para Julio Herrera y Reissig, para Rodó el crítico moderno asiste a un banquete donde puede paladear, gracias a la educación de su gusto en la amplitud y en la flexibilidad, una pluralidad de sabores. La multiplicidad, la tolerancia y la empatía le abren el camino a la aventura de las impresiones y, como el actor, amplía sus vivencias con la experiencia de las obras ajenas:

> El moderno crítico es, por oficio, el hombre de las perpetuas metamorfosis de inteligencia y corazón: el hombre de muchas almas, capaz de ponerse al unísono de los más diversos caracteres y las más opuestas concepciones de la belleza y de la vida[34].

La crítica era para Rodó la actividad intelectual moderna por excelencia, y sólo le parecía posible en los núcleos donde la cultura maduraba y se diversificaba como una estructura compleja. También estimaba que es el ejercicio literario más completo, y en su propia práctica sincretizó las tendencias biografistas e historicistas del positivismo con las más novedosas del impresionismo, consagradas en *El crítico como artista* de Oscar Wilde, en las críticas de Martí o en *Los raros* de Rubén Darío. A la vez abrió los caminos al «mundonovismo», al exigir una crítica adecuada a la modernidad específica de Hispanoamérica, luchando, como también pediría el portavoz del Mundonovismo, el chileno Francisco Contreras, por «crear valores»[35] originales más allá del paisajismo y del pintoresquismo románticos. La superación de aquella crítica autoritaria y severa, basada en un criterio gramatical, que era también

---

[34] J. E. Rodó, «[Metamorfosis del crítico]», *Proteo, Obras completas*, pág. 970.
[35] Francisco Contreras, *Les Écrivains Contemporains de l'Amérique Espagnole*, París, La Renaissance du Livre, 1920, pág. 146.

la demanda de Martí y de los modernistas, fue una de las firmes convicciones de Rodó:

> ...[la crítica], muy lejos de limitarse a una descarnada manifestación del juicio, es el más vasto y complejo de los géneros literarios; rico museo de la inteligencia y la sensibilidad, donde, a favor de la amplitud ilimitada de que no disponen los géneros sujetos a una *arquitectura* retórica, se confunden el arte del historiador, la observación del psicólogo, la doctrina del sabio, la imaginación del novelista, el subjetivismo del poeta[36].

Pero, por encima de esas incitantes consideraciones, en el campo de la crítica Rodó luchó por generar principios de interpretación y de producción literaria socialmente operativos y regeneradores, muy próximos tanto a la tradición americanista como a las concepciones estéticas krausistas de Leopoldo Alas y Rafael Altamira[37]. Los primeros pronunciamientos de Rodó ya buscaban arbitrar las tendencias literarias desde la actividad crítica. Ese *ejercicio del criterio,* de raigambre martiana, constituye una de las líneas de actuación más firmes y novedosas de Rodó como intelectual, ya que en paralelo a su exigencia de una literatura de ideas, buscaba crear otro tipo de crítica «ideologizada», estableciendo *valores culturales.* De este modo Rodó, heredero del optimismo ilustrado que veía en la cultura una potente fuerza civilizadora y educadora, fijará su baremo de valoración de la obra literaria en torno a criterios como la «oportunidad», la «conveniencia» o la adecuación al «medio» americano y a su futuro desarrollo ético y espiritual, que se traducían en un rechazo del modernismo decadente y en la promoción de una literatura de fondo social, capaz de

---

[36] *De Litteris* (1903), prólogo al libro homónimo de Francisco García Calderón, Lima, 1904, en *El mirador de Próspero, Obras completas,* pág. 642.

[37] Véase Adolfo Sotelo: «La crítica de *Clarín* a la luz de José Enrique Rodó» (dos artículos de Rodó en la *Revista Nacional de Literatura y Ciencias Sociales), Cuadernos Hispanoamericanos,* núm. 462, Madrid, 1988; Alfonso García Morales, *Literatura y pensamiento hispánico..., op. cit.,* y Belén Castro Morales, *J. E. Rodó modernista. Utopía y regeneración,* La Laguna, Secretariado de Publicaciones de la Universidad de La Laguna, 1989.

influir en la forja de una identidad para la América moderna. Sus cartas a Leopoldo Alas y a Miguel de Unamuno son, con mucho, las más informativas a este respecto. Ya en 1896 escribía a Alas:

> Tenemos interés en difundir un concepto completamente distinto del modernismo como manifestación de anhelos, necesidades y oportunidades de nuestro tiempo, muy superiores a la diversión candorosa de los que se satisfacen con los logogrifos del decadentismo *gongórico* y las ingenuidades del decadentismo *azul*[38].

Por eso en su *Rubén Darío* empezaba afirmando: «Rubén Darío no es el poeta de América»[39], y más adelante aclaraba la causa de su convicción:

> La poesía enteramente *antiamericana* de Darío produce también cierto aspecto de disconveniencia, cuando resalta sobre el fondo, aún sin expresión ni color de nuestra americana Cosmópolis, toda hecha de prosa. Sahumerio de *boudoir* que aspira a diluirse en una bocanada de fábrica; polvo de oro parisiense sobre el neoyorkismo porteño[40].

Pese a todo, el crítico uruguayo no evitó recrear y paladear en su crítica toda la exquisitez del poeta modernista, aunque no la consideró una conquista estética oportuna ni ejemplar, digna de ser imitada por otros poetas americanos. Su hostilidad hacia el modernismo, alimentada en la desconfianza que Leopoldo Alas manifestó hacia el movimiento y en sus propias convicciones americanistas, no fue tanta como para abandonar un movimiento que debía ser rectificado desde dentro. Por eso añadía:

> Yo soy un *modernista* también; yo pertenezco con toda mi alma a la gran reacción que da carácter y sentido a la evolu-

---

[38] «Correspondencia», *Obras completas*, pág. 1.324.
[39] J. E. Rodó, *Rubén Darío. Su personalidad literaria. Su última obra*, *Obras completas*, pág. 169.
[40] *Ídem*, pág. 179.

ción del pensamiento en las postrimerías de este siglo; a la reacción que, partiendo del naturalismo literario y del positivismo filosófico, los conduce, sin desvirtuarlos en lo que tienen de fecundos, a disolverse en concepciones más altas[41].

Esas «concepciones más altas» exigen una literatura más profunda, y contrastan con el juicio que Rodó emite a continuación sobre los seguidores de Darío, cuya obra, «juego literario de los colores», «no tiene intensidad para ser nada serio»[42].

Pero, consciente de pertenecer a un tiempo de intensas transformaciones, que exigía una nueva forma de aproximación a las obras modernas, sus conceptos críticos van asumiendo la complejidad de la nueva literatura, que trascendía los temas habituales en el realismo y el naturalismo. Su sincronización con los cambios literarios de la modernidad se manifestaban desde su primera entrega de *La Vida Nueva*, donde, junto a «El que vendrá», había incluido «La novela nueva», un trabajo sobre las *Academias* de su compañero de generación Carlos Reyles, uno de los primeros narradores modernistas de Hispanoamérica. En su prólogo a *Primitivo* afirmaba Reyles:

> Me propongo escribir, bajo el título de *Academias*, una serie de novelas cortas, a modo de tanteos o ensayos de arte, de un arte que no sea indiferente a los estremecimientos e inquietudes de la sensibilidad *fin de siglo*, refinada y complejísima, que transmita el eco de las ansias y dolores innombrados que experimentan las almas atormentadas de nuestra época, y esté pronto a escuchar hasta los más débiles latidos del corazón moderno, tan enfermo y gastado. En sustancia: un fruto de la estación[43].

---

[41] *Ídem*, pág. 191.
[42] *Ibídem*.
[43] Carlos Reyles, «Al lector», prólogo a *Academias* I, *Primitivo* (1896), reproducido nuevamente en la segunda entrega de *Academias: El Extraño* (Madrid, 1897). En José Olivio Jiménez y Antonio R. de la Campa, *Antología crítica de la prosa modernista hispanoamericana*, Nueva York, Eliseo Torres, 1976, pág. 67.

Rodó compartía el cambio de sensibilidad descrito por Reyles, y al tiempo que rechazaba la frialdad de sentimientos parnasiana y el esteticismo vano del primer modernismo, discutía también, como Reyles, la mera observación de la realidad y el experimentalismo naturalista, dando por superado e insuficiente el determinismo y el objetivismo positivistas. Y si en «El que vendrá» Rodó ya exponía sus perplejidades ante la modernidad y lamentaba la crisis de las escuelas decimonónicas («Los cenáculos, como legiones sin armas, se disuelven; los maestros, como los dioses, se van»[44]), ahora asume la complejidad y la extrañeza como los signos que esa modernidad imprime en los artistas del momento: «Hijas nuestras almas de un extraño crepúsculo, nuestra sinceridad revelará en nosotros, más que cosas sencillas, cosas raras»[45].

Por eso hay que añadir que ningún texto crítico ilumina mejor que su *Rubén Darío* la escisión o dualismo del crítico literario entre dos formas de crítica: la del intelectual que juzga inoportuna la extraña exquisitez en un medio rudo e imperfecto, y la del crítico impresionista y «artista», que viaja sugestionado por los espacios inventados por el poeta y recrea en su prosa musical, empática, los mundos virtuales del poema, convertido él mismo en un creador que en su propio «reino interior» olvida el apostolado social y experimenta con plenitud el supremo gesto de autonomía: la creación. El Rodó militante y comprometido con la responsabilidad social asumida tuvo que reprimir o postergar a un segundo plano la plena expansión de esa tendencia de crítico creador, wildeano, impresionista, de la que sólo quedaron algunas valiosísimas anotaciones de carácter metacrítico, que anticipan una corriente contemporánea representada por Alfonso Reyes, Jorge Luis Borges y Octavio Paz[46].

---

[44] «El que vendrá», *Obras completas*, pág. 153.
[45] «La novela nueva», *Obras completas*, pág. 163.
[46] Véanse especialmente algunos de los «motivos» inéditos que Rodríguez Monegal agrupó en su edición de las *Obras completas* bajo el título *Proteo* y que llevan por título «La facultad específica del crítico», «La duplicidad del crítico», «La amplitud del crítico», «La víbora que ondula», «El sentido adivinatorio de la simpatía», «Metamorfosis del crítico» y «El diálogo crítico» *(O. C.,*

El americanista

El crítico que hay en Rodó es, sobre todo, un americanista. No es casual que, desde su infancia, sintiera una profunda identificación con aquellos primeros hombres de letras hispanoamericanos que, antes que él, habían asumido la causa de la cultura y la civilización del continente como una misión heroica tras el caos social que sucedió a la Independencia. Además, tuvo conciencia clara de que el trabajo del intelectual podía llegar a conseguir la unión continental, triunfando donde la política había fracasado: «i... cuánto hay que hacer en nuestra América por medio de la pluma, así en materia literaria como en la propaganda de ideas morales y sociales!»[47]. Si Bolívar había sido el mayor héroe político de la «Magna patria» americana, Montalvo y Varona, o los ideólogos y escritores del romanticismo rioplatense, a través del ensayo, la crítica y el periodismo, eran los héroes culturales que habían asumido la tarea civilizadora de las nuevas naciones. En ellos, Rodó encontró una tradición en la que enraizar su pensamiento intelectual. Del argentino Juan María Gutiérrez tomó, sobre todo, el doble ejemplo de su preocupación americanista y de su amplitud crítica a la hora de ordenar por primera vez la herencia recibida; y del ecuatoriano Juan Montalvo aprendió su talante intelectual y su manera abierta, moderna, de concebir el ensayo. Desde los primeros momentos de la *Revista Nacional...* Rodó rescató esa galería de nombres imprescindibles para fijar su genealogía intelectual: no en la época colonial (que en general le pareció una estéril reproducción de modelos españoles), ni mucho menos en los tiempos anteriores a la conquista, sino en las fechas no muy lejanas en que América iniciaba su andadura independiente.

---

págs. 962-970). Sobre la crítica de Rodó: Guillermo Sucre: «La nueva crítica», en César Fernández Moreno (ed.), *América Latina en su literatura*, México, Siglo XXI, 1976; y Juan Manuel García Ramos, «Una tradición de la crítica de la literatura hispanoamericana», *Revista de Filología*, núm. 2, Universidad de La Laguna, Secretariado de Publicaciones, 1983.

[47] Carta a F. García Calderón (1904), «Correspondencia», *op. cit.*, pág. 1.437.

Pese al galicismo que algunos críticos le achacaron, Rodó nunca dejó de pensar su proyecto cultural dentro de las líneas de ese americanismo que inspiró y nutrió su labor cultural; una labor crítica que hoy denominaríamos *la construcción de un canon* intelectual americanista y que dio lugar a sus mejores trabajos ensayísticos. En este sentido Mario Benedetti, al sopesar en conjunto los méritos de Rodó, señalaba el esfuerzo que debió suponer para un escritor que era por temperamento «mucho más europeo que americano» trabajar en la búsqueda «de las más entrañables motivaciones de su realidad hispanoamericana» escribiendo sobre Bolívar, Montalvo y Juan María Gutiérrez, donde se muestra también como «un ameno y documentado narrador de vidas»[48].

Sin embargo, el americanismo de Rodó no era una fe dogmática y estática, sino un principio «proteico» en continua evolución, que exige ser reinventado y puesto al día según las exigencias de los nuevos tiempos. El americanismo temático, rural y costumbrista de los románticos había dejado de interesarle, mientras descubría en las populosas ciudades modernas un nuevo motivo para meditar sobre el diálogo de lo propio con lo cosmopolita. Así lo manifestó al novelista venezolano Manuel Díaz Rodríguez: «...la observación de la vida civilizada y culta en los centros urbanos empieza ya a ofrecer también motivos de interés, que no son simple reproducción o reducción de los que representan la vida europea, a cuyo ejemplo nos modelamos»[49].

---

[48] Mario Benedetti, *op. cit.*, pág. 99. También Alberto Zum Felde, en su *Proceso intelectual del Uruguay*, valoraba especialmente sus dos grandes trabajos sobre las figuras de Juan María Gutiérrez y de Montalvo, hasta el punto de afirmar: «ambos estudios son —con aquél sobre Rubén Darío— como capítulos de una vasta historia crítica de la literatura americana, que Rodó, mejor que ninguno, pudo y debió escribir; y hubiera sido monumento de vida imperecedera» *(op. cit.*, pág. 246).

[49] «Correspondencia», *Obras completas*, pág. 1.415. Tulio Arcos, el protagonista de *Sangre patricia*, representa para Rodó otro nuevo tipo americano inventado por el arielista Díaz Rodríguez, y muy distinto de los personajes rústicos de la tradición narrativa anterior: «El estado de alma de su héroe, o mejor sus estados de alma —su decepción, su tentativa de regeneración, su decepción nueva y más amarga—, interesan, resumen una situación moral a

En su ya clásico trabajo que antecede a la antología de textos americanistas de Rodó[50], Arturo Ardao distinguía cuatro vertientes que corresponden a la evolución del pensamiento americanista de Rodó y que, sin cancelaciones bruscas, se suceden y amplían como círculos concéntricos, llegando a una amplia definición que abarca todas sus facetas: el americanismo literario, el americanismo cultural, el americanismo político y el americanismo heroico.

El americanismo literario empieza a desarrollarse en la *Revista Nacional...*, y sus textos programáticos son «El americanismo literario» (julio, agosto y noviembre de 1895), que en 1913 aparecerá refundido en su «Juan María Gutiérrez y su época», de *El mirador de Próspero;* «Por la unidad de América» (Carta a Manuel Ugarte reproducida en la *Revista Nacional* el 25 de abril de 1896) y otros textos críticos como «La novela nueva», o las cartas a Leopoldo Alas, a Unamuno, a Francisco García Calderón, a Manuel Díaz Rodríguez; el *Rubén Darío* y textos más tardíos como «El poema de América» (1910) y «Una bandera literaria» (1912).

El americanismo cultural, de alcance más amplio, se encuentra, sobre todo, en *Ariel,* en «A Anatole France» (texto del discurso de bienvenida que Rodó dedicó al crítico francés a su llegada a Montevideo, en 1909), en «Rumbos nuevos» (1910), «La tradición de los pueblos hispanoamericanos» (1915), etc.

El americanismo político, el más documentado por Ardao en su antología, es tal vez el más complejo y matizado. Entre otros textos el compilador reproduce «Magna Patria» (1905), «Sobre América Latina» (1906), parte de «El trabajo obrero en Uruguay» (1908), «Hacia la unidad política de América» (1909), «Iberoamérica» (1910), «El Centenario de Chile» (1910), «Nuestro desprestigio» (1912), etc.

---

que quizá no muchos de nuestros intelectuales (como hoy dicen) podrán no reconocerse absolutamente ajenos» (pág. 1.416).

[50] Arturo Ardao, «Prólogo» a J. E. Rodó, *Rodó. Su americanismo*, Montevideo, Biblioteca de Marcha, 1970; y «Prólogo» a J. E. Rodó, *La América nuestra*, La Habana, Casa de las Américas, 1977.

El americanismo heroico incluye «Bolívar», «Montalvo» y «Artigas», recogidos en *El mirador de Próspero*.

Por último Ardao incluye el «testamento americanista» de Rodó: «Al concluir el año», escrito en Italia en 1916 y recogido en *El camino de Paros*.

La lectura de estos textos revela que Rodó no abandonó la idea de la unión de todos los hispanohablantes (e incluso de los brasileños) en una unidad iberoamericana o hispanoamericana que, en el último texto enumerado, se inspiraría en «el orgullo criollo», y que remitiría a una amplia latinidad activa y creadora, emanada del «genio de la raza»[51]. Esa «raza» vive su existencia independiente en América, sin olvidar la matriz originaria mediterránea; y el latinoamericanismo, como veremos enseguida, fundamenta la polarización ideológica sobre la que se articula *Ariel*, sin excluir distintas formas de aproximación a la cultura española, siempre en términos de diálogo cultural[52].

El periodista

En la citada carta a García Calderón, fechada en 1904, Rodó escribía: «creo que haré cosa de más fuste difundiendo ideas por medio del libro y del periódico; (...) En los puntos de la pluma está mi verdadero "yo" intelectual»[53].

---

[51] Rodó, como muchos escritores de la época, utilizó el concepto de *raza* no como un concepto étnico, sino como una categoría cultural que aúna a todos los pueblos herederos de la cultura latina a ambos lados del Atlántico, aunque suele restringirse en el mismo Rodó a los americanos hispanohablantes, o a españoles e hispanoamericanos. En su terminología *hispanoamericanos*, *latinoamericanos* e *iberoamericanos*, se utilizan como gentilicios de Hispanoamérica, América Latina o Iberoamérica, según el contexto, y, en ocasiones, indistintamente. También, en términos bolivarianos y martianos, Rodó habla de la *Magna Patria*, de *Nuestra América* o, en ocasiones, de *América española*.

[52] Rodó, como era común en su momento, recurrió al uso metafórico de vínculos familiares para referirse a España. En ocasiones la vio como una madre despojada por la pérdida de las colonias; en otros casos, como una fuerza primitiva cuya vida intelectual empezaba a desarrollarse con un prometedor crecimiento (véase «La España niña», 1911).

[53] «Correspondencia», *op. cit.,* pág. 1.437.

El periodismo, como la política, con la que se relacionan muchos de sus artículos de prensa, fue una labor muchas veces ingrata para Rodó. Pese a todo, no se limitó al papel de colaborador, sino que también escribió como analista del moderno fenómeno de comunicación, al que definió como rico reflejo del diversificado «cuerpo social» y como potencia «civilizadora»[54]. También fue Rodó fundador del Círculo de la Prensa de Montevideo, y con motivo de su inauguración (1909) pronunció un discurso donde describe el poder del periódico como «una fuerza que rivaliza con los gobiernos, porque los inspira y los orienta, o los desprestigia y los abate», al tiempo que la considera factor de difusión y democratización de la cultura que debe luchar por la ecuanimidad y la independencia[55]. Aunque el análisis de su labor periodística sería enjundioso, sólo podemos dejar señalado el valor de las crónicas del viaje por España e Italia publicadas en la bonaerense *Caras y Caretas*. Esos artículos que dedicó a las ciudades por las que pasó en sus últimos meses de vida siguen siendo la obra de un intelectual americanista que redescubre el mundo que ya conocía por sus lecturas, donde encuentra «piedras

---

[54] Véanse los textos «Solidaridad» *(O. C.,* pág. 1.190) y «Cómo ha de ser un diario» *(O. C.,* pág. 1.198). No obstante, en carta del 14-I-1914 le escribe a H. D. Barbagelata: «El periodismo —usted lo sabe— no es mi vocación, pero en él he tenido que ampararme para vivir, sobre todo desde que he dejado de ser diputado. La política es la más precaria de las ocupaciones para los que tenemos altivez e independencia de carácter. ¡Cuán bien ha hecho usted en mantenerse lejos de ella!» *(O. C.,* pág. 1.459).

[55] «La Prensa de Montevideo. Discurso pronunciado en el acto de inauguración del Círculo de la Prensa de Montevideo, el 14 de abril de 1909», *Obras completas,* pág. 648. Uno de los escasos poemas que escribió Rodó en su juventud llevaba por título «La Prensa» (1895). Sus trabajosos versos rendían homenaje a la labor periodística de los heroicos proscriptos argentinos: «la Idea/ supo abrir paso al golpe de la espada», y divulgando el espíritu de libertad pudo abolir la tiranía de Rosas. En la modernidad, versificaba irónicamente Rodó, también la prensa sirve a «la plebe» que la paga y que, a través de sus páginas, adquiere opinión y voz:

¡Ya desatóse, en perorar rotundo,
La *sin hueso* plebeya...! Ya obedece
al Comunismo intelectual, el Mundo...!

(Obras completas, pág. 885).

que hablan» de una vieja cultura respecto a la que se siente un lejano descendiente ultramarino, y un mirador con el distanciamiento óptimo para seguir pensando en América Latina con mayor perspectiva y madurez[56].

Obrero de la palabra

De la misma manera que la dimensión de Rodó como intelectual comprometido con muy diversos aspectos de su época debe ser valorada como fruto de un admirable esfuerzo de interpretación y crítica, también se deben reconocer y comprender su límites, que son los de las concepciones de la alta cultura a principios del siglo XX. En el apartado dedicado a la recepción de *Ariel* se revisarán las críticas que suscitó la obra tras su publicación, cuando progresivamente se fueron enumerando limitaciones, olvidos, desenfoques, diagnósticos erróneos o carencia de pragmatismo. Ahora, como elemento de contraste, sólo nos referiremos a un libro fundamental en el cambio de enfoque de la cultura latinoamericana, *De Erasmo a Romain Rolland,* de Aníbal Ponce (1935), donde sin citar a Rodó, pero recurriendo al simbolismo de Ariel como prototipo del intelectual humanista, Ponce argüía que el «humanismo burgués», debilitando progresivamente su impulso crítico inicial, había derivado hacia un elitismo egoísta y siempre cercano al poder. Recurriendo a la imagen del selecto banquete platónico, Ponce abogaba por un festín abierto a la masa excluída, metáfora del «humanismo proletario». Por su parte, Rodó había imaginado la cultura hispanoamericana como un *desideratum* que se proyectaba sobre aquella página en blanco representada por Leuconoe en una de las parábolas de *Motivos de Proteo:* todo estaba por escribirse, por hacerse; idea hegeliana de una América *in fieri* que atraviesa la escritu-

---

[56] En Barcelona encontró, además, una sociedad culturalmente desarrollada a través de instituciones efectivas que se aproximan a su utopía cultural. Véase «El nacionalismo catalán», en *El camino de Paros, Obras completas,* páginas 1.254-1.273.

ra de Rodó como un verdadero desafío intelectual[57]. La labor educativa debía comenzar por convertir en público culto a los futuros comensales de aquel banquete que entonces aún no habían sido tocados por la *civilización* y que en el Uruguay revolucionario de 1904 constituían una masa analfabeta en pie de guerra contra las leyes de la ciudad. En esta fecha Rodó envió una carta a Piquet donde no ocultaba su temerosa distancia respecto al pueblo sublevado y violento:

> «Próspero» no ha nacido para sugestionador de muchedumbres; y desterrado en su propio país, no sabría hablarles el lenguaje que ellas entienden. (...) No conoce la psicología del bárbaro de nuestras campañas, ni sabe el secreto para aplacar sus iras feroces, ni de penetrar en las profundidades selváticas de su corazón y de sus mentes[58].

Pero sabe que no hay regreso a la «torre de marfil», aunque la añore, y que deberá seguir luchando por conseguir un lugar influyente en la sociedad, desde el cual divulgar las ideas, la cultura. Su fe en la democracia y en el poder de la palabra constructiva exigen la persistencia laboriosa, la paciencia y la participación en el lento trabajo de la transformación social, como se lee en *Ariel*. También en «La prensa de Montevideo» (1909) se referirá al intelectual como un *trabajador* de la palabra y de la opinión que, si bien se reserva la aristocracia que le confiere la posesión de la cultura y su capacidad educadora, trabaja en el campo productivo del obrero cualificado dentro del nuevo orden democrático. Su diferenciación entre las dos formas de aristocracia, la tradicional y la moderna, quedan de manifiesto:

---

[57] Véase, por ejemplo, la parábola «La pampa de granito», en *Motivos de Proteo*, CLI, donde puede leerse, a través de quienes siembran en el desierto, una alegoría de la voluntad de cultura frente a la adversidad.

[58] «Correspondencia», *Obras completas*, pág. 1.340. No obstante, la idea de la *barbarie* en Rodó es más compleja y más dinámica que en Sarmiento. En la parábola «La emoción del bárbaro» *(Motivos de Proteo*, LI) el salvaje vislumbra un orden y una forma de vida más perfecta al sentirse enamorado, y por el amor es capaz de evolucionar hacia estadios más «civilizados».

Cuando todos los títulos aristocráticos fundados en superioridades ficticias y caducas hayan volado en polvo vano, sólo quedará entre los hombres un título de superioridad, o de igualdad aristocrática, y ese título será el de *obrero*. Esta es una aristocracia imprescriptible, porque el obrero es, por definición, «el hombre que trabaja», es decir, la única especie de hombre que merece vivir (...) ya los que desenvuelven los dones del vellón, de la espiga o de la veta; ya los que cuecen, con el fuego tenaz del pensamiento, el pan que nutre y fortifica las almas[59].

El trabajo, que ya se invocaba como un valor fundamental del progreso de los pueblos latinoamericanos desde la modernidad incipiente de Lizardi frente al parasitismo de la aristocracia colonial, no excluye al intelectual, que en el texto citado aparece como un panadero trabajando junto a los pastores, los labradores y los mineros.

De *Ariel* a «Albatros»

Pero el trabajo multifacético de Rodó no fue un camino de rosas, y ese heroísmo intelectual, que implica renuncias, dolor y sufrimientos, también minó el entusiasmo y el optimismo que caracteriza a *Ariel*. Los motivos de sus crisis no sólo provienen del «áspero contacto con la muchedumbre», o de su enfrentamiento con el poder, que desoye sus mensajes, sino de un problema estructural de la sociedad del momento que dejaba sin lugar y sin foro político al intelectual, en virtud de los desplazamientos motivados por la propia modernización. Dicho de otro modo, Rodó, como intelectual, sabía quién era, creía en la «oportunidad» de su mensaje, utilizaba todos los medios para divulgarlo, pero no tenía un lugar estable en su propia sociedad. Pese a su prestigio en todo el mundo hispánico, Batlle lo excluyó por su independencia de

---

[59] José Enrique Rodó, «La prensa de Montevideo», *El mirador de Próspero, O. C.*, pág. 649.

criterio, y en ese momento le escribía al uruguayo Joaquín de Salterain:

> Los que tenemos la desdicha de no ser clericales, ni jaco-binos, ni proletarios, ni patronos, sino francotiradores de una causa que tiene pocos adeptos en nuestro país... y en el mundo: la causa de pensar por sí mismo, sin odios, sin pre-juicios, ni abdicaciones del criterio personal en aras de una pasión sectaria, ¿dónde hemos de clasificarnos? ¿Dónde está nuestro puesto, nuestra butaca en estas fiestas? Viendo pasar, con igual indiferencia, las puebladas de media calle, donde ti-rios y troyanos revelan que se diferencian mucho menos de lo que ellos creen, tenemos que elegir nuestro puesto en el rincón donde nos rodeamos de nuestros más fieles correli-gionarios: ¡Los libros![60]

Su lugar, como el de otros contemporáneos, era la intem-perie del «francotirador».

Pero también Rodó se sintió prisionero de su propia ima-gen de Maestro; como escribió Carlos Real de Azúa, «El triunfo intergiversable de *Ariel* en esos años, su vastísima re-sonancia, no dejaba de imponer un compromiso, de insinuar un peligro, de fijar una responsabilidad. ¿Qué no se esperaba de Rodó?»[61]. Por eso, con el correr de los años, se nos mues-tra como un intelectual agónico, atrapado entre el impulso constructivo y la frustración de sus proyectos; entre su dis-curso oficial (cifrado en el impulso optimista de *Ariel* y *Moti-vos de Proteo)* y esa otra tortuosa lucha contra los deseos de abandono y las crisis personales, superadas muchas veces por un sentido del deber asumido con heroísmo. Éstas son las tensiones que adopta en Rodó lo que Ángel Rama denominó «las angustias letradas de la modernización»[62], los dolores de crecimiento del hombre de letras cuando el mundo se le vuel-ve extraño, acelerado, alienante, y siente que su integridad de

---

[60] *Correspondencia, op. cit.,* pág. 1.334.
[61] Carlos Real de Azúa, Prólogo a *Motivos de Proteo,* en José Enrique Rodó, *Ariel. Motivos de Proteo,* Caracas, Biblioteca Ayacucho, 1976, pág. XLVI.
[62] Ángel Rama, *La ciudad letrada, op. cit.,* pág. 124.

crítico cultural lo priva de refugio y de autoridad. Entonces, como ha escrito Fernando Aínsa, descubrimos al hombre Rodó, secreto y atormentado, cansado y evasivo, con una humanidad desgarrada y trágica que escribe en «la trastienda del optimismo»[63], donde sus discípulos no alcanzaron nunca a seguirlo.

Ahí es Rodó un fugitivo de su propia imagen pública, la del maestro arielista que él mismo contribuyó a construir. Las imágenes desoladas del naufragio y de la frustración, así como unas inesperadas incursiones en el significado estético y espiritual de los «paraísos artificiales» baudelaireanos, nos permiten acceder a un Rodó enigmático y apasionante que poco se asemeja al «Maestro de la juventud americana». Algunos «motivos» que dejó inéditos en su mesa de trabajo muestran las dos vertientes. Uno de ellos, «Albatros», inspirado en la imagen del poeta caído en la crueldad de la vida, tal como lo imaginó Baudelaire en su poema de *Las flores del mal*, sirvió a Rodó para elaborar un relato de artistas e intelectuales fracasados por el mercantilismo y la devaluación de la alta cultura en la sociedad burguesa, y puede leerse como el reverso y la contrafigura del idealista y encumbrado Ariel: como el intelectual a la intemperie. Otros «motivos» tienen como figura central a un personaje enigmático, Glauco, fantasmal «habitante interior» que cuando se manifiesta proporciona un estado de percepción nítida, plena y clarividente («el estado glauco»), similar a los estados de inspiración y videncia descritos por Baudelaire en su «Poema del haschish». Glauco es el joven pagano divinizado de Nietzsche en quien se abrazan Apolo y Dionysos; el hombre pleno en el paraíso que, por la euritmia órfica y pitagórica, se reintegra en la unidad perdida. Es, por eso, el iniciado, el poseedor de la videncia poética, y puede penetrar los secretos de la obra literaria más allá de las palabras que la constituyen, por lo que también encarna al lector y al crítico perfectos. De este modo Glauco, gestado en la angustiada mente de Rodó, sublima muchos anhelos utópicos

[63] Fernando Aínsa, «Un mensaje para los náufragos que luchan», *Tiempo reconquistado,* Montevideo, Géminis, 1977, pág. 43.

del modernismo, se ubica en el espacio de la vida interior del espíritu y atiende a los misteriosos fermentos del inconsciente.

El ensayista en el laboratorio de la escritura

Dentro del panorama general del ensayo hispanoamericano, la obra de José Enrique Rodó constituye un hito que debe entenderse en el marco del Modernismo, donde se desarrolla y madura un género que nació unido a las primeras elucidaciones americanistas y modernizadoras del siglo XIX. Con Andrés Bello, con Echeverría y Sarmiento, con Montalvo y Martí, los hombres de letras encontraron en su forma discursiva, híbrida y abierta, un medio de reflexión y propagación de las ideas donde se legitima su autoridad intelectual frente a los discursos científicos, y sirve así al proyecto de someter la *barbarie* al «orden de los discursos»[64].

Lo que fue con los intelectuales románticos un vehículo para expresar con urgencia y desaliño sus diagnósticos sobre el atraso y la tiranía, o para divulgar sus proyectos nacionalistas, se transformará al finalizar el siglo XIX en una forma cada vez más compleja y depurada donde se desarrolla una política, una retórica y una estética: la de la modernidad y el latinoamericanismo.

La prosa de ideas y el ensayo, así como la crónica periodística, se forjan en una «voluntad de estilo» y en una disciplina que conducen a la escritura artística y al encuentro con una revolucionaria concepción «filológica» de la escritura propia del modernismo[65]. Este anhelo estético en Rodó aparece acentuado por su aprendizaje literario en los textos parnasianos, simbolistas y prerrafaelistas, que conciben el trabajo artístico como una actividad casi religiosa que implica una mo-

---

[64] Véanse José Miguel Oviedo, *Breve historia del ensayo hispanoamericano,* Madrid, Alianza, 1991, págs. 45-54, y Julio Ramos, *Desencuentros de la modernidad..., op. cit.,* págs. 13 y 16.

[65] Véase Aníbal González, *La crónica modernista hispanoamericana,* Madrid, Porrúa Turanzas, 1983.

ral estética, y que, frente a la modernidad disgregante, materialista y discordante, actualizan la armonía pitagórica y la equivalencia platónica entre la verdad y la belleza. Todas estas ideas, de raigambre romántica y reavivadas por el modernismo dariano, se completan en Rodó con rasgos de la doctrina estética krausista, que entiende el cultivo de lo artístico como una condición armonizadora de todas las facetas que el ser humano debe aspirar a desarrollar bajo el principio de una estética de la conducta.

Por lo tanto, la búsqueda de una «literatura de ideas» con contenidos sociales y propuestas culturales no excluye, más bien exige, una escritura rica, trabajada y consciente de sus recursos retóricos y de su estilo; porque en esa riqueza estética también está expresada la contestación y el rechazo de los artistas a la burda acumulación de bienes materiales que caracteriza a la ostentosa burguesía emergente. En el contexto latinoamericanista esos bienes ideales y estéticos serán el tesoro espiritual de unos pueblos acosados por la barbarie materialista y la pobreza moral de los Estados Unidos.

De la misma manera que Darío se autocontempló como un monje artífice, Rodó también hizo de su gabinete un taller donde sometió su prosa a distintas pruebas y ensayos. Comprobaremos ese «experimentalismo» en la génesis de *Ariel*, que pasó de la forma epistolar a la ficción del sermón laico y, sobre todo, en *Motivos de Proteo*, un libro que compartió en origen, antes de 1900, una forma epistolar común a *Ariel*, y que fue creciendo hasta la muerte de Rodó, quien sólo pudo dar a la imprenta la primera entrega de 1909.

Este libro, que se articula alrededor de una variada disquisición sobre la continua transformación de la personalidad, acumulando casos, ejemplos documentales, relatos simbólicos y «parábolas» ejemplificadoras, fue definido por Rodó como «un libro en perpetuo *devenir,* un libro abierto sobre una perspectiva indefinida»[66]. Su forma abierta, progresiva, concuerda con la tesis bergsoniana que subyace y da sentido a la obra: la posibilidad de una continua evolución de la per-

---

[66] *Motivos de Proteo, Obras completas*, pág. 309.

sonalidad en el tiempo gracias a los impulsos de la vida psíquica que, con auxilio de la voluntad, experimenta un continuo desenvolvimiento creador[67]. Mientras componía su *Proteo* el mismo Rodó comentó la «rareza» de su estructura fragmentaria y de la variedad de sus estilos y contenidos: «(la obra) tal como yo la concibo y procuro ejecutarla, será de un plan y de una índole enteramente nuevos en la literatura de habla castellana, pues participará de la naturaleza de varios géneros literarios distintos»[68].

El «motivo», la fórmula a través de la cual se expresa esa nueva concepción de la escritura fragmentaria, viene a constituirse en la unidad discursiva de una estructura flexible que se va haciendo por las relaciones de colateralidad, de asociación, de interrelación entre esas unidades. Concebido así, el motivo, como el aforismo, rompe la linealidad del discurso y provoca cierta discontinuidad en la lectura.

Fue el crítico mexicano Alfonso Reyes el primero en analizar la importancia de la forma de escritura que Rodó había puesto en práctica con esta obra. En 1917, fecha de la muerte de Rodó, Reyes esbozaba en un texto de *El suicida* su teoría y definición de «el libro amorfo», del que *Motivos de Proteo* era un hito fundacional en la tradición hispánica. Esta obra flu-

---

[67] La relación de *Motivos de Proteo* con la filosofía de Bergson, señalada por primera vez por Pedro Henríquez Ureña, es esclarecedora. Rodó estudió su filosofía, tal vez por consejo de Leopoldo Alas, entre 1900 y 1909, a través de sus obras *Essai sur les donées inmediates de la conscience*, y *L'évolution creatrice* (A. García Morales, *Literatura y pensamiento hispánico..., op. cit.*, pág. 74). El bergsonismo se divulgó en Montevideo en los círculos filosóficos universitarios por iniciativa de Carlos Vaz Ferreira, que también lo dio a conocer a Felisberto Hernández. García Morales estima que el bergsonismo en Rodó parece más bien un desarrollo de las ideas krausistas sobre «el 'hombre completo', que es también un *hombre sucesivo*, un *hombre en progreso*, que se va haciendo a sí mismo en un constante descubrimiento y perfeccionamiento de su interioridad. Una concepción que permitió a algunos intelectuales de formación krausista aceptar de forma natural el bergsonismo» (*op. cit.* pág. 87).

[68] Carta a J. F. Piquet, «Correspondencia», *Obras completas,* pág. 1.343. En otra carta a Piquet escribía: «Será un libro variado como un parque inglés, o más bien como una selva americana; un libro en el que, a la vuelta de una escena de la Grecia antigua, encontrará el lector la evocación de una figura épica de la Edad Media, o una anécdota del Renacimiento» *(Ibídem)*.

yente, abierta y múltiple, plantea para Reyes «una cuestión estética, (...) una completa teoría del libro que, emanada de Rodó, está produciendo en la viña de América una floración de obras, buenas y malas»[69]. El valor revolucionario de la escritura de Rodó radica, según Reyes, en que con *Motivos de Proteo*, libro de estructura irregular, se rompe con el libro «entendido a la manera clásica», ya que éste era cerrado, ordenado y estático, sometido a una forma predefinida por las preceptivas partes del discurso. Frente al libro clásico, sólido, *Motivos de Proteo* es el libro moderno, «líquido», fluyente y, por ello, «psicológico».

Y, efectivamente, en la tradición literaria hispánica no hay ninguna obra con la que equiparar el sentido profundamente innovador, ecléctico y asistemático de *Motivos de Proteo*. Pese a la caducidad de muchos aspectos de esta obra, la modernidad «deconstruida» de ese discurso abierto nos sigue asombrando, y nos permite asociarla a otros tanteos «bergsonianos», cuando el experimentalismo vanguardista extremó la posibilidad de una escritura abierta y, por ejemplo, Felisberto Hernández concibe un libro sin tapas, o Macedonio Fernández escribe en sus *Papeles de Recienvenido* sobre una escritura que se va haciendo; o, más tarde, cuando Julio Cortázar, en *Rayuela*, nos propone de nuevo el juego de las discontinuidades...[70]

Rodó, desde luego, no era un vanguardista, y ni siquiera se le conoce ningún texto propiamente narrativo, salvo la ficción académica que enmarca *Ariel*, las «parábolas» y «cuentos simbólicos» y otras formas cercanas a la alegoría como el «Diálogo de bronce y mármol». El mismo peso de su prosa, desenvuelta en extensas ramificiones sintácticas, neutraliza y retiene la fragmentación del sentido. No obstante, conviene obviar las taxonomías y clasificaciones positivistas que han trazado un abismo insalvable entre la escritura modernista y

---

[69] Alfonso Reyes, *El suicida*, en *Obras completas*, III, México, FCE, pág. 294.

[70] Véase Ottmar Ette, «Rodó, Proteo de Motivos», en Titus Heydenreich y Ottmar Ette (eds.), *José Enrique Rodó y su tiempo. Cien años de "Ariel"*, Frankfurt am Main, Vervuert Verlag, Lateinamerika-Studien, 1999 (en prensa), donde compara el sistema de la escritura de Rodó con propuestas postestructuralistas como la de Roland Barthes.

la de las vanguardias para comprender que el taller de la escritura modernista, y en particular el de Rodó, consagró un tipo de texto breve, fragmentario, reflexivo y autorreferencial que, al fin y al cabo, como hoy, late con el pulso acelerado y ansioso de la modernidad. Ya lo había apreciado Martí, otro fragmentario, en su prólogo a Pérez Bonalde, cuando declaraba que en «tiempos de reenquiciamiento y remolde» no hay obras «como recias torres», sino «pequeñas obras fúlgidas», «como semillas de oro, que caen al suelo hirviente; se quiebran, se rarifican (...) se desmigajan»[71].

«ARIEL»

El latinoamericanismo y la génesis de Ariel

«*Ariel* nace bajo el signo del Desastre», escribe Emir Rodríguez Monegal[72]. Es, como se ha dicho, un libro del 98 pensado y sentido desde América Latina[73] e impregnado de ideas regeneracionistas. Y es, sobre todo, un testimonio latinoamericanista escrito en la encrucijada donde dos sentimientos hasta entonces complementarios (la animadversión contra la política colonial española, responsabilizada del atraso americano, y la actitud admirativa hacia los Estados Unidos, país republicano, moderno y progresista) empiezan a modificarse y a complicarse en el pensamiento de algunos intelectuales hispanoamericanos. La intervención militar de Estados Unidos en la guerra de independencia de Cuba y su ingerencia en la política de la isla provocaron la alarma y el rechazo en los países del Sur. Poco había avanzado en logros efectivos la construcción de las «trincheras de ideas» que José Martí de-

---

[71] José Martí, «Prólogo al *Poema del Niágara* de Juan A. Pérez Bonalde», *Ensayos y crónicas*, Edición de José Olivio Jiménez, Madrid, Anaya-Mario Muchnik, 1995, pág. 26.

[72] Emir Rodríguez Monegal, Prólogo a *Ariel*, *Obras completas, op. cit.*, página 197.

[73] Herbert Ramsdem, «*Ariel*, ¿libro del 98?», *Cuadernos Hispanoamericanos*, núm. 302, Madrid, agosto, 1975.

mandaba, cuando los Estados Unidos, fortalecidos desde las primeras décadas del siglo por su ímpetu mesiánico y expansionista, convertían sus planes panamericanistas en declarado intervencionismo económico y militar. Atrás ha quedado el temor de José A. Saco, cuando en 1848 advirtió en la trampa del anexionismo la pérdida de las identidades propias[74]. Atrás han quedado las advertencias de Martí cuando, desde «las entrañas del monstruo», intentaba disipar la «yanquimanía» de tantos hispanoamericanos que, como Sarmiento, veían en el modelo de progreso anglosajón la clave de la modernización de las adormecidas ex colonias españolas y en el *yankee* el prototipo del hombre moderno[75]. Atrás quedaban también las intenciones de restauración del proyecto bolivariano de Francisco Bilbao, que en 1856 llamaba a la confederación de las repúblicas del Sur ante el preocupante fortalecimiento de la potencia norteamericana. Ahora, bajo el impacto histórico de la intervención en Cuba, las minorías intelectuales hispanoamericanas se apresuran a propagar un discurso cultural crítico, de resistencia, que niega a sus invasores y al mismo tiempo busca con urgencia afirmar una identidad propia. Así, negando y afirmando, el discurso latinoamericano frente al «Gigante del Norte» se articula sobre oposiciones y polaridades, desarrolla una retórica y alegoriza sus contenidos buscando dar plasticidad y efectismo de parábola a la dramática invención de una identidad cohesora. Como advierte Arturo Ardao, la idea y el nombre de América Latina se originaron en esa búsqueda de identidad y, a la vez, de diferenciación geopolítica y cultural, que opone la América Sajona a la América Hispana. Entonces, escribe Ardao, se precipita «la dramáti-

---

[74] Julio Ramos, en *Desencuentros de la modernidad...* subraya la importancia de Saco como un antecedente del arielismo y del latinoamericanismo *(op. cit.,* pág. 149)

[75] Matizando los postulados progresistas de Sarmiento, Martí, en «Nuestra América» (1891), abogaba por una cultura propia, emanada de la realidad del «hombre natural» o del «mestizo autóctono», «sin antiparras yanquis o francesas»; y en «La verdad sobre los Estados Unidos» (1894) advertía: «urge poner delante de nuestra América la verdad toda americana, de lo sajón como de lo latino, a fin de que la fe excesiva en la virtud ajena no nos debilite» (J. Martí, *Ensayos y crónicas, op. cit.,* pág. 136).

ca necesidad de levantar frente a la otra América, una imagen unificante, tanto como incitante, de la América propia», y por eso, también, el latinoamericanismo «ha resultado de un dificultoso, y por momentos angustioso, empeño por definir su identidad histórica»[76].

Para comprender cabalmente la génesis del discurso identitario latinoamericanista debe recordarse que se había originado en estrecho contacto con la idea de *latinidad*, fortalecida en Francia desde los inicios del siglo XIX en oposición al bloque sajón. Del mismo modo que el romanticismo contraponía dos orbes europeos —el romano y el germano— y Michelet se refería a una «Europa latina» y al «genio latino», heredero del Imperio Romano, también se empezaba a proyectar hacia las dos Américas esa visión etno-cultural[77]. Cuando Michel Chevalier, que viaja a los Estados Unidos, constata el surgimiento de un nuevo imperio que encontrará en el «destino manifiesto» y en el *panamericanismo* una estrategia mesiánica para expandirse hacia el Sur, animará a través de sus divulgadas *Cartas sobre la América del Norte* (1836) a reactivar la presencia colonial de Francia en ese continente. Francia intentará competir en el escenario americano impulsada por la ideología del *panlatinismo,* claramente imperialista en la ideología de Renan y en la política de Napoleón III, quien apoyó con sus tropas la toma del poder por Maximiliano de Austria en México (1862).

El chileno Francisco Bilbao y el colombiano Torres Caicedo, a través de su contacto directo con Francia, adoptaron, con diversidad de matices, el nombre de América Latina, la idea latinista y el gentilicio *latinoamericano* con un sentido identitario y a la vez diferenciador de los dos bloques continentales[78]. En las revistas donde propagan esta concepción

---

[76] Arturo Ardao, *Génesis de la idea y el nombre de América Latina*, Caracas, CELARG, 1980, págs. 67 y 23.

[77] Humboldt captaba en 1825 la identidad entre América del Sur y la Europa latina, y Hegel, hacia 1830, ya se refería a la «raza angloamericana», con un «genio» diferenciado respecto a la del sur.

[78] La diferencia de matices entre la actitud de Bilbao y la de Torres, así como la polémica de la prioridad en el uso del concepto «América Latina»

cultural, ya encontramos algunas metáforas culturales sobre los Estados Unidos, sobre su desmedido crecimiento y su voracidad territorial: el monstruo (gigante, titán o caníbal), el animal de rapiña y el pirata; metáforas que irán evolucionando y diversificándose hasta llegar a la tropología martiana (el pulpo, el monstruo) y al «Calibán» finisecular. Ese latinoamericanismo decimonónico se sustenta sobre tres factores de gran impacto en la mentalidad de la época: la visión romántica del «genio de las naciones», cifrado en la herencia de raza, lengua y religión; las teorías raciológicas y eugenésicas del XIX, y la pujanza creciente de los Estados Unidos, que ya había ocupado parte de México hacia 1840 y ambicionaba conquistar nuevas posiciones en Centroamérica y Panamá. Frente a los anglosajones que descendieron del *Mayflower,* esgrimen una genealogía cultural y espiritual que se remonta a Rómulo y Remo, y empieza así a desarrollarse una relación diferente con la metrópoli española, despojada ya de sus últimas posesiones americanas. La «madrastra» opresora de otros tiempos, ahora arruinada en lo económico y desarmada en lo político empezará a ser vista como la dadora de un tesoro humanístico (la lengua, el arte, la literatura) que actualiza los ancestros de la latinidad clásica y cristiana en los que se fundamenta la identidad amenazada de los criollos hispanoamericanos[79].

Ariel reelabora estas búsquedas identitarias latinoamericanistas ofreciendo una reinterpretación crítica que por primera vez articula, organiza y da sentido a tantas voces y preocupaciones dispersas. En 1914, con motivo de la fundación de la revista uruguaya que tomó su título de la obra de Rodó, éste

---

aparece analizada en Miguel Rojas Mix, *Los cien nombres de América* (Barcelona, Lumen, 1991, págs. 343-382).

[79] Un antecedente de las relaciones hispanoamericanistas se encuentra en la celebración del IV Centenario del Descubrimiento, que había contribuido desde 1892 al estrechamiento de lazos culturales. Véase José Carlos Mainer, «Un capítulo regeneracionista: el hispanoamericanismo (1892-1923)» en Manuel Tuñón de Lara *et al.*, *VII Coloquio de Pau. De la crisis del antiguo Régimen al franquismo. Ideología y sociedad en la España contemporánea*, Madrid, Edicusa, 1977.

redactó una página donde recordaba las motivaciones de *Ariel;* entre otras:

> La reivindicación del sentimiento de la raza, del abolengo histórico latino, como energía necesaria para salvar y mantener la personalidad de estos pueblos, frente a la expansión triunfal de otros (...), cuando la preeminencia absoluta del modelo anglosajón y la necesidad de inspirar la propia vida en la contemplación de ese arquetipo, a fin de aproximársele, era el criterio que predominaba entre los hombres de pensamiento y de gobierno, en las naciones de la América latina[80].

Por su biógrafo Víctor Pérez Petit sabemos que estos acontecimientos de 1898 ocurridos en Cuba, habían indignado y preocupado a Rodó, quien, al parecer, había exclamado: «Habría que decir todo esto (...) bien profundamente, con mucha verdad, sin ningún odio, con la frialdad de un Tácito»[81].

Pero los acontecimientos no habían sorprendido a Rodó desprevenido y sin opinión propia[82]. En el Archivo Rodó se conservan algunas cartas, al parecer inéditas, intercambiadas a lo largo de 1896 entre nuestro autor y el escritor e independentista cubano Rafael Merchán, entonces radicado en Bogotá. La primera misiva firmada por Rodó (18-IV-1896) contiene una invitación para captar la colaboración de este intelectual con la causa americanista emprendida por la *Revista Nacional...*:

> Ud. traerá a sus páginas la representación de la intelectualidad de un pueblo del Continente, cuya autonomía aún no alcanzada en la realidad de su existencia política, lo está hace tiempo, por manifestaciones verdaderamente honrosas de cultura, en la vida del pensamiento y en el concierto de las letras americanas.

---

[80] «El nuevo *Ariel*», *Obras completas*, pág. 1.197.

[81] Víctor Pérez Petit, *Rodó. Su vida. Su obra, op. cit.*, pág. 151.

[82] Ya constan manifestaciones de Rodó a favor de la independencia de Cuba en su primer «Bolívar» (1883), publicado en el periódico estudiantil *Los primeros albores* (Véase E. Petit Muñoz, *op. cit.*, pág. 114).

RAFAEL M. MERCHAN

APARTADO 100

Bogotá (Colombia), *Noviembre 16* : 1896

Señor D. José Enrique Rodó

Montevideo.

Distinguido Sr. mío: con inexplicable atraso he recibido su muy honrosa carta de ¡18 de Abril!, y al contestarla debo antes que todo rogar á V. que excuse tan gran demora, que no ha dependido absolutamente de mí.

Doy á V. y á los demás señores redactores de la *Revista Nacional* rendidas gracias por su bondad en solicitar mi colaboración. Leo la *Revista* con mucho interés, y gozo al ver cuán adelantado se halle en esa república el movimiento intelectual. Se publican en ella trabajos de elevadísimo mérito, pertenecientes á diversos géneros; y los que llevan la firma de V. son los que siempre leo primero, porque V. escribe sobre las materias de mi predilección, y lo hace V. como maestro. Por eso solo, merecerían todos Vs. felicitarnos, que les envío muy cordial; pero además son Vs. acreedores á gratitud de las letras americanas; por su titánico propósito de crear relaciones entre todos los que en estos países alimentamos aficiones por las cosas del espíritu. Todos los que han acariciado semejante propósito, han encallado, por diversas causas; ¡ojalá! que sean ustedes más afortunados.

Al pié de esta carta me permito indicar á V. los números que no me han llegado de la *Revista Nacional*; deseando adquirirlos, para que no estén truncos los trabajos que en ella se publican por fragmentos, y para

La respuesta de Rafael Merchán, fechada en Bogotá el 16 de noviembre de 1896, lanza a Rodó la propuesta de comprometerse públicamente con la independencia de la isla:

> Respecto de mi colaboración, la tensión de espíritu en que nos hallamos ahora los cubanos me impide concentrar la atención en asuntos literarios. No sé cuál será la opinión de Vs. sobre la guerra de independencia de Cuba, pero para mí, toda la vida está suspensa de ese gran drama.

Merchán propone entonces a los redactores de la *Revista Nacional*... la publicación de algunos capítulos de su obra *Cuba. Justificación de su guerra de independencia*, para que «sean bien conocidos los fundamentos de nuestros agravios». La respuesta de Rodó manifestaba su compromiso con estas palabras:

> ¿Y qué otro sentimiento pueden inspirar a los ciudadanos de la América libre los esfuerzos del pedazo de América que aún lucha por su libertad sino el de la adhesión y el entusiasmo más sincero?
>
> A pesar de nuestras propias inquietudes, que son absorbentes y angustiosas en el momento actual, los orientales no permanecemos indiferentes a la suerte de la heroica patria de V. Para mostrárselo, y en la seguridad de que ha de interesarle cuanto se refiera a las manifestaciones de simpatía que se tributan a la nobilísima causa de Vds., le envío adjunto un recorte de diario donde se refieren las iniciativas tomadas para protestar adhesión a la independencia de Cuba.

En el número 60 de la revista (25-XI-1897), el último de su existencia, se publicará una síntesis del trabajo de Merchán donde se exponían aquellos agravios y donde, evocando a Martí, se abogaba por la guerra independentista, rebatiendo tanto a los autonomistas como a aquellos españoles que profetizaban la dependencia cubana de los Estados Unidos.

Consumados los hechos que Merchán y los independentistas cubanos no pudieron prever, Rodó volverá a manifestarse sobre el problema cubano en el último párrafo de su *Rubén Darío*... (1899), al referirse al viaje del poeta nicaragüense a España, «madre de vencidos caballeros» que soporta la derrota «como la Dolorosa del Ticiano», rodeada del silencio y el estupor de sus escritores e intelectuales»[83].

Como si Rodó quisiera rasgar ese silencio con un testimonio de indignación por la intervención estadounidense, ha iniciado su *Ariel*, que meses antes de su aparición pública ya era anunciada por la prensa con expectación[84]. Una sola anticipación apareció en *La Nación* de Buenos Aires (10-I-1900) con el título «El sentimiento de lo hermoso». Por fin, en los primeros días de febrero de 1900 se publicó *Ariel* como tercer opúsculo de la serie «La Vida Nueva». Es un tomo de 142 páginas impreso por la casa Dornaleche y Reyes de Montevideo en una tirada de 700 ejemplares. La edición fue costeada por el mismo autor, que debió abonar a la imprenta 162 pesos.

No debe resultar extraña la tardanza de Rodó en terminar su libro, casi dos años: decirlo «todo», apoyado con razones, «profundamente», exigía algo más que la inspiración vehemente que requiere un panfleto redactado a vuelapluma y, a la vista del resultado final, podrá deducirse que el texto de Rodó rebasa en mucho el apasionado alegato que en principio se esperaba. Incluso algunos de sus primeros receptores lo consideraron demasiado sereno y reposado. Por su parte Emir Rodríguez Monegal, en el prólogo que antecede a su edición de *Ariel* para las *Obras completas* de Rodó, puso un considerable énfasis en diluir la primera motivación política antinorteamericana de Rodó, y el resultado final del texto podría avalar esa opinión: nada específico se dice en *Ariel* del intervencionismo estadounidense en Cuba, ni de la ocupación de Puerto Rico; ningún dato histórico o económico sobre el

---

[83] J. E. Rodó, *Rubén Darío...*, *op. cit.*, pág. 191.

[84] En *El Siglo* (30-X-1899) se anunció la publicación para la primera quincena de noviembre, por la casa editorial Dornaleche y Reyes y como tercer opúsculo de la serie *La Vida Nueva:* «En él el señor Rodó ha estudiado con su acostumbrada altura y penetración la influencia de la raza anglo-yankee en los pueblos latinos, arribando a la conclusión de que a ella es debido el mercantilismo desbordante con abierto detrimento de todas las manifestaciones artísticas» (cit. en Rodríguez Monegal, Prólogo a *Ariel*, *op. cit.*, pág. 198). En *El Día* (23-I-1900), Rodó matizará esa afirmación, precisando que el tema principal de su trabajo es una defensa de la vida espiritual ante las peligrosas imitaciones del mercantilismo.

avance invasor se lee en el texto. La quinta parte del discurso, donde se trata el problema de los Estados Unidos, sólo contiene alusiones generales. Sin embargo, debe recordarse que esos acontecimientos, frescos en la memoria de sus lectores, fueron los desencadenantes de un discurso donde el problema de Estados Unidos queda contemplado con una perspectiva más amplia, como una manifestación de «la democracia mal entendida», de la hipertrofia de una ciencia utilitaria y materialista, y del desarrollo «fenicio» de sus ciudades, que ya empezaba a verse en las capitales hispanoamericanas que imitaban al Norte. Ese conjunto de problemas, que caracterizaba al proceso modernizador, se cernían como una sombra preocupante sobre América Latina, donde el saber humanístico y la cultura neoidealista eran las armas de lucha para neutralizar la influencia de un modelo considerado por Rodó peligroso y decadente. Por eso los temas de *Ariel* resultan de un decantado análisis de índole cultural y pedagógica, que, motivado por la palpitante situación política de 1898, enfoca el devenir de la América Latina del siglo XX.

Las palabras de Próspero

El texto de *Ariel* se inicia con la dedicatoria «A la juventud de América» y con una página en la que se describe la atmósfera en la que se iniciará enseguida la última lección del maestro llamado «Próspero» a sus discípulos. La estatuilla en bronce de Ariel en el momento de alzar el vuelo, la de un dios profano de la idealidad y la inteligencia, preside la sala de lectura donde se agrupan los alumnos, rodeados de libros. En ese ambiente académico resguardado de toda hostilidad el profesor iniciará su lección de fin de curso, que ocupa la mayor parte del texto.

La conferencia de Próspero, dictada con elocuencia, erudición y «firme voz *magistral*», se inicia con un canto a la energía de la juventud, en la que actúan el idealismo y la fe, el sentido crítico, la fuerza de renovación y la audacia creadora, tan necesarias para el desarrollo americano. Esa juventud intelectual es vista como una milicia de «obreros en marcha» llamada a la construcción social, y por tanto debe huir del pesimismo y del decadentismo (ejemplificados a través de los más nocturnos protagonistas de la novela europea finisecular), para luchar con coraje por un futuro mejor y por la reunificación espiritual de las repúblicas americanas disgregadas e incomunicadas. A esos jóvenes Próspero explicará los peligros y las condiciones de vida que les esperan en un mundo caótico, violentamente modernizado.

Uno de los peligros que amenazan al individuo y a la sociedad es la fragmentación y mutilación de su personalidad por la propia estructura social, donde reina la estrecha especialización, el exclusivismo, la intolerancia y el individualismo insolidario. La mecanización del trabajador especializado, las metas de productividad y la competencia esclavizan al individuo, atrofian su mente y lo alejan de la cultura armoniosa, de las causas colectivas y de los intereses generales, dando lugar a «espíritus estrechos» y a individuos incomunicados, así como a sociedades decadentes. El desarrollo armónico de la personalidad y de la cultura social, que tienen su mejor ejemplo en la Atenas clásica, deben cultivarse como una compensación liberadora de la esclavitud materialista. El «reino interior» propicia esa libertad para «pensar, soñar, admirar», a través del cultivo de un *ocio* productivo donde se cuida el espíritu, la sensibilidad y el sentido estético, como ocurre en el «cuento simbólico» del «rey hospitalario» que descansaba de sus labores públicas en la íntima estancia secreta reservada a la meditación.

La belleza, en ese mundo mercantilizado y con bajos intereses, es gratuita y «desinteresada» (independiente, autónoma), y es indisociable de la moral; posee, como para Schiller, un poder liberador que permite un desarrollo moral armonioso. También es una fuerza civilizadora para la muchedumbre inculta que accede a las ideas por los reclamos de la belleza. En términos platónicos esa belleza acompaña a la verdad, a la moral y a los más nobles actos humanos, mientras el error y el mal, disonantes, sólo llevan consigo la fealdad. La discusión de otras posibles opciones estéticas, que Próspero considera desviadas y erróneas, son significativas: frente a la estética católica, la del protestantismo anglosajón; frente al saber equilibrado y amplio, el *dilettantismo* acumulativo e inarmónico de los falsos intelectuales finiseculares; frente a la tolerancia y la solidaridad, la retórica jacobina intransigente; frente a la belleza moral constructiva, la perversidad decadente, ejemplificada en Nerón. De ahí que Próspero considere «la ley moral como una estética de la conducta», y encuentre la plenitud de ese arquetipo cultural en el momento en que el cristianismo primitivo, inspirado en la caridad y el sentimiento (en la «poesía del precepto»), se encontró con la armoniosa racionalidad del mundo griego. La preferencia por el idealismo francés, inseparable de su expresión estética, le parece por eso muy superior a cualquier otra manifestación donde predomina la mera funcionalidad utilitaria.

La humanidad, continúa Próspero, ha hecho triunfar dos grandes objetivos irrenunciables, la ciencia y la democracia, «las dos obreras del destino futuro» (Bourget); pero ambas deben ser reconducidas y educadas, cediendo su dirección moral y cultural a aquellos mejor dotados: los que ven más allá de sus interpretaciones vulgares y estrechas, de la mediocridad y del materialismo. Si bien el utilitarismo sirve a la mejora material y al progreso de los pueblos, es culpable «de muchos descontentos y agravios de la inteligencia», que reacciona idealizando el pasado y mirando el porvenir con desesperanza. La democracia, que ha venido a abolir «superioridades injustas», debe propiciar que, en igualdad de condiciones, sobresalgan y actúen los mejor dotados, y no ahogar, con «la fuerza ciega del número», a aquellos que deben defender la «alta cultura» y las ideas desinteresadas. Siendo imposible el retroceso material, Próspero aboga por insuflar un nuevo idealismo a las sociedades modernas americanas, donde la inmigración ha dado lugar a una «enorme multitud cosmopolita» que difícilmente podrá ser asimilada y ordenada por un organismo social aún inmaduro. Próspero encomienda a sus discípulos la tarea de educar la democracia, «principio de vida», para que deje de ser el «capricho de la muchedumbre» manipulada por mezquinos intereses populistas y por la moral posesiva del espíritu burgués. Esa masa inculta, la nueva barbarie, detesta el mérito y la excelencia, amparada en el mal gusto y la mediocridad, y tiene por filosofía la vulgaridad y la demagogia, pero, debidamente orientada, aprenderá sus derechos y también sus deberes, y terminará por aceptar la cultura democrática, donde tiene que haber un lugar para el arte y el intelecto entre «las impiedades del tumulto».

Entra así Próspero a ejemplificar los males de la democracia mediocre y utilitaria recurriendo al caso más representativo: el de los Estados Unidos, que inicia la «conquista moral» de los «americanos latinos», aún sin personalidad definida, pero poseedores de una «tradición étnica», de una «herencia de raza», que deben proteger de la influencia extranjera y nefasta que propicia la *nordomanía*: la tendencia general a la imitación servil de ese modelo. El juicio de Próspero trata de ser ecuánime («Aunque no les amo, les admiro», dice), y así, mientras reconoce la «grandeza titánica» del «pueblo de cíclopes» que ha realizado grandes conquistas gracias a una portentosa voluntad (la república, el federalismo, la dignificación por el trabajo, su espíritu asociativo y su energía colonizadora, la expansión educativa, la ciencia aplicada, la sanidad y la energía corporal, o la libertad de conciencia individual), no deja de enumerar las razones de su rechazo: su materialismo, su pragmatismo, su desvirtuación del positivismo, al que han privado de altura científica y espiritual, su desinterés por lo artístico y su desprecio de la intelectualidad; su afán expansionista y su voluntad de liderazgo mundial.

Por último, después de la extensa argumentación sobre los defectos de los Estados Unidos, un modelo poco digno de imitación, vuelve Próspero a hablar de la sociedad ideal, desenvuelta armoniosamente hacia un destino superior a la mera capitalización de bienes materiales. Sólo la tendencia a fines ideales y desinteresados hace grande a un pueblo, y sólo las grandes ciudades que han sido algo más que hormigueros o colmenas se hacen perdurables en la memoria, cuando han fomentado la «alta cultura» y el ideal civilizador. Por eso no son casi nada Nínive, Cartago o Babilonia, las grandes y ricas ciudades materialistas de la antigüedad, comparadas con Atenas. Porque sólo perduran aquellas ciudades en las que algo «flota por encima de la muchedumbre», cuando en la noche está encendida entre otras luces la lámpara del intelectual, y cuando su pensamiento se traduce en «el grito que congrega y la fuerza que conduce las almas». En cambio, las ciudades donde no hay lugar para la idealidad y la cultura se convierten en tumba o cautiverio para sus artistas. Todos esos peligros amenazan a Buenos Aires, la ciudad heroica que puede convertirse en Tiro, Sidón o Cartago. Los jóvenes discípulos son los llamados a predicar a estas masas incultas y materialistas de las ciudades modernas de América «el Evangelio de la delicadeza», de la «inteligencia» y del «desinterés». La energía de su pensamiento, inspirado por Ariel, debe terminar por imponerse a la sociedad sin recurrir a posiciones voluntaristas, insolidarias o de fuerza motivadas por la impaciencia. Las metas intelectuales y todo proyecto regenerador inspirado en la «alta cultura» se podrán cumplir en América en el porvenir; por eso estos intelectuales deberán autoeducarse en una moral del trabajo y del combate, no para ver resultados inmediatos, sino para obtener «mejores condiciones de lucha». En la lenta y heroica consecución de esos fines, como en la lenta evolución que convierte al salvaje en ciudadano civilizado, Ariel es la inteligencia que alumbra la tarea y anima en los desfallecimientos; su canción suena «para animar a los que trabajan y a los que luchan» rozando con su «llamarada del espíritu» la torpe ceguera con que se manifiesta la barbarie moderna de Calibán.

Ésta es en síntesis la lección del maestro Próspero, que ha transmitido a sus alumnos una moral para los intelectuales latinoamericanos del siglo XX, quienes, a su vez, deberán predicar esa fe a otros discípulos. Terminado el discurso, el grupo se dispersa silencioso entre la «áspera muchedumbre», bajo la noche estrellada, pensando en el destino que les ha tocado cumplir: la regeneración y la defensa de los valores espirituales de América Latina.

La «gesta de la forma» y la ficción de oralidad

Una mera síntesis temática no refleja la complejidad ideológica, estructural y semiótica de *Ariel*. La obra no podría entenderse sin el análisis de otros elementos compositivos y retóricos inseparables de su discurso, portadores de otras significaciones menos evidentes que atraviesan el texto en distintas direcciones, como estructuras conceptuales interrelacionadas y meticulosamente armadas por Rodó.

Un análisis completo de los recursos expresivos activados en el texto debería atender a múltiples aspectos: la elección de la forma pedagógica de la lección magistral, que ficcionaliza el ensayo y sugiere otras formas didácticas, como el diálogo platónico o el Evangelio (laico, en este caso); el entramado de las citas, que nos abre el acceso a la virtual biblioteca y al método pedagógico del maestro Próspero; las ficciones y las paráfrasis de otras obras dentro de la obra; el sistema analógico y los paralelismos, explícitos o implícitos, entre individuo y sociedad, o entre naturaleza y cultura; los marcados contrastes entre el interior (aula, «reino interior») y el exterior, o lo alto y lo bajo, la juventud y la decadencia, lo sano y lo enfermo, etc.; la coexistencia de discursos heterogéneos (el científico-evolucionista, el crítico-literario, el filosófico, el estético, el sociológico, el psicológico, el religioso, etc.); la proliferación de tiempos y espacios donde se sitúan los ejemplos históricos y los modelos culturales, y que nos permite recorrer los grandes hitos de la evolución humana, desde los estadios primitivos hasta las ciudades más desarrolladas, que no siempre son las más civilizadas; la implícita discusión de la dicotomía sarmientina civilización/barbarie que recorre y organiza el texto, para demostrar que en la gran ciudad moderna *también* pulula la barbarie, etc., etc.

La administración de los recursos estilísticos acentúa la literariedad del texto y potencia sus sentidos. En un discurso donde se defiende la idealidad y la moralidad de la belleza, no podía descuidarse la forma expresiva. Uno de los preceptos de *Ariel* es «enseñar con gracia», y una de las misiones del maestro y hombre de letras es «hacer sentir la belleza», «decir las cosas bien»[85]. Por tanto, la escritura de *Ariel* obedece en

---

[85] En el breve texto «Decir las cosas bien» (1899), Rodó anticipaba la identificación bien-verdad-belleza que encontramos en *Ariel*, y así escribía: «Sabios, enseñadnos con gracia (...) Si nos concedéis de forma fea y desapacible la verdad, eso equivale a concedernos el pan de malos modos» *(El mirador de Próspero, Obras completas*, pág. 569).

todo a un proceso de literaturización coherente con la ética y la estética de la tarea intelectual que su autor exige con insistencia como un precepto. Pero además, si leemos otro texto fechado en 1900, «La gesta de la forma», encontraremos matices esclarecedores. Dice Rodó: «¡Qué prodigiosa transformación la de las palabras, mansas, inertes, en el rebaño del estilo vulgar, cuando las convoca y manda el genio del artista!...»[86]. Escribir, para Rodó, también es pelear con palabras salvajes, indómitas, «pequeños monstruos» que el escritor somete al orden del discurso tras una flaubertiana «lucha por el estilo»[87]. Esta lucha por dominar y ordenar al rebaño inerte o indómito ¿no es la misma lucha que el dirigente intelectual debe desempeñar en su sociedad, tal como se lee en *Ariel?*

En el Archivo Rodó, donde se custodian los borradores, esquemas, originales y galeradas de *Ariel*, puede comprobarse el detenido trabajo de estructuración y de depuración estilística de la obra, que Roberto Ibáñez, el primer estudioso que organizó los manuscritos y documentos de Rodó, denominó, usando la expresión del autor, «la gesta de la forma»[88]. Allí puede comprobarse también, a la vista del plan, del temario y de los materiales preparatorios, que el proyecto original de Rodó en 1898 era elaborar una obra titulada *Cartas a...*, origen común de *Ariel* y de *Motivos de Proteo*, por lo que se deduce que los acontecimientos de Cuba precipitaron la segregación de algunos materiales y determinaron el cambio de la inicial forma epistolar por la forma pedagógica de la conferencia del maestro Próspero a sus discípulos.

El cambio de la situación enunciativa (del tono íntimo de la carta al más directo y público de la lección magistral a un auditorio juvenil) tuvo que exigir una modificación del registro discursivo previo a la redacción de *Ariel*, la readaptación de algunos de esos materiales preparatorios a la nueva forma

---

[86] «La gesta de la forma», *El mirador de Próspero, Obras completas*, pág. 524.
[87] *Ibídem.*
[88] Roberto Ibáñez, *Originales y documentos de José Enrique Rodó*. Catálogo de la exposición inaugurada el 19 de diciembre de 1947 en el Salón de Actos del Teatro Solís de Montevideo.

«La gesta de la forma». Borrador de José Enrique Rodó.

de enunciación. Aunque es obvio que en ambos casos Rodó partía de una situación ficcional, la primera, la epístola de contenido cultural a un supuesto destinatario, implica la *ficción de escritura* en soledad, diferida al receptor ausente; mientras que la segunda, la lección de fin de curso a los discípulos, conlleva una *ficción de oralidad* basada en la transferencia directa del discurso a un auditorio incluido en el cronotopo de la situación narrada[89]. Esta transformación del discurso, así como la invención del personaje del profesor llamado «Próspero», del espacio del aula y del grupo de alumnos, debe sumarse al acopio y engarce de materiales, propios y ajenos, que forman la sustancia misma del texto, y al mismo tiempo, puede interpretarse como el esfuerzo de Rodó por conseguir un discurso más directo y convincente, acorde con la situación crítica que los acontecimientos históricos reclamaban.

Desde que apareció *Ariel* algunos críticos repararon en su apariencia extraña, en su género inclasificable. Leopoldo Alas, en su conocido artículo-reseña de 1900, muy divulgado como prólogo a partir de la segunda edición de la obra, ya se refería a su «género intermedio»:

> *Ariel* no es una novela ni un libro didáctico; es de ese género intermedio que con tan buen éxito cultivan los franceses, y que en España es casi desconocido. Se parece, por el carácter, por ejemplo, a los diálogos de Renan, pero no es diálogo; es un monólogo, un discurso en que un maestro se despide de sus discípulos[90].

El mismo Rodó sabía que *Ariel* era una obra inclasificable, moderna, donde confluían el trabajo literario y la escritura de

---

[89] Ottmar Ette, en «'Así habló Próspero': Nietzsche, Rodó y la modernidad filosófica de *Ariel*» *(Cuadernos Hispanoamericanos,* núm. 528, Madrid, junio, 1994) ha analizado esta «estructuración semiótica ficcional» de *Ariel*, donde, en términos de Genette, la *dicción* se enmarca en la *ficción*, en correspondencia con un sincretismo de los géneros literarios destinado a la concentración de lo literario y lo filosófico en un discurso donde lo ético y lo estético se funden en una propuesta de modernidad latinoamericanista.

[90] Leopoldo Alas, *«Ariel» (Los Lunes* de *El Imparcial*, Madrid, 23-IV-1900), repr. en David Torres (ed.), *Los prólogos de Leopoldo Alas*, Madrid, Playor, 1984.

ideas en una forma ajena a la tradición didáctica o doctrinal hispánica, y molesta a la hora de ser clasificada por los retóricos tradicionales en sus tratados[91].

Varias son las filiaciones que la crítica ha propuesto para emparentar el modo discursivo finalmente elegido por Rodó con otras prácticas retóricas que pudieron servirle de modelo. Carlos Real de Azúa ha señalado la afinidad de *Ariel* con una modalidad didáctica muy frecuentada por la universidad francesa en la segunda mitad del siglo XIX: la «oración rectoral» o el «sermón laico», destinados a proporcionar pautas morales y cívicas de carácter liberal y laico a la juventud en el momento de su incorporación a la vida profesional. Autores muy leídos y seguidos por Rodó como Anatole France, Ernest Renan o Jules Simon (o Emerson, en Estados Unidos) cultivaron este tipo de alocución que en el mundo hispánico también hizo fortuna en los sectores liberales de la pedagogía decimonónica, y particularmente en la pedagogía krausista. Rodó pudo encontrar en textos como «El espíritu de la educación en la Institución Libre de Enseñanza», discurso inaugural del curso 1880-81 pronunciado por Giner de los Ríos, no sólo motivos y orientaciones pedagógicas fundamentales para la comprensión del arielismo y el proteísmo, sino también el modelo de discurso *real* que, con su elocuencia y vigor, pronuncia el maestro con la conciencia de que, entre las «fuerzas civilizadoras» de la sociedad nueva y del individuo plenamente desarrollado, el primer lugar corresponde a la enseñanza[92].

Pero otros autores españoles más próximos a Rodó en su etapa formativa, como es el caso de *Clarín*, Altamira o Unamuno, rector de la Universidad de Salamanca, también practicaban ese tipo de sermones laicos. Particularmente, Leopoldo Alas había pronunciado en 1891 un discurso académico en la Universidad de Oviedo, «El utilitarismo en la enseñan-

---

[91] Véase «La enseñanza de la literatura» (1908), en *El mirador de Próspero, op. cit.,* págs. 531-533.

[92] Francisco Giner de los Ríos, «El espíritu de la educación en la Institución Libre de Enseñanza», en *Ensayos* (2ª ed.), Madrid, Alianza, 1973, pág. 104.

za», que se publicó el mismo año con el título *Un discurso*, y donde había adaptado las críticas al utilitarismo norteamericano del autor inglés Matthew Arnold a claves pedagógicas krausistas: el cultivo de los ideales desinteresados y la importancia de la formación estética[93].

Este tipo de discursos en actos académicos también había hecho fortuna en el Río de la Plata. Como recordaba Gómez Haedo en 1947, el mismo Rodó había manifestado en su artículo «Juan Carlos Gómez» (1895) su admiración por un discurso que Lucio Vicente López había pronunciado en 1893:

> Lucio Vicente López, en una oración universitaria que merece eterno recuerdo, señalaba hace pocos años como suprema inspiración regeneradora, en medio del eclipse moral que veía avanzar en el horizonte de América, la obra patriótica de fortalecer en la mente y el corazón de las generaciones que se levantan el amor a la contemplación de aquellas épocas en que el carácter, la individualidad nacional de nuestros pueblos y las fuerzas espontáneas de su intelectualidad vibraban con la energía que hoy les falta, y con el sello propio de que les priva el cosmopolitismo enervador que impone su nota a la fisonomía del tiempo en que vivimos[94].

Con esta opción formal por el sermón laico, netamente pedagógico, Rodó se distancia de esos otros textos polémicos o sociológicos y elige un destinatario específico: la juventud americana que, con acceso a la «alta cultura» universitaria, constituirá el sector social mejor preparado para intervenir en las instituciones políticas y culturales, con el fin de imprimir un nuevo sentido regenerador a la cultura latinoamericana del siglo XX.

Pero en un texto que dialoga con tantos libros no es posible ni acertado elegir un solo modelo, una sola influencia. Próspero no siempre cita sus fuentes originales, y en ocasiones, tal vez inconscientemente, se aproxima al influjo de es-

---

[93] Véase Alfonso García Morales, *Literatura y pensamiento hispánico de fin de siglo: Clarín y Rodó, op. cit.*, pág. 60.

[94] José Enrique Rodó, «Juan Carlos Gómez», en *Obras completas, op. cit.*, pág. 783.

critores que aparecen expresamente censurados en su lección, como son los casos de Nietzsche y Baudelaire, invocados como ejemplos negativos por su egoísta teoría del *superhombre* y por su decadentismo enfermizo, respectivamente. No obstante, *Ariel* también comparte elementos comunes con la obra de Nietzsche: algo de superhombres (cristianizados) tienen esos héroes culturales que deben combatir la «moral del rebaño» y que deben aspirar a hacer de la creación y la belleza una nueva religión en un mundo sin valores, donde los dioses han muerto bajo los reflectores de la ciencia. Pero además, como ha demostrado Ottmar Ette, hay otros elementos que aproximan a Rodó al denostado filósofo de *El Anticristo:* la primera frase con que se inicia el último capítulo de *Ariel*, «Así habló Próspero», abre la conexión con *Así habló Zaratustra*, que también, pese a las profundas diferencias, era un ser alado cumpliendo una misión pedagógica para discípulos elegidos. Pero lo que interesa señalar aquí, en el marco de las opciones retóricas de *Ariel*, es señalar con Ette la identificación de Rodó con un filósofo que, al recurrir a estrategias ficcionales, inauguraba para la modernidad «una escritura que niega y subvierte la distinción entre literatura y filosofía», pues:

> Si *Ariel*, desde su mismo título, se inscribe en su totalidad en lo que Ángel Rama ha llamado la «interpretación americana del texto universal», la primera frase del último capítulo indica un lugar filosófico y una relación intertextual mucho más específicos y ambivalentes[95].

La identificación de Rodó con aquel texto moderno y transgresor donde filosofía y literatura entran en *fricción*[96], y la elección para *Ariel* del mismo discurso híbrido como molde discursivo para exponer el primer proyecto de la modernización latinoamericanista, son indicativos de una intencionalidad radicalmente renovadora que afecta por igual, en el proyecto de Rodó, al pensamiento y a las letras, al pretender impulsar

---

[95] Ottmar Ette, «'Así habló Próspero'...», art. cit., págs. 57 y 55.
[96] *Ídem*, pág. 59.

«una literatura de ideas» de la que *Ariel* viene a ser un logro de resonancia internacional.

El éxito del hallazgo de Rodó, al concebir un ensayo ficcionalizado como sermón laico autorizado por las palabras del maestro, continuará disfrutando de cierta fortuna entre algunos arielistas; es el caso de García Calderón, que en dos ocasiones recurrió al modelo rodoniano: en *De litteris (crítica literaria)* (1904), incluyó «Hacia el porvenir», un sermón laico donde también un maestro de neoidealismo alienta a sus alumnos a asumir la modernidad sin sucumbir en el decadentismo y sin extraviarse en la utopía. En *Hombres e ideas de nuestro tiempo* (1908), el escritor peruano incluirá la lección de un viejo filósofo, «Por ignoradas rutas», que García Morales califica como «otro *Ariel*»[97].

Pero el mismo Aníbal Ponce, que rebate profundamente las bases del humanismo burgués en que se sustenta *Ariel*, se convierte él mismo en un maestro arielista-marxista, cuando dicta en 1935 su curso sobre «Humanismo burgués» y «Humanismo proletario» en el Colegio Libre de Estudios Superiores de Buenos Aires, que se publicaría en el libro *De Erasmo a Romain Rolland* en 1939. También Ponce invoca a Ariel, no como a un numen de los intelectuales entendidos a la manera tradicional, sino de los pioneros en la lucha de clases, motor de la historia que dará paso al humanismo proletario. Por eso su Ariel ya no lleva túnica de gasas, y propaga el nuevo espíritu «con las alas de fuego de la Revolución»[98].

El arte de la cita

En una lección donde se instruye a futuros intelectuales en el espíritu de la cultura humanística, no podían faltar las referencias a los libros, las citas eruditas, los nombres prestigiosos: ellos son, respectivamente, los blasones, la leyenda y

---

[97] Alfonso García Morales, *El Ateneo de México..., op. cit.,* pág. 139.
[98] Aníbal Ponce, *De Erasmo a Romain Rolland*, Buenos Aires, El Ateneo, 1939, pág. 111.

la prosapia de esta nueva nobleza trabajadora, nacida para guiar las repúblicas democráticas del siglo XX. La cita, el ejemplo erudito, el caso biográfico o el argumento de otras obras literarias son inseparables de la escritura de *Ariel*, que, como toda lección, debe incluir amplificaciones y ejemplos aclaratorios[99]. Además, esa capacidad de citar habla de la competencia y de la elocuencia del emisor, un escritor cultivado que refuerza su autoridad con la autoridad ajena y se diferencia así del «rebaño» iletrado y de los nuevos «bárbaros» incultos, los inmigrantes que sólo *balbucean* la lengua del país receptor[100].

Como ha escrito Julio Ramos a propósito de las citas en el *Facundo* de Sarmiento, son el resultado de un «viaje importador» que acarrea conocimientos de la «biblioteca europea» para iluminar y *civilizar* la realidad americana, aunque esas citas siempre quedan inevitablemente descontextualizadas al remitirlas a una realidad diferente de aquella que las originó[101]. Ricardo Piglia apuntaba que Sarmiento, pese a su intención civilizadora, hacía un «uso salvaje de la cultura» por el hecho de trasladar aquellos textos, algunas veces mal transcritos, o apócrifos, al contexto de la barbarie: «la barbarie corroe el gesto erudito»[102]. Algo similar había ya observado Rodó al calificar a Sarmiento como un escritor «poderoso y genial, pero de cultura inconexa y claudicante, de gusto semibárbaro, de producción atropellada y febril»[103].

---

[99] Las citas ilustrativas, los ejemplos y las anécdotas proliferaban en el estilo de muchos de los libros que consultó Rodó para documentar *Ariel* y *Motivos de Proteo*. (Véase Carlos Real de Azúa, Prólogo a *Ariel* y *Motivos de Proteo, op. cit.)* Por ejemplo, el tratado psicológico de Théodule Ribot, uno de los pocos que aparecen citados a pie de página por Rodó en *Ariel*, contiene numerosos casos y anécdotas sobre los artistas, con el fin de ilustrar su teoría del genio creador.

[100] Como precisa Leopoldo Zea en *Discurso desde la marginación y la barbarie* (Barcelona, Anthropos, 1988), la palabra *bárbaro* procede de una onomatopeya —*balbus*— que alude al balbuceo de quien no habla correctamente una lengua: al extranjero.

[101] Julio Ramos, *Desencuentros de la modernidad..., op. cit.*, págs. 22 y ss. Ramos dialoga (y discrepa) con el trabajo de Ricardo Piglia «Notas sobre *Facundo*», en *Punto de vista*, año 3, núm. 8, Buenos Aires, 1980.

[102] Ricardo Piglia, art. cit., pág. 17, citado en Ramos, *op. cit.*, pág. 22.

[103] J. E. Rodó, «Montalvo», *Obras completas*, pág. 590. No deja de ser intere-

Pese a su admiración, Rodó no podía identificarse con Sarmiento, ni en el temperamento apasionado, ni en su *nordomanía*, ni en su forma desproporcionada de trabajar la prosa, pese a que el mayor caudal de su saber tampoco procedía de una formación académica. Como hemos visto, la «gesta de la forma» en *Ariel* domestica el lenguaje y lo civiliza por la euritmia y la armonía. Sin embargo, el modelo de la cita como acarreo erudito parece tener un antecedente cercano en *Facundo*, y, de hecho, se ha dicho que Rodó, como el escritor argentino, practicó el «contrabando» de ideas ajenas (Zum Felde) o que fue un «adaptador de citas» de otros autores (Real de Azúa); por su parte, Gordon Brotherston demuestra que algunas citas de *Ariel* son de segunda mano, y que otras aparecen transcritas con inexactitud[104]. En cualquier caso, también Rodó quiso aclimatar aquellas ideas foráneas, tanto a la incipiente cultura moderna de América Latina, como a un texto donde decenas de nombres y citas conviven en cierta promiscuidad.

En alguna ocasión se ha hecho notar la ausencia casi absoluta de escritores hispanoamericanos y españoles en un libro donde se habla de la nueva cultura latinoamericana, y ello puede dar una idea de la opción europeísta que guía el proyecto americanista de un intelectual que, como Sarmiento, encontraba un gran desierto (una «pampa de granito») que poblar de ideas. Sin embargo, como veremos, la voz y la huella de algunos precursores americanos se siente entre las líneas de *Ariel*. Es el caso de Martí.

Conviene recordar que Rodó pensó dedicar a José Martí la primera edición cubana de *Ariel*, y que tenía proyectado escribir un ensayo dedicado al escritor e ideólogo de la independencia de Cuba. Y aunque su nombre no aparece men-

---

sante que en varias ocasiones Rodó juzgue a Sarmiento como un genio semiletrado, y que explique su genialidad por la arrogancia y el atrevimiento que conserva gracias a su desigual formación como autodidacta. Por eso lo mencionará, junto a Burns, en *Proteo* (LXXV), como un caso de importantes renovadores del saber, que sacuden el orden letrado con una «oleada de fertilizante *barbarie*» (*O. C.*, pág. 399).

[104] Gordon Brotherston, «Introduction» a J. E. Rodó, *Ariel, op. cit.*, págs. 20-21.

cionado en *Ariel*, la huella de su pensamiento (también forjado en las ideas krausistas) y de su escritura salpican toda su obra. El lector podrá encontrar algunos ecos de las crónicas martianas en la visión deshumanizada de los Estados Unidos y de la democracia, en la misma contraposición entre el mundo latinoamericano y el anglosajón o en la similar función emotiva de esos textos que buscan aproximarse a los receptores de «Nuestra América». Tal vez Martí hubiera escrito sobre Rodó lo que escribió sobre el presidente Rivadavia: «pecó de finura en tiempos crudos»[105], pero también es cierto que, pese a profundas diferencias (no tan insalvables como pudiera pensarse), el mismo Rodó pudo sentirse el «buen letrado» que exigía Martí, un trabajador, uno de «los hombres nuevos americanos» que «leen para aplicar, pero no para copiar»[106].

Rodó se refirió en la sexta parte de *Ariel* a «nuestra América Latina», y las últimas frases de Próspero resuenan como una lejana alusión a las últimas frases de Martí en «Nuestra América», cuando llamaba al «estudio oportuno y la unión tácita y urgente del alma continental» y añadía con esperanza:

> ¡Porque ya suena el himno unánime; la generación actual lleva a cuestas, por el camino abonado por los padres sublimes, la América trabajadora; del Bravo al Magallanes, sentado al lomo del cóndor, regó el Gran Semí, por las naciones románticas del continente y por las islas dolorosas del mar, la semilla de la América nueva[107].

En lo que se refiere al tono discursivo, climático, de la última página de *Ariel*, el texto de Rodó evoca también ecos de ese final martiano. La misma visión telúrica y profética de América vista desde una perspectiva aérea, la misma alegoría de un ser alado, sembrador de cultura, la misma fe en la juventud, inspira el *crescendo* final de Próspero:

---

[105] José Martí, *Ensayos y crónicas, op. cit.*, pág. 122.
[106] *Ídem*, pág. 124.
[107] *Ídem*, pág. 126.

Afirmado primero en el baluarte de vuestra vida interior, Ariel se lanzará desde allí a la conquista de las almas. Yo le veo, en el porvenir, sonriéndoos con gratitud, desde lo alto, al sumergirse en la sombra vuestro espíritu. Yo creo en vuestra voluntad, en vuestro esfuerzo; y más aún en los de aquellos a quienes daréis la vida y transmitiréis vuestra obra. Yo suelo embriagarme con el sueño del día en que las cosas reales harán pensar que la Cordillera que se yergue sobre el suelo de América ha sido tallada para ser el pedestal de esta estatua, para ser el ara inmutable de su veneración!

El tópico de la fecundación cultural americana, figurada en «Nuestra América» a través del vuelo continental del Gran Semí, se potencia también en las líneas finales de *Ariel*, cuando Rodó escenifica la salida de los discípulos a una noche iluminada por las estrellas del hemisferio Sur, y pone en boca de uno de ellos esta frase: «La vibración de las estrellas se parece al movimiento de unas manos de sembrador.»

Con Martí, el futuro latinoamericano se engendra simbólicamente a través del mito originario, prehispánico, en una circularidad que no niega la modernidad ni el porvenir; con la elección que Rodó hace de Ariel, elevado a un cielo que ilumina la Cruz del Sur, podrá evaluarse, más allá de la identificación señalada, la diferencia que los separa en lo referente a sus respectivas visiones de las culturas de América Latina.

Ariel y Calibán

De Shakespeare a Rodó

Desde la primera página de *Ariel*, Rodó evoca la comedia *La tempestad*, de Shakespeare, como el texto donde se contienen las motivaciones simbólicas de su discurso: el apodo del maestro, Próspero, alude al duque milanés desterrado y náufrago en la isla donde habita el monstruoso aborigen Calibán; y la estatuilla en bronce de Ariel que domina la sala de lectura también es una figuración del alado personaje que asiste a Próspero en la isla. Rodó atribuye a este genio aéreo las más altas virtudes intelectuales:

Ariel, genio del aire, representa, en el simbolismo de la obra de Shakespeare, la parte noble y alada del espíritu. Ariel es el imperio de la razón y el sentimiento sobre los bajos estímulos de la irracionalidad; es el entusiasmo generoso, el móvil alto y desinteresado en la acción, la espiritualidad de la cultura, la vivacidad y la gracia de la inteligencia, el término ideal a que asciende la selección humana, rectificando en el hombre superior los tenaces vestigios de Calibán, símbolo de sensualidad y de torpeza, con el cincel perseverante de la vida.

La oposición entre las dos figuras polarizadas de Ariel y Calibán establece así, en esa página introductoria del ensayo, el eje donde Rodó, por boca de Próspero, expondrá su mensaje dedicado a la juventud de América. Sin duda, en su afán de construir una parábola de gran eficacia pedagógica, Rodó optó por una interpretación más impactante que sutil de los personajes shakespeareanos, reinventando así sus funciones para adaptarlas a la ideología de los intelectuales latinoamericanos de 1898. Si casi cuatro siglos antes Shakespeare situó en una imprecisa coordenada americana la isla imaginaria donde transcurre la acción de *La tempestad*, ahora José Enrique Rodó restituye sus personajes a ese mismo mundo, pero convertidos en arquetipos culturales. Poco queda, en realidad, de la historia relatada en *La tempestad*, donde la portentosa imaginación de su autor, inspirada por relatos de viajeros y por la lectura del ensayo de Montaigne sobre los caníbales, urdió una complicada trama política de destierros y usurpaciones que termina por resolverse gracias a la intervención de la magia de Ariel, al reforzar los poderes de Próspero y ayudar al cumplimiento de sus planes con la finalidad de rescatar el título que le fue arrebatado por su hermano.

Pero más que la intriga política de estos nobles italianos, trasplantada a la isla tropical, nos interesa recordar la caracterización de los dos personajes que ya ocupaban aquel confín americano antes del naufragio de los europeos: Calibán y Ariel.

Se supone que Shakespeare inventó el nombre del indígena Calibán a partir de la metátesis de la palabra *caníbal*, y le atribuyó un aspecto físico bestial y pestilente, sugiriendo, como dirá Próspero, que la deformidad física de este personaje exterioriza su deformidad moral. El monstruoso dueño de la isla, visto con los peores prejuicios por los europeos, es el hijo de una bruja de ojos azules, Sycorax, que por sus malas artes había sido desterrada de Argel llevando ya al hijo en sus entrañas. Sus instintos primarios, apenas domesticados por Próspero, que lo esclaviza y enseña a hablar, así como el odio al amo que lo ha desposeído de su tierra, determinan sus acciones. Intenta violar a Miranda, la bella hija de Próspero, y maldice al invasor, quien usando su magia lo castiga con horribles daños físicos. Cuando lo encuentran dos de los náufragos, el juglar Trínculo y el despensero Esteban, se emborrachan y Calibán los convence para terminar con el poder de Próspero en la isla, prometiendo vasallaje a Esteban, el dueño del barril de malvasía.

Shakespeare nos muestra a través de Calibán al salvaje semibestial arraigado a la naturaleza, tal como lo percibió la mirada europea en su contacto con la alteridad indígena; y aunque su futuro no parece ser otro que el del colonizado, a la vez sumiso y rebelde, humillado y resentido, también sale mejor parado que los traidores milaneses, ya que sus culpas son comprendidas como la torpe respuesta a los ultrajes recibidos de Próspero, y su odio no resulta del cálculo político, sino de su irresponsable minoría de edad dentro del nuevo (des)orden social trasplantado a la isla.

Ariel, genio invisible que se expresa a través de la música y la poesía, y que puede tomar distintas apariencias como la de sirena o la de arpía, es también una invención de Shakespeare sin otros precedentes reconocidos que el de un Ariel hebreo, ángel y «gran señor de la tierra», y la referencia bíblica al topónimo de la ciudad donde habitó David (Isaías, XXIX, 1, 2). Invocado por el ocultista Próspero, Ariel es capaz de desatar los elementos y de intervenir en la historia de los humanos, aunque su mayor aspiración es recuperar la libertad, de la que ya se había visto privado cuando la madre de Calibán lo había encarcelado en el tronco de un pino. Si se alía con Próspero prestándole sus poderes mágicos para hacer valer la legitimidad de su rango de duque de Milán, no es sólo porque su inclinación al bien y a la justicia así lo justifique, sino porque sabe que, una vez cumplida esa última misión, podrá volar libre y feliz entre los elementos de su isla.

De este modo, la figura central del legítimo duque Próspero, amigo de los libros y de las ciencias ocultas, triunfa finalmente sobre los bajos intereses políticos y sobre el resentimiento de su esclavo Calibán, que regresará arrepentido a la gruta de su amo. El perdón del noble Próspero a los traidores hace desaparecer la tensión, y así *La tempestad* concluye con el retorno al orden histórico: Calibán se reintegra a su trabajo y Próspero percibe que, sin la magia de Ariel que lo auxiliaba y llenaba la isla de misteriosos rumores y melodías, debe salir de aquel lugar estéril para gobernar con sus propias fuerzas a su pueblo.

Sería erróneo seguir pensando, como suele hacerse, que en la reinterpretación de Rodó, Calibán personifica a los Estados Unidos y Ariel a América Latina. Del mismo modo que Martí, al referirse en «Nuestra América» a la necesidad de fortalecer con gobiernos efectivos, incluyentes y compactos las repúblicas del Sur, advertía que, en caso de debilidad, «el tigre de adentro se entra por la hendija, y el tigre de afuera»[108], podríamos decir que Rodó consideró también el «Calibán de afuera» (el intervencionismo y el materialismo de Estados Unidos) y el «Calibán de adentro», el de los factores endémicos que impiden la causa regeneracionista inspirada a los nuevos intelectuales por Ariel. Porque Calibán también representa varios factores de la barbarie «de adentro» que imposibilitan su proyecto cultural: la incultura, la inmigración masiva, los caudillismos, la violencia, las democracias corruptas, etc. Los dos artículos que Rodó publicó bajo el significativo pseudónimo de «Calibán» amplían y ayudan a explicar el oscuro dominio del monstruo en los campos y en las ciudades latinoamericanas[109].

---

[108] José Martí, «Nuestra América», *op. cit.*, pág. 124.
[109] En «Nuestro desprestigio» (1912), al pasar revista al mapa de la violencia americana de aquellas fechas, donde se destaca la Revolución Mexicana, Rodó retoma algunas preocupaciones de *Ariel* y advierte que el continuo retroceso

A la preocupación por el caudillismo, que ya había inspirado los amargos diagnósticos de Sarmiento y Martí[110], Rodó añade la experiencia amarga de las intervenciones norteamericanas y un tercer factor, especialmente preocupante en el Río de la Plata: el de la inmigración europea que, propiciada por los gobiernos de Sarmiento y Mitre en Argentina con fines de poblar y modernizar el desierto, se había convertido con el paso de los años en un problema demográfico y social que amenazaba con disolver la identidad nacional[111].

En efecto, Rodó vio también a Calibán en la masa europea inmigrante, en esos nuevos bárbaros que hablaban idiomas extraños y convertían la región rioplatense en una Babel moderna de difícil gobierno y de indefinible identidad[112]. A este respecto, la cuarta parte de *Ariel* se desarrolla sobre dos

---

hacia el caudillismo, el caciquismo y la violencia, «semillero de revoluciones», no sólo daña la imagen exterior de América Latina, sino que en el nuevo marco imperialista invita a «la deprimente intervención yanqui» *O. C.*, pág. 1.075.

[110] D. F. Sarmiento, en *Facundo* (1845), había atribuido a la barbarie endémica de los campos argentinos el surgimiento del caudillo Facundo Quiroga, antecedente de Rosas, y proponía la *civilización* como fuerza capaz de neutralizar esas fuerzas regresivas que obstaculizaban la modernización del país. Martí, en cambio, en «Nuestra América» declaraba que no hay tal batalla entre la civilización y la barbarie, sino entre la realidad americana y la cultura foránea (la del «libro europeo»). Por eso atribuía la violencia del caudillismo al descontento y la rebeldía contra la inoperancia de la cultura y las fórmulas de gobierno importadas.

[111] Las estadísticas son expresivas. Montevideo tenía en 1860 unos 57.000 habitantes; en 1889 alcanzó 295.000, de los que 100.000 eran extranjeros (Germán Rama, *Las clases medias en la época de Batlle*, Montevideo, 1950). Estos datos están reproducidos en Bernard Le Gonidec: «Lecture d'*Ariel*: la république de Rodó», *Bulletin Hispanique*, tomo LXXIII, núm. 1-2, Burdeos, 1971, pág. 38. Le Gonidec asegura que esta población extranjera, y no la rural, criolla y mestiza, era la que preocupaba a Rodó, quien desde la «alta cultura» americanista veía en ella a la futura burguesía uruguaya, electora en las urnas, enemiga de la belleza y tan carente de sentido patrio como de una tradición autóctona.

[112] El problema de la integración de los emigrantes europeos fue una preocupación de Rodó y su generación, y todavía aparecerá tratado con enorme crudeza en «La fiesta del monstruo», donde Borges y Bioy Casares reescribieron sobre el esquema de «El matadero» de Echeverría una historia donde la barbarie y la violencia contra el intelectual procede de supuestos patriotas argentinos, recién llegados al país.

líneas fundamentales: una crítica a la política inmigratoria inspirada por el lema de Alberdi («gobernar es poblar»), basada en el argumento de que la mera cantidad de población inmigrante no era garantía de civilización; y una crítica al mismo sistema político rioplatense, que Rodó consideraba incapaz de absorber y naturalizar a esa nueva población dentro de un esquema sociopolítico ordenado. Por eso afirmó: «La multitud será un instrumento de barbarie o de civilización según carezca o no del coeficiente de una alta dirección moral.»

Por último, la corrupción del mismo sistema democrático por la venalidad de los políticos era para Rodó otro feudo de Calibán. En otro de los artículos que firmó con el pseudónimo «Calibán», Rodó caracterizó el medro en los despachos oficiales de Batlle como un «nuevo vasallaje» que convertía a cada aspirante en un trepador servil, sin ética ni estética en su conducta. Al acceder al poder, este grupo advenedizo y corruptor era el que implantaba el fraude en los comicios «y la mentira en nuestros sufragios», provocando el escándalo político y los levantamientos sociales[113].

Como hemos visto, todos estos factores, apenas esbozados en la prosa de *Ariel*, amenazan por igual al sentido ético y al estético, a la identidad propia, a la cultura y al pensamiento elevado. Calibán es una hidra de numerosas cabezas, y el héroe cultural arielista deberá luchar contra sus ataques con el poder de la palabra elocuente y del pensamiento lúcido e idealista.

Los intertextos ocultos

Los personajes Próspero, Ariel y Calibán, pese a su filiación shakespeareana, no proceden de una reelaboración directa a partir del genotexto de *La tempestad*, como quiso suge-

---

[113] El advenedizo «se balancea... en un alto sitial, sin más ideales u opiniones que las que limita a la exhibición chillona de los colorines de sus corbatas». J. E. Rodó, «Los paladines de hoy» *(Diario del Plata*, 8-IV-1912), en *Obras completas*, págs. 1.073-1.074.

rirnos Rodó. Entre el dramaturgo inglés y el ensayista uruguayo no sólo median cuatro siglos, sino una trama intertextual a través de la cual esos personajes se fueron convirtiendo en arquetipos de conductas y tendencias que, a finales del siglo XIX, cuando los retomó Rodó, ya habían acumulado una notable diversidad de registros y un palpable distanciamiento respecto a la obra original. Comentaremos algunos de esos textos donde se operan las mencionadas actualizaciones y metamorfosis, y que seguramente determinaron la elección de Rodó a la hora de revestir con ropajes alegóricos a los personajes simbólicos de su ensayo.

A raíz de los hechos desencadenados en Cuba en 1898, se celebró el 2 de mayo de ese año una velada en el Teatro Victoria de Buenos Aires en defensa de la América Latina y de la dignidad de la perdedora España. Tomaron la palabra Paul Groussac, director de la revista *La Biblioteca*, el poeta italiano Tarnassi y el político argentino Roque Sáenz Peña, que había asistido junto con José Martí a la Conferencia Panamericana de Washington y había refutado la doctrina Monroe en *América para la humanidad*.

El discurso de Groussac se publicó en dos partes en *La Razón*, de Montevideo, los días 5 y 6 del mismo mes, donde seguramente lo leyó Rodó[114]; y un artículo-reseña del acto, «El triunfo de Calibán», de Rubén Darío, apareció en *El Tiempo* (Buenos Aires, 20-V-98), y también se divulgó en *El Cojo Ilustrado* (Caracas, 1-X-98) bajo el titular «Rubén Darío, combatiente».

Groussac entonaba una alabanza a la grandeza conquistadora e imperial de España («el pueblo caballero») en América, a su nobleza y a su legado cultural y espiritual, mientras atribuía a los Estados Unidos la fuerza desmedida y avasallante de un monstruo gigantesco cegado por los bajos instintos y los intereses materialistas, que lo impulsaban a agredir a sus vecinos de estirpe latina. El adjetivo «calibanesco» aparece así

---

[114] El texto completo de Groussac fue incluido en su *Viaje intelectual: impresiones de la naturaleza y el arte*, Primera serie, Madrid, Librería Victoriano Suárez, 1904.

en el contexto noventayochista latinoamericano para caracterizar la nueva barbarie anglosajona:

> Pero, desde la guerra de Secesión y la brutal invasión del Oeste, se ha desprendido libremente el espíritu *yankee* del cuerpo informe y «calibanesco»; y el viejo mundo ha contemplado con inquietud y terror a la novísima civilización que pretende suplantar a la nuestra, declarada caduca. Esta civilización, embrionaria e incompleta en su deformidad, quiere sustituir la razón con la fuerza, la aspiración generosa con la satisfacción egoísta, la calidad con la cantidad (...) el sentimiento de lo bello y lo bueno con la sensación del lujo plebeyo (...) Confunde el progreso histórico con el desarrollo material; cree que la democracia consiste en la igualdad de todos por la común vulgaridad, y aplica a su modo el principio darwinista de la selección, eliminando de su seno las aristocracias de la moralidad y del talento. No tiene alma, mejor dicho: sólo posee esa alma *apetitiva* que en el sistema de Platón es fuente de las pasiones groseras y de los instintos físicos[115].

Rubén Darío, en su artículo-comentario del acto de Buenos Aires, convertía a Calibán en el centro de una caricatura expresionista donde el bárbaro, que habita ahora en la isla de Manhattan, entre montañas de oro, de hierro y de tocinos, no ha perdido sus ansias caníbales y va engullendo como una boa constríctor a los países latinos. Por eso declaraba:

> No, no puedo, no quiero estar de parte de esos búfalos de dientes de plata. Son enemigos míos, son los aborrecedores de la sangre latina, son los Bárbaros. (...) No, no puedo estar de parte de ellos, no puedo estar por el triunfo de Calibán[116].

Y tras evocar el sacrificio de Martí, Darío explicaba su reencuentro con la España latina:

---

[115] Groussac, *Viaje intelectual, op. cit.,* págs. 100-101, repr. por E. Rodríguez Monegal en su Prólogo a *Ariel, op. cit.,* págs. 197-198.

[116] Rubén Darío, «El Triunfo de Calibán», *Obras completas,* IV, Madrid, Afrodisio Aguado, págs. 569-570. También en Rubén Darío, *El Modernismo y otros ensayos,* ed. de Iris Zavala, Madrid, Alianza, 1989, págs. 161-166.

«Y usted ¿no ha atacado siempre a España?» Jamás. España no es el fanático curial, ni el pedantón, ni el *dómine* infeliz, desdeñoso de la América que no conoce; la España que yo defiendo se llama Hidalguía, Ideal, Nobleza; se llama Cervantes, Quevedo, Góngora, Gracián, Velázquez; se llama el Cid, Loyola, Isabel; se llama la Hija de Roma, la Hermana de Francia, la Madre de América[117].

La metamorfosis de Calibán ha marchado pareja a la del progreso material de la América anglosajona. Ahora, la naturaleza misteriosa de la isla de *La tempestad* se ha mecanizado y Ariel está ausente, mientras el monstruo ya no es un híbrido de hombre y pez, sino un demócrata rubio, glotón, grosero, bestial y bebedor de whisky. Como dirá el novelista venezolano Manuel Díaz Rodríguez en *Ídolos rotos*, se trata de los bárbaros del norte, que repiten la historia en escenario americano. España, en cambio, aporta un linaje ideal y culto, una genealogía que se inicia con la Loba del Lacio que amamantó a Rómulo y a Remo.

Pero no debemos olvidar que unos años antes el pensador francés Ernest Renan, uno de los más influyentes críticos de la emergente democracia tras la Revolución de 1789 y la Comuna de París (1871), había publicado el drama *Calibán. Continuación de La tempestad* (1878), donde la tríada shakespeareana reaparecía en Milán. El monstruoso isleño era entonces un obrero que, gracias al ascenso popular, había logrado vencer al noble Próspero y hacía desaparecer al selecto Ariel. Frecuentemente se ha trazado una filiación directa entre este drama de Renan y *Ariel*. Así lo afirmaba Alberto Zum Felde, apoyado en las palabras admirativas que Rodó dedicó en varias ocasiones al escritor francés, al reconocerlo como uno de sus maestros de idealismo[118]. Pero, como ha recordado el fi-

---

[117] Muchos de estos núcleos retóricos reaparecerán en los hexámetros latinos de «Salutación del optimista» (1905), de *Cantos de vida y esperanza*. En el poema reencontramos «sangre de Hispania», «hispana progenie», «la ubre de la loba romana» y «la latina estirpe». La elección métrica, a la luz de la genealogía latina que propugna Darío, cobra un especial sentido.

[118] Escribe Zum Felde: «Todo induce a creer que fue la lectura del *Calibán*, drama filosófico del escritor francés, lo que sugirió a Rodó el empleo de los

lósofo uruguayo Arturo Ardao a los lectores apresurados de *Ariel*, esta obra encierra en realidad una impugnación del reaccionario antidemocratismo del monárquico e imperialista Renan[119]. Mientras para este autor la democracia debía ser combatida de raíz para restaurar el viejo orden aristocrático del antiguo régimen, para Rodó la democracia, pese a todas sus imperfecciones, era una conquista de la humanidad («un principio de vida») que, si bien se encontraba en un estadio inicial de desorientación, podría llegar a constituirse, cultivada y abonada por la educación popular, en el terreno idóneo, «fecundo», para «la florescencia de idealismos futuros». La misma escuela pública «consagra *para todos* la accesibilidad del saber y de los medios más eficaces de superioridad». De ahí que manifieste su desacuerdo tajante con Renan cuando se opone a la igualdad de derechos, comparando su terror con el que produce una pesadilla donde se exageran ciertos temores entrevistos en la vigilia. «La democracia y la ciencia son,

---

símbolos de *La tempestad* shakespeareana, interpretados por Renan precisamente en el sentido que asumen en *Ariel*» (...) «*Ariel* es, en gran parte, una respuesta —y quiere ser una solución— a los problemas planteados por Renan en esta obra; y especialmente al conflicto entre la democracia y la cultura» *(Proceso intelectual del Uruguay..., op. cit.,* pág. 227).

[119] En *La reforma intelectual y moral*, de 1870 (Barcelona, Península, 1972, trad. de Carme Vilaginés), desarrolló Renan estas ideas, a raíz del advenimiento de la Tercera República. El ascenso de la masa obrera o campesina gracias al sufragio universal significó para él el triunfo de los intereses materiales y la disolución de la Francia guerrera y aristocrática que se regía por la ley del nacimiento: «El egoísmo, fuente del socialismo, los celos, fuente de la democracia, no harán más que una sociedad débil, incapaz de resistir ante unos vecinos poderosos. Una sociedad sólo es fuerte a condición de que reconozca el hecho de las superioridades naturales, que en el fondo se reducen a una sola, la del nacimiento, puesto que la superioridad intelectual y moral no es otra cosa que un germen de vida surgido en unas condiciones particularmente favorables» (pág. 51). «La democracia provoca nuestra debilidad militar y política; provoca nuestra ignorancia, nuestra estúpida vanidad; provoca, con el catolicismo atrasado, la insuficiencia de nuestra educación nacional (...) restablezcamos la realeza, restablezcamos en cierta medida la nobleza» (pág. 68). «La colonización en grande es una necesidad política absolutamente de primer orden. Una nación que no coloniza queda irrevocablemente consagrada al socialismo, a la guerra del rico y del pobre» (pág. 93). Rodó no podía compartir estas ideas.

en efecto, los dos insustituibles soportes sobre los que nuestra civilización descansa; o, expresándolo con una frase de Bourget, las dos 'obreras' de nuestros destinos futuros». «Sólo cabe pensar en la *educación* de la democracia y su reforma», añade. A esta diferencia, como explica Ardao, se suman otros matices significativos, como el tratamiento de los tres personajes. Mientras para Renan, Próspero, apoyado por Ariel, representaba el poder aristocrático y el prestigio de las humanidades (los libros, el latín), exclusiva de su estrato social, Calibán era un obrero alcohólico y revolucionario; para Rodó, los símbolos se han liberado notablemente: Próspero es el apodo de un profesor latinoamericano del 900, Ariel y Calibán sólo son símbolos de la espiritualidad o el materialismo, respectivamente, y carecen de representación antropomórfica y de voz en el texto[120].

Pero, como ha demostrado Jorge Eduardo Arellano, existe un intertexto francés, aparte del conocido de Renan en su obra *Calibán*. Se trata de Joséphin Péladan (1858-1918), el escritor ocultista autor de *El vicio supremo* (1884) y *La decadencia latina* (1885-1907), donde se condenaba el triunfo del materialismo desde una perspectiva espiritualista y mística. Péladan fue fundador del Salón de la Rosa Cruz (1892) en París, e inspiró a Darío, cuando escribió sobre Poe en *Los raros* (1896), la idea del materialismo acosando al espíritu sensible del artista[121]. En esta semblanza de Poe, Darío utilizaba ya el adjetivo «calibanesco», aclarando que lo tomaba del rosacruz Péladan, y amplificaba en estos términos la sugerencia:

> Calibán reina en la isla de Manhattan, en San Francisco, en Boston, en Washington, en todo el país. Ha conseguido establecer el imperio de la materia desde su estado misterio-

[120] Véase Arturo Ardao, «Del Calibán de Renan al Calibán de Rodó», *Cuadernos de Marcha*, núm. 50, Montevideo, junio 1971, págs. 25-36.

[121] Jorge Eduardo Arellano, «*Los raros*: contexto histórico y coherencia interna», en Alfonso García Morales (ed.), *Rubén Darío. Estudios en el centenario de «Los raros» y «Prosas profanas»*, Universidad de Sevilla, Secretariado de Publicaciones, 1988, págs. 52-53.

so con Edison, hasta la apoteosis del puerco, en esa abrumadora ciudad de Chicago. Calibán se satura de *whiskey*, como en el drama de Shakespeare de vino; se desarrolla y crece; y sin ser esclavo de ningún Próspero, ni martirizado por ningún genio del aire, engorda y se multiplica[122].

Sin embargo, Charles Baudelaire, traductor y primer divulgador de los cuentos de Edgar Allan Poe en Francia, había propagado con anterioridad una visión crítica de la democracia estadounidense y de sus tendencias utilitaristas, que también guarda estrecha relación con el juicio de Darío y Rodó sobre ese país. En sus textos sobre Poe, publicados entre 1852 y 1857, Baudelaire intentaba demostrar que la trágica vida del escritor de Boston estaba estigmatizada por la hostilidad de un medio que terminó por ahogar su sensibilidad y su genio, en todo opuestos a las tendencias dominantes de su país.

Pero, además, el «Edgar Allan Poe» de Darío no sólo contiene esa interesante relación Calibán-materialismo-Estados Unidos, que reaparecería en el discurso de Groussac y en su propio comentario de 1898, sino otra aún más interesante, que es la comparación del atormentado Poe con Ariel:

> Poe, como *un Ariel hecho hombre*, diríase que ha pasado su vida bajo el flotante influjo de un extraño misterio. Nacido en un país de vida práctica y material, la influencia del medio obra en él al contrario. De un país de cálculo brota imaginación tan estupenda[123].

Justamente, la inversión de la ley positivista que representa Poe como una excepción respecto al *medio* norteamericano, era una de las apreciaciones que Baudelaire ya había anotado. En «Edgar Poe, sa vie et ses ouvrages» (1852), Baudelaire traza un paisaje desolador de los Estados Unidos, país cuya democracia materialista impide la expansión de las individua-

---

[122] Rubén Darío, *Los raros*, *Obras completas*, II, Madrid, Afrodisio Aguado, 1950, pág. 259.
[123] Rubén Darío, «Edgar Allan Poe», *Los raros*, *op. cit.*, pág. 259. La cursiva es nuestra.

lidades como la de Poe, quien le parece vivir en una jaula, o en un establecimiento de contabilidad[124]. Como es sabido, la imagen que Baudelaire se ha formado de los Estados Unidos debe mucho al libro de Philaréte Chasles *Études sur la littérature et les moeurs des Anglo-Américains au XIXe siècle* (1851), uno de los autores citados por Rodó en *Ariel*, junto al mismo Baudelaire. En Rodó leemos:

> Nadie negará que Edgard Poe es una individualidad anómala y rebelde dentro de su pueblo. Su alma escogida representa una partícula inasimilable del alma nacional, que no en vano se agitó entre las otras con la sensación de una soledad infinita. Y, sin embargo, la nota fundamental —que Baudelaire ha señalado profundamente— en el carácter de los héroes de Poe es, todavía, el temple sobrehumano, la indómita resistencia de la voluntad.

Sin embargo, Rodó, que, como hemos visto, quiso dar una significación más amplia e impersonal a Ariel y a Calibán, no cita a Groussac, ni a Darío, pese a que acercaron al clima latinoamericanista del 98 la visión crítica que los intelectuales franceses tenían de los angloamericanos y, en particular, situaron las figuras resemantizadas de Ariel y Calibán en el contexto estadounidense. Tampoco cita Rodó a Martí, que «En la verdad sobre los Estados Unidos» y en «Nuestra América» también ofrecía su juicio latinoamericanista de aquel país.

La lógica pregunta sobre cuál de esas reinterpretaciones de los personajes de *La tempestad* fue la que determinó la elección de Rodó es difícil de contestar. Es indudable que todas las versiones hasta ahora comentadas fueron conocidas por Rodó, pero no es fácil conformarse concluyendo que la crítica a lo «calibánico» flotaba en el ambiente intelectual hispanoamericano de aquellas fechas angustiosas como la corporización de un terror al expolio material y cultural, ya que

---

[124] Charles Baudelaire, «Edgar Poe, sa vie et ses ouvrages», *Oeuvres complètes*, II (ed. de Claude Pichois), París, Gallimard, 1976, págs. 253 ss.

se soslayarían algunas cuestiones interesantes, que deberán dirigir la investigación hacia los ficheros del viejo maestro Próspero, tal vez algo impreciso, y hacia los intereses que pudieron determinar la selección bibliográfica para su última lección. Las razones ideológicas y el sentido de «oportunidad» y «conveniencia» que pudieron guiar su elección de unas citas de autoridad y la exclusión de otras, se podrían deducir tras una detenida lectura de los textos citados.

Estados Unidos en *Ariel*

La cuestión de los Estados Unidos ha sido la más analizada y comentada por aquellos críticos que, desde la aparición de *Ariel* hasta nuestros días, han buscado interpretar y rescatar el sentido originalmente político y antiintervencionista del texto. La frase «Los admiro, pero no los amo», ha dado mucho que decir y, como puede suponerse, la óptica ideológica determina los resultados críticos de unos autores que siempre parecen quedar defraudados por lo que Rodó escribió (y por lo que omitió) en su caracterización de los Estados Unidos.

Desde el año de la aparición de *Ariel*, Rafael Altamira se percató de la proximidad ideológica del enfoque de Rodó con otro escritor uruguayo, Víctor Arreguine, autor de una obra de estilo muy diferente a *Ariel*, pero con un enfoque similar, titulada *En qué consiste la superioridad de los latinos sobre los anglosajones* (Buenos Aires, 1900), con la que el sociólogo uruguayo daba respuesta polémica al panfleto de Edmond Desmolins titulado *A quoi tient la superiorité des anglo-saxons* (1897), un libro muy divulgado en Europa y especialmente ofensivo para los latinoamericanos, dado que allí se pontificaba sobre su atraso secular y sobre su inferioridad mestiza. Esta obra, que participaba de la admiración hacia el coloso del Norte desarrollada a partir de las *Cartas* de Chevalier, se basaba en las teorías raciológicas positivistas que patologizaban al continente mestizo, y que pesaban como un dogma científico sobre muchos intelectuales de principios del siglo XX, como el boliviano Alcides Arguedas, autor de *Pueblo enfermo* (1909)[125].

Carlos Real de Azúa ha recordado la existencia de este libro de Arreguine[126] que trasciende el problema «racial» hacia una más amplia contraposición cultural donde los términos de Desmolins quedan invertidos, de modo que América Latina pasa a ostentar la marca positiva por su talante cultural y espiritual. Aunque el problema no está explícitamente abordado en *Ariel*, sí parece haber sido asimilado en términos parecidos por Rodó, al reproducir una similar contraposición de los dos bloques americanos, y al fiar a la democracia y a la educación la liberación del individuo y de las sociedades americanas, rompiendo el cepo del determinismo racial[127].

Sin embargo, ese latinoamericanismo estrechamente enlazado como un discurso crítico y cuestionador de la *nordomanía* en el proceso republicano y modernizador del siglo XIX, y como una advertencia sobre la negativa desunión de los países del Sur frente a la pujanza de los del Norte, no se enuncia

---

[125] La edición definitiva de esta obra (Santiago de Chile, 1937) contiene como prólogo una carta de Rodó, donde puede leerse su visión crítica sobre el problema racial, pues donde otros veían una esencia fatal, él vio sólo el inicio de un estado evolutivo hacia la mejoría de la situación social de las razas de América:

> Los males que usted señala con tan valiente sinceridad y tan firme razonamiento no son exclusivos de Bolivia; son, en su mayor parte, y en más o menos grado, males hispanoamericanos, y hemos de considerarlos como transitorios y luchar contra ellos animados por la esperanza y la fe en el porvenir. Usted titula su libro *Pueblo enfermo*. Yo lo titularía *Pueblo niño*...

Puede leerse el texto completo de la carta y otras notas sobre el libro de Arguedas en *Obras completas, op. cit.*, págs. 1.426 s. También José Martí había rebatido esas teorías raciales en textos como «Mi raza» y «La verdad sobre los Estados Unidos».

[126] Carlos Real de Azúa, Prólogo a *Ariel*, en J. E. R.: *Ariel. Motivos de Proteo*, Caracas, Ayacucho, 1976. Arreguine había publicado en la *Revista Nacional*... un trabajo sobre el Decadentismo.

[127] Como ha escrito Lily Litvak, el libro de Arreguine y el de Rodó, ambos publicados en la región rioplatense en 1900, son obras «gemelas», en la medida en que dan idéntica respuesta a la polémica sobre las «razas» latina y anglosajona: la del latinoamericanismo fortalecido a raíz de 1898. Lily Litvak, *Latinos y anglosajones: orígenes de una polémica*, Barcelona, Puvill, 1980, pág. 80.

con los mismos matices en estos autores, y así lo han hecho ver algunos críticos, como Gordon Brotherston, quien, reconociendo el contenido hispanista del americanismo de Rodó en fechas posteriores a la publicación de *Ariel*, insiste en diferenciar su latinoamericanismo y el de Martí frente al de Darío, que en esas fechas ya mostraba un confeso deseo de subrayar la genealogía española de América Latina, aludiendo a criterios de catolicismo y «raza». Por eso Brotherston no cree que el hispanoamericanismo, como discurso racial, sea la principal motivación de *Ariel*, donde Rodó más bien profetiza la emancipación humana, principalmente influido por las ideas neoidealistas y demócrata-liberales de Fouillée[128].

Por otra parte, añade Brotherston, la idea que Rodó tenía de los Estados Unidos procede en su totalidad de lecturas que asimiló según su interés —y, a veces, con lapsus o interpretaciones erróneas—, dado que nunca viajó a aquel país. De esta manera, sus lecturas de Tocqueville *(De la Démocratie en Amérique)* y de Bourget *(Outre mer)* fueron sus fuentes principales, aunque al asimilar su información la despojó de cualquier matiz admirativo. Otras fuentes secundarias, como *Lettres sur l'Amérique du Sud* de Michel Chevalier, *Paris en Amérique*, la sátira de Laboulaye, o el trabajo biográfico de Baudelaire sobre Poe (que a Brotherston le parece agresivamente tendencioso)[129], también fueron incorporadas por Rodó, que deliberadamente silenció a Whitman (cuya obra conocía) y sí se refirió a Poe y a Longfellow. Podemos suponer que esa interesada selección tenía como finalidad ejemplificar cómo el genio creador muere sofocado como un mártir en aquel reino de Calibán (esa era la misma interpretación de Baudelaire en sus trabajos sobre Poe), mientras que Whitman, al que sí citó Darío en su «Triunfo de Calibán» como el gran poeta demócrata, tal vez hubiera debilitado sus argumentos.

A este respecto puede ser interesante constatar cómo Rodó, lector de Baudelaire, lo vetó en *Ariel* por su mal ejemplo para la juventud, como lo había hecho Leopoldo Alas en

---

[128] Gordon Brotherston, «Introduction» a J. E. Rodó, *Ariel, op. cit.*, pág. 15.
[129] Gordon Brotherston, *op. cit.*, pág. 14.

su trabajo sobre el «satánico» francés, pero al mismo tiempo, al caracterizar a la democracia «ciega» y sin dirección, le interesó rescatar sus lecturas de Poe y su término *zoocracia*.

Pero, al parecer, Rodó conoció directa o indirectamente otras fuentes que tampoco aparecen citadas en su ensayo, aunque pudieron orientar el sentido de su crítica. Por ejemplo, Pedro Henríquez Ureña, en su texto «El espíritu y las máquinas» (1917) recordaba la proximidad de *Ariel* al texto «Conferencia sobre el número», del inglés Matthew Arnold, quien, al ver las condiciones de la democracia norteamericana, había recomendado la necesidad de una aristocracia intelectual que hiciera prevalecer «los intereses ideales, las cosas del espíritu», sobre las cuestiones meramente prácticas. Es muy probable, como asegura García Morales, que el pensamiento de Arnold fuera indirectamente asimilado por Rodó a través de su lectura de «Un discurso» (1891), de Leopoldo Alas[130].

Pese a ser la parte más frecuentada de *Ariel*, la que Rodó dedicó a los Estados Unidos, también es, según se ha juzgado, la más endeble. En algunos casos, Rodó, por sus juicios negativos sobre un país mejor conocido y admirado por quienes vivían en él, recibió algunas recriminaciones. Fue el caso del poeta modernista cubano Francisco García Cisneros, que sostuvo con Rodó una polémica epistolar que rozó la acritud y terminó en el distanciamiento[131]. Enseguida, como veremos a continuación, las críticas y las adhesiones empezaron a proliferar.

---

[130] A. García Morales, *Literatura y pensamiento hispánico...*, *op. cit.*, pág. 60.

[131] En esas cartas, que permanecen inéditas en el Archivo Rodó, García Cisneros le hablaba a Rodó de una gran cultura artística en los Estados Unidos (pintura, literatura, ópera) para demostrarle sus prejuicios de latino. Tras la discusión epistolar, García Cisneros publicó en la prensa neoyorquina una crítica de *Ariel*, de la que ofrece noticia Carlos Real de Azúa en su trabajo inédito sobre la recepción de *Ariel*.

Los laberintos del arielismo[132]

La repercusión de *Ariel* no tardó en manifestarse. En su empeño por hacer llegar su obra a todos los intelectuales (consagrados o potenciales) del mundo hispánico, Rodó desplegó una sistemática estrategia de envíos que, como puede comprobarse en su archivo de correspondencia, venía a completar la publicidad de un folleto concebido para crear un estado de opinión entre los intelectuales de aquella utópica Magna Patria bolivariana, ahora dispersos en distintos países mal comunicados entre sí. Además, con el afán de estrechar lazos con la intelectualidad española más progresista del momento, también remitió ejemplares a varios escritores que reseñaron elogiosamente su trabajo. Se iniciaba así el «arielismo», portador de un nuevo discurso cultural entre los jóvenes intelectuales de principios de siglo, que encontraron en *Ariel* orientaciones de orden estético, político, filosófico y pedagógico que, como veremos, fueron reinterpretadas y adaptadas a las nuevas realidades nacionales donde, en algunos casos y hasta 1920, actuaron como un fermento renovador. Las huellas del arielismo son muchas y de diversa intensidad, y pueden encontrarse en casi todos los países hispanoamericanos, con especial intensidad en República Dominicana, Cuba, Puerto Rico, Costa Rica, México, Perú, Bolivia, Ecuador, Venezuela y Argentina. En España, la huella arielista se percibe claramente en la actitud intelectual de Ortega y Gasset[133].

---

[132] Para el estudio de la repercusión de *Ariel* desde su publicación hasta 1950 es fundamental el trabajo inédito de uno de sus mayores estudiosos, Carlos Real de Azúa, *Significación y trascendencia literario-filosófica de "Ariel" en América desde 1900 a 1950*, que, con el lema *Anteo*, se conserva en la Colección José Pereira Rodríguez, en el Archivo Literario de la Biblioteca Nacional de Montevideo (Sign. J.P.R. D. 74-244-367). Aunque muchos de sus datos pueden encontrarse en su prólogo a la edición de *Ariel* para Ayacucho, también contiene otros aún no divulgados, de gran interés. Véase también J. M. Oviedo, *Breve historia del ensayo hispanoamericano, op. cit.*: «El "arielismo" y sus equívocos».

[133] Véase Rafael Gutiérrez Girardot, «El ensayo en el modernismo. José Enrique Rodó», VV.AA., *Historia de la Literatura Latinoamericana*, Bogotá, La Oveja Negra, 1984, págs. 175-176.

Y, como veremos, entre los mismos arielistas es común encontrar también a los primeros discrepantes y rectificadores de la doctrina.

Ariel también fue objeto de crudos rechazos desde el inicio de su divulgación, y la nómina de sus detractores ha crecido en paralelo a su oficialización en los programas pedagógicos y en los ámbitos de la cultura oficial. Porque, del mismo modo que en *La tempestad* Ariel era capaz de desencadenar la furia de la naturaleza para confundir y amedrentar a los enemigos de Próspero, el ensayo de Rodó dio lugar a una larga diatriba sobre sus contenidos y enfoques. «Es curioso que un libro tendente en cierto modo a exaltar el equilibrio, provocara algunos arranques que, para la época, deben haber aparecido como extremos», comenta Mario Benedetti[134]. No podía ser de otra manera: en consonancia con la evolución de las ideas que atraviesa el siglo XX, *Ariel* ha sido discutido con muy distintos propósitos y desde diferentes flancos ideológicos.

La crítica contemporánea suele referirse a los arielistas como a un sector conservador de la intelectualidad latinoamericana que terminó por convertir el mensaje de Rodó en un manual de tolerancia e individualismo que neutralizaba cualquier impulso de crítica radical y de movimiento social, permitiendo así que en regímenes democráticos, pseudodemocráticos e incluso abiertamente dictatoriales los intelectuales, al calor del poder, continuaran defendiendo un modelo cultural desvinculado de los conflictos sociales más acuciantes. Sin embargo, se impone la necesidad de contextualizar los hechos y de matizar las circunstancias en que se produjo la primera expansión de *Ariel* y empezó a gestarse el *arielismo*.

En España fue Eduardo Gómez de Baquero el primer crítico que se hizo eco de la aparición de *Ariel* con un artículo en *España Moderna* (junio de 1900), y le siguió Juan Valera, no del todo conforme con que Rodó desdeñara el modelo de progreso anglosajón y priorizara un florecimiento cultural

---

[134] Mario Benedetti, *Genio y figura de José Enrique Rodó, op. cit.*, pág. 94.

que se daría por añadidura; y también criticará, como lo había hecho al comentar *Azul*, de Rubén Darío, el galicismo implícito en su latinoamericanismo, distanciado de los valores españoles[135].

Muy distinta es la apreciación de dos intelectuales próximos al grupo krausista de Oviedo, Leopoldo Alas y Rafael Altamira, que acogieron y apoyaron con entusiasmo una obra en la que encontraban reflejadas notables afinidades. Altamira dedicó a *Ariel* dos artículos: «Latinos y Anglosajones», en *El Liberal* de Madrid (2 de junio de 1900), y una cuidada reseña en la *Revista Crítica*, dirigida por él mismo y por Antonio Elías de Molins[136]. *Clarín* comentó *Ariel* en *Los Lunes* de *El Imparcial* de Madrid, y su texto fue reproducido tanto en los periódicos de Montevideo como en varias reediciones de *Ariel*[137]. Este texto, firmado por el crítico español entonces más temido por su «crítica higiénica», merece ser brevemente recordado por algunos de sus contenidos, pues no sólo celebraba la aparición de *Ariel* como una obra regeneradora que superaba el modernismo decadentista gracias a su sano criterio armonizador, sino que en su original propuesta del *ocio* griego, tan vituperado por otros críticos, encontró Alas la contestación rebelde y liberadora que dignificaba al individuo frente a la vida materialista; y en la propuesta de democracia

---

[135] Esta carta de Valera se publicó en *La Nación* (Buenos Aires, 10-X-1900) y enseguida la reprodujo *El Siglo* (Montevideo, 22-X-1900). Se encuentra en el volumen III de sus *Obras completas* (Madrid, Aguilar, 1958, pág. 580). Juan Valera, como Díaz de Baquero, atacan como una debilidad de *Ariel* la idealización de la cultura en países donde el progreso aún no ha llegado, inaugurando así la posición de muchos otros críticos que escribirán posteriormente desde posiciones rectificadoras del arielismo.

[136] Rafael Altamira, «*La Vida Nueva III. Ariel*», *Revista Crítica de Historia y Literatura españolas, portuguesas e hispanoamericanas*, Madrid, vol. V, núm. 6-7, junio-julio, 1900. La incluirá enseguida en su libro *Cuestiones hispanoamericanas* (1900), donde propone iniciativas prácticas y realistas para fomentar las relaciones culturales y universitarias entre los intelectuales españoles e hispanoamericanos. También se reprodujo como parte de su prólogo a la edición de *Ariel. Liberalismo y jacobinismo* en Barcelona, ed. Cervantes, 1926.

[137] La segunda edición de *Ariel*, publicada en Montevideo por la casa Dornaleche y Reyes en septiembre de 1900, incorpora ya como prólogo el artículo de *Clarín*.

solidaria interpretó una protesta contra las tendencias sociológicas que, amparándose en la ley del más fuerte divulgada a partir del evolucionismo, pedían la desaparición de los individuos débiles o no adaptados. Además, *Clarín,* al contrario que Valera y Unamuno[138], consideró que *Ariel* sondeaba en «los misterios de la herencia, en el fondo de la raza» con un deseo de rescate del diálogo con España que hizo ver al crítico asturiano mucho más de lo que dice el libro: «lo que Rodó pide a los americanos latinos es que sean siempre... lo que son... es decir, *españoles,* hijos de la vida clásica y de la vida cristiana»[139]. Pero además, *Clarín* anotó entre líneas dos aspectos de *Ariel* como deudores de sus propios escritos: uno, la fusión del ideal pagano y cristiano en las democracias, que ya aparecía en su folleto *Apolo en Pafos;* y otro, su idea del heroísmo intelectual, que el mismo autor había analizado ampliamente en su prólogo a la edición española de *Los héroes* de Carlyle.

No cabe duda de que la atención crítica de estas figuras españolas hacia la obra de un joven uruguayo casi desconocido contribuyó a la divulgación de *Ariel* en el mundo español e hispanoamericano, pero sobre todo, es indicativa de la sensibilización de estos receptores españoles, empeñados también en la reflexión sobre el destino de la atrasada cultura hispánica ante sus crisis históricas y la modernidad.

También *Ariel* iba a tener una rápida acogida en Nueva York, donde residía una nutrida colonia hispanoamericana. Como ha documentado Real de Azúa, Eulogio Horta le dedicó dos artículos: uno en *Novedades,* en 1901, y otro poste

---

[138] También Unamuno, venciendo las reservas que le inspiraba el esteticismo católico y francés de algunas fuentes de Rodó, publicará una reseña conjunta sobre *Ariel* y *La Raza de Caín* en *La Lectura* de Madrid, en 1901. Estudié la relación entre Rodó y Unamuno en *J. E. Rodó, modernista: utopía y regeneración, op. cit.* Véase también la correspondencia entre ambos escritores en las *Obras completas, op. cit.,* págs. 1.395-1.397.

[139] Leopoldo Alas, Prólogo a *Ariel*, Montevideo, Dornaleche y Reyes, 1900, pág. 9. También Rafael Altamira, en su deseo de estrechamiento de lazos intelectuales entre españoles e hispanoamericanos dentro del minoritario y selecto marco krausista, *españoliza* a Rodó, a quien ve como uno «de los nuestros» («*La Vida Nueva III. Ariel*», art. cit., pág. 309).

rior en el *Puerto Rico Herald* del 16 de enero de 1904. El estudio crítico de García Cisneros se publicó en *Cuba Libre* el 23 de junio de 1901, y en *Vida Social* el 10 de septiembre del mismo año.

En Hispanoamérica, durante la etapa 1900-1914, la divulgación y las primeras ediciones de la obra de Rodó están estrechamente unidas a la labor de dos jóvenes intelectuales dominicanos, los hermanos Pedro y Max Henríquez Ureña, quienes a través de sus desplazamientos desde la República Dominicana a Cuba y México lograron desarrollar una renovación filosófica, pedagógica, literaria y artística, así como la dignificación y restauración de las humanidades, eliminadas por el dogmatismo científico del positivismo imperante en la docencia universitaria. Como ha señalado Alfonso García Morales, *Ariel* se leyó en esos países, particularmente sensibles al intervencionismo norteamericano, como «la expresión americana del renacimiento idealista»; fue especialmente bien recibido en los ambientes krausopositivistas de las dos orillas y, por su talante conciliador entre los logros positivistas y el nuevo idealismo, fue aceptado tanto por los positivistas instalados en las instituciones pedagógicas oficiales como por los jóvenes que ansiaban un cambio de mentalidad cultural[140].

Los hermanos Henríquez Ureña, hijos del médico y político Francisco Henríquez y de la poeta y educadora Salomé Ureña, se habían formado en Santo Domingo en un ambiente de efervescencia cultural propiciado por la renovación pedagógica orientada allí por el krausopositivista e independentista puertorriqueño Eugenio María de Hostos, que fundó la Escuela Normal en 1880. Ellos asimilaron ese espíritu del «normalismo», que inspiraba su trabajo en la convicción de que la pedagogía, entendida como una educación laica y racional que tenía como meta la formación integral del indivi-

---

[140] Véase el documentado estudio de Alfonso García Morales, *El Ateneo de México (1906-1914). Orígenes de la cultura mexicana contemporánea*, Sevilla, Escuela de Estudios Hispano-Americanos, 1992, págs. 122. Buena parte de la información sobre la divulgación de *Ariel* en la República Dominicana y México ha sido extraída de ese trabajo.

duo y la regeneración ética y moral de la sociedad, era el primer instrumento civilizador de la América independiente y moderna. La primera noticia de la publicación de *Ariel* llegó a los Henríquez Ureña a través de Leonor Feltz, que había sido discípula aventajada de Salomé Ureña y que, junto a su hermana Clementina, celebraba una tertulia literaria en Santo Domingo. En el salón de las llamadas «hermanas Goncourt», donde se comentaba a D'Annunzio, Tolstoi, Ibsen y la obra de las nuevas promociones hispanoamericanas, se leyó *Ariel* y los asistentes sintieron expresadas sus búsquedas e inquietudes[141]. El periodista Enrique Deschamps, un contertulio que se había formado como maestro en la Normal, decidió publicar el libro de Rodó en su *Revista Literaria*, y así, en 1901, apareció la primera edición de *Ariel* fuera de Uruguay, mientras se iniciaba la expansión del «arielismo» como movimiento continental.

En 1904 los Henríquez Ureña se encontraban en Cuba y, viendo el malestar de los intelectuales que tras el 98 asistían a un creciente utilitarismo, se propusieron divulgar *Ariel*. Fue Max quien a finales de 1904 escribió a Rodó pidiéndole autorización para una edición cubana de su obra, que se publicaría como suplemento de *Cuba Literaria* entre enero y abril de 1905. Esta edición fue apoyada por el artículo «*Ariel*», de Pedro Henríquez Ureña, que se publicó en la misma revista y luego en su volumen de *Ensayos críticos*. Pero no termina aquí la relación de Rodó con Cuba, como veremos más adelante.

El «arielismo» encontró su siguiente estadio de expansión en México, cuando a partir de 1906 los Henríquez Ureña se instalaron en el país y empezaron a aglutinar desde la prensa, la tertulia y las instituciones culturales que contribuyeron a fundar, un movimiento renovador que se oponía tanto a la dictadura de Porfirio Díaz como a la orientación positivista de la enseñanza oficial. El positivismo, que había sido el instrumento racionalizador de la ideología liberal cuando Gabino Barreda, discípulo de Comte, lo implantó en la univer-

---

[141] Otra mujer, amiga epistolar de Rodó, la escritora peruana Teresa González de Fanning, fue también propagandista de *Ariel* en Perú.

sidad de México hacia 1867, se había convertido en su práctica oficialista en un sistema dogmático, negado a la autocrítica y refractario a la apertura a nuevas tendencias filosóficas y culturales, así como al saber humanístico, un campo considerado anacrónico y opuesto a los objetivos de la ciencia positiva.

Mientras la Universidad y la *Revista positiva*, que se publicó hasta 1914, persistían en mantener el positivismo frente a la oposición tradicional de los sectores católicos, un grupo de jóvenes universitarios —Alfonso Reyes, Antonio Caso, José Vasconcelos, entre otros— animados por Pedro Henríquez Ureña y apoyados por el escritor y crítico Justo Sierra, ministro de Instrucción Pública y Bellas Artes desde 1905, empezaron a elaborar una alternativa cultural que se iría materializando a través de distintas acciones paralelas. Colaboraban en la revista *Savia Moderna* (1906), que prolongó la labor de la prestigiosa *Revista Moderna*, anfitriona del «renacimiento idealista» y del modernismo renovado, al que había alentado desde su fundación en 1898. En 1907 pusieron en marcha la «Sociedad de Conferencias», donde desarrollaron una gran actividad divulgadora de las nuevas tendencias estéticas y filosóficas hasta 1914, con especial énfasis en la defensa de las humanidades, sobre las pautas de la investigación iniciada por la filología alemana y desarrollada en España por Menéndez Pelayo y, posteriormente, por Menéndez Pidal. En el verano de ese año decidieron publicar *Ariel*, dado a conocer al resto de los compañeros por los Henríquez Ureña, y Alfonso Reyes consiguió que su padre, el Gobernador del Estado de Nuevo León, Bernardo Reyes, costeara la edición de 500 ejemplares, que se distribuyó gratuitamente desde Monterrey en mayo de 1908. Esta edición, la tercera fuera de Uruguay, será seguida inmediatamente por otra, también gratuita, que el director de la Escuela Nacional Preparatoria, Porfirio Parra, un positivista continuador de Gabino Barreda, hizo imprimir para los alumnos de la Escuela. Rodó no percibió derechos de autor, ni fue consultado para esta y otras ediciones. Generosamente, y agradecido por la divulgación de su obra, le escribía a Porfirio Parra: «Lo mismo esas páginas mías que todas las que puedan salir de mi pluma son y serán propiedad de la juventud que trabaje y combata por la civilización, por la cultura, por la elevación moral e intelectual de nuestra América»[142].

La influencia de *Ariel* se hará sentir ampliamente en los ambientes educativos e intelectuales de México, y orientará la misión intelectual de sus promotores, quienes, como medio idóneo para canalizar sus acciones renovadoras, fundaron en 1909 el Ateneo de la Juventud (luego Ateneo de México, entre 1912 y 1914).

Entre tanto, Max Henríquez Ureña, de regreso en Cuba, había convencido al escritor cubano Jesús Castellanos para impulsar en la isla una institución similar a la Sociedad de Conferencias de México. La Sociedad de Conferencias de La Habana celebró su inauguración el 6 de noviembre de 1910 con la conferencia de Castellanos «Rodó y su Proteo», y mantuvo su actividad hasta 1915.

Mientras en su presentación Castellanos se refería a la importancia de la integración del intelectual en el organismo social, tan necesitado de su trabajo pedagógico y orientador, el mismo Rodó, en una carta fechada en Montevideo el 10 de enero de 1911, y dirigida a Ramón A. Catalá, director de *El Fígaro* de La Habana, aprovechaba la ocasión de celebrar la fundación de la Sociedad de Conferencias y la atención prestada a su obra para redactar un documento de crucial importancia a los diez años de la publicación de *Ariel*. En su carta Rodó daba por zanjado el modernismo esteticista y decadente, que pese a sus aportaciones «adoleció de pobreza de ideas» y manifestó escasa preocupación por los agudos problemas individuales y sociales del fin de siglo. Transcurrida una década, declaraba Rodó, «llegamos en América a tiempos en que la actividad literaria ha de manifestar clara y enérgica conciencia de su función social». Y le parecía discernir dos tendencias: una que reflexionaba sobre la identidad colectiva («reanimación del sentimiento de la raza, o si se prefiere, del abo-

---

[142] Borrador de la carta a Porfirio Parra, fechada en Montevideo el 30 de noviembre de 1908, citada en Rodríguez Monegal, prólogo a *Ariel*, *Obras completas*, *op. cit.*, pág. 201.

lengo histórico») por la presión de «influencias extrañas»; y otra, donde se reanimaba el idealismo sepultado bajo el positivismo, el utilitarismo y el materialismo. Ambas tendencias expresaban el *«alma* latinoamericana» que empezaba a mostrar su verdadera personalidad. Finalmente, Rodó se refería al alto destino del intelectual que trabaja para, a su vez, enriquecer y formar una intelectualidad responsable, y evocaba a su admirado Martí: «La república que soñaba Martí era libertad, era prosperidad, era paz; pero era también inteligencia, cultura e idealismo»[143].

La red arielista se iba extendiendo. Pedro Henríquez Ureña y el peruano Francisco García Calderón (1883-1953), a instancias de Rodó, iniciaron un importante contacto que, a la larga, ayudaría a profundizar y a expandir internacionalmente la orientación filosófica del arielismo. García Calderón, con una gran formación humanística y filosófica que amplió al establecerse en París, donde conoció a Boutroux y Bergson, fue para Rodó su primer discípulo arielista, el más aventajado, y al que dedicó un prólogo consagratorio en su primer libro de crítica literaria, *De litteris (Crítica)* (1904). Este discípulo crítico y cuestionador, como ha anotado Rodríguez Monegal, vivió para administrar la herencia arielista como una suma de valores que la historia del siglo XX devaluaría y confinaría al plano de la utopía[144].

García Calderón, una vez establecido el nexo con los ateneístas mexicanos, se preocupó por fortalecer los contactos, y prologó el libro *Cuestiones estéticas* de Alfonso Reyes, publicado en París en 1910. En ese prólogo Reyes era presentado como «un paladín del 'arielismo' en América», inspirado por

---

[143] J. E. Rodó, «[La orientación de la nueva literatura hispanoamericana] Carta al Señor Don Ramón A. Catalá», en *Obras completas, op. cit.*, págs. 1.006-1.008.

[144] Véanse los dos trabajos de Emir Rodríguez Monegal, «Las relaciones de Rodó y Francisco García Calderón», *Número*, Montevideo, abril-septiembre, 1953 (págs. 255-262) y «América/utopía: García Calderón, el discípulo favorito de Rodó», *Cuadernos Hispanoamericanos*, núm. 417, Madrid, marzo, 1985, págs. 166-171. También la correspondencia entre ambos escritores en las *Obras completas* de Rodó, *op. cit.*, págs. 1.435-1.442.

el modelo cultural de la Grecia clásica y defensor del legado cultural latino y español.

También correspondió a los ateneístas mexicanos la divulgación de *Motivos de Proteo* (1909). Pedro Henríquez Ureña le dedicó casi íntegramente su conferencia titulada «La obra de José Enrique Rodó», una de las actividades con las que el Ateneo de la Juventud contribuyó en 1910 al programa cultural organizado con motivo de la celebración del Centenario de la Independencia de México. En su análisis Henríquez Ureña descubría en *Motivos de Proteo* una asimilación y adaptación de la filosofía intuicionista de Bergson[145].

Ya en el período inicial de la Revolución Mexicana, y siempre con Justo Sierra abriendo paso y dando cumplimiento a la oficialización de sus empresas, los arielistas mexicanos de la Generación del Centenario crearon la Escuela de Altos Estudios (1910), a través de la cual lograron introducir en el *curriculum* universitario las Humanidades, con especial énfasis en las literaturas, las lenguas clásicas y modernas y la filosofía. Poco después, la Universidad Popular de México, impulsada por los ateneístas y fundada por Justo Sierra en 1912, nacía del esfuerzo, inspirado por la Revolución, de aproximar la cultura a los sectores populares y obreros que empezaban a ser alfabetizados. Mientras el Ateneo se dispersaría tras el golpe militar del general Huerta que derrocó a Madero, en 1913, la Universidad Popular, inspirada en la política de Extensión Universitaria que Rafael Altamira había recomendado unos años antes como estrategia de educación de los obreros, continuará funcionando como la aportación más avanzada de los ateneístas al nuevo momento histórico.

Así, en ese período 1906-1914, el arielismo acompañó el acelerado proceso histórico en que se sucedieron el final de la «dictadura científica» de Porfirio Díaz, el inicio de la Revolución Mexicana, el triunfo de Madero y el golpe de Huerta, se-

---

[145] Esta interpretación es interesante porque, como explica García Morales, los ateneístas habían encontrado en la obra de Bergson una alternativa filosófica liberadora frente al viejo positivismo dogmático, convirtiéndola así en un emblema de la renovación filosófica mexicana, asociada a la tendencia política que apoyaba a Madero como alternativa al porfiriato.

guido de la Primera Guerra Mundial. La juventud intelectual del Ateneo, a cargo de la educación de los futuros intelectuales mexicanos y de un público cada vez más amplio, preparó el terreno para los grandes cambios que modificarán el panorama cultural mexicano tras 1916, y en los que algunos ateneístas (como en el caso de Vasconcelos) tendrán cargos de responsabilidad cultural. La lectura de *Ariel* en este contexto vino a satisfacer muchas demandas de la nueva intelectualidad mexicana: la defensa de la ansiada democracia y de una élite intelectual directora (la que ellos mismos lograrían constituir en México), el rechazo al intervencionismo de los Estados Unidos, o la crítica al materialismo, al dogmatismo científico y a la especialización, a la que oponían tanto el espíritu armonioso y creador del clasicismo grecolatino y de la tradición humanística como el neoidealismo y el antiintelectualismo europeos de entresiglos, inspirado por autores como Fouillée, Guyau, Tarde, Nietzsche, Tolstoi, Renan, *Clarín*, Boutroux, Bergson o James. Los jóvenes arielistas incluirán en esa nómina extranjera al mismo Rodó, el gran sintetizador y primer intérprete americano de estas tendencias.

En otro plano también ofrecía *Ariel* una doctrina pedagógica que liberaba al individuo de su condición de hombre-masa para ofrecerle un horizonte espiritual y neoidealista donde desarrollar y educar su originalidad creadora, más allá de las determinaciones taineanas del medio, la raza y el ambiente.

En definitiva, la lectura que los ateneístas realizaron de la obra de Rodó subrayaba sobre todo su condición auténticamente modernista (antidecadentista), que buscaba conciliar el progreso material con el crecimiento personal del individuo y con la dignificación ética de sociedades atrasadas, lastradas por el analfabetismo y explotadas por oligarquías plutocráticas.

En la etapa posterior, de reconstrucción nacional, sirvió a la causa de la estabilización y reconstrucción espiritual del país, ofreciendo a través del cultivo «desinteresado» y original del pensamiento, las artes y las letras un modelo de perfección humana y social. Pero el arielismo, que se había desenvuelto hasta entonces en ambientes elitistas defendiendo la «alta cultura», deberá readaptar su discurso a las orientaciones revolucionarias. Como escribe Julio Ramos:

> En la coyuntura de la Revolución las narrativas legitimadoras debían popularizar y democratizar el concepto de cultura. El espacio público del campo podía ensancharse, a condición de que los escritores adaptaran y promovieran su discurso de acuerdo con las necesidades de la Revolución[146].

Ese giro puede ser seguido en escritores como Henríquez Ureña, quien en «La utopía de América» (1922) amplió sus primeras convicciones arielistas («alta cultura», «ocio griego») hacia la cultura popular, el trabajo y el compromiso social; o Vasconcelos, que buscó integrar las culturas autóctonas en una síntesis universal; o Alfonso Reyes, que encontró en el pasado colonial la memoria en que enraizar las energías culturales del México moderno, y en el helenismo un modelo racionalizador de la cultura estética que, como Rodó, pero con mayor profundidad hermenéutica, rescató a través del espíritu de Goethe, el gran humanista de la modernidad.

En las zonas andinas, con problemas específicos derivados de su evolución histórica y su alta densidad de población indígena, el arielismo ha vivido a lo largo del siglo XX una compleja existencia paralela al desarrollo liberal y al fortalecimiento de la burguesía. En Ecuador, el arielismo se alió con el positivismo para cumplir una tarea que cifraba en la pedagogía todas las expectativas progresistas del país, y sirvió para fundamentar un proyecto nacional que se basaba en la defensa de la cultura latina frente a la anglosajona y, en paralelo, en una defensa de la lengua castiza frente a los anglicismos invasores. La *Revista de la Sociedad Jurídico Literaria* asumió desde 1902 el discurso idealista del arielismo, que, en términos generales, modeló la mentalidad liberal en su versión más tradicionalista, la que, tras el asesinato de Eloy Alfaro, inspiró la segunda legislatura del general José Leónidas Plaza (1912-

---

[146] Julio Ramos, *Desencuentros de la modernidad en América Latina, op. cit.*, pág. 226.

1916). Entonces el arielismo sirvió para legitimar el aristocratismo intelectual de los sectores económicos más favorecidos, dando lugar a posiciones elitistas, individualistas y conservadoras. Como ha afirmado Nancy Ochoa Antich, «el arielismo ha sido uno de los múltiples pretextos utilizados por nuestras clases dominantes para conservar sus privilegios»[147]. En algunos casos excepcionales, como el de Gonzalo Zaldumbide, se llega a descubrir que los ideales de Ariel y de América Latina residen en los mismos Estados Unidos[148]. Y, en general, quienes planteaban el latinoamericanismo arielista en zonas donde una nutrida parte de la población, indígena y mestiza, no procedía de la matriz latina y española, dio lugar a interpretaciones excluyentes o artificiosas, cuando se fundían hispanismo e indigenismo en un frente común contra el bloque anglosajón. El paternalismo pedagógico y el exotismo de estos intelectuales hacia lo autóctono son reproches que suelen caer sobre el «libro europeo» de estos arielistas andinos, cuyo indianismo pintoresquista y acrítico solía encubrir el interés inmovilista de las oligarquías terratenientes y un solapado racismo. Tal fue el caso del citado Zaldumbide, cuando a su regreso de Europa empezó a escribir su novela *Égloga trágica* (1956), de la que publicó algunas partes en 1916, y donde la estética arielista envuelve en coloraciones idílicas el mundo rural explotado por el latifundismo opresor.

Como ha explicado Teodosio Fernández, fue hacia 1925 cuando, a través de la revista *América* y la Sociedad de Amigos de Montalvo, se empezó a trabajar en un análisis riguroso de los problemas económicos y sociales ecuatorianos, mientras se constataba que el arielismo había desembocado en mera retórica, incapaz de alterar los esquemas socioeconómicos del país. Este análisis, favorecido por la izquierda polí-

---

[147] Nancy Ochoa Antich, «Estudio introductorio» a *El arielismo en el Ecuador*, Quito, Biblioteca Básica del Pensamiento Ecuatoriano, 1986, pág. 28.

[148] Gonzalo Zaldumbide, uno de los críticos arielistas más reconocidos, manifestó su preferencia por un panamericanismo cultural en «Visión de Norteamérica» (1903), donde postulaba una «arielización» de las dos Américas por la educación y el estudio; en manifestaciones posteriores su visión de los Estados Unidos será abiertamente apologética.

tica y la vanguardia literaria, dará lugar al giro indigenista de los años treinta:

> Los narradores del '30 tratarían de ir más lejos, y (...) eliminaron todo resto del registro literario arielista, responsable de ocultar los graves problemas que aquejaban a la realidad ecuatoriana. A esa ruptura contribuyó Jorge Icaza con su *Huasipungo* (1934)[149].

Pero, como en otras áreas, mientras se cuestionaba profundamente el latinoamericanismo excluyente de *Ariel*, los intelectuales de izquierda seguían leyendo en sus páginas argumentos contra el imperialismo económico y cultural, y sobre la posibilidad de un humanismo revolucionario y liberador frente al discurso «único» y avasallante de la ciencia y de la tecnocracia al servicio del capitalismo[150].

En el Río de la Plata el discurso arielista tenía su espacio de expansión natural, ya que atendía a ciertos problemas específicos de la región: un área muy diferente de la antillana, de la mexicana y de la andina por su proceso histórico y por su nueva constitución demográfica tras las políticas inmigratorias del siglo XIX.

En Uruguay el arielismo se convirtió en un movimiento aglutinante de la juventud alentado directamente por Rodó, quien era continuamente consultado e invitado a las actividades que organizaban. Real de Azúa recuerda al líder estudiantil arielista Héctor Miranda, muerto tempranamente, y cuya colección de discursos *Elogio de los héroes* (Montevideo, 1912) muestra su proximidad al estilo y los temas de *Ariel*. Poco después de la muerte de Rodó, Carlos Quijano y otros jóvenes comprometidos con la reforma universitaria del país crearon el Centro de Estudiantes «Ariel», que editaba una revista con

---

[149] Teodosio Fernández, «El regreso del viajero modernista», en Carmen de Mora (Ed.), *Diversidad Sociocultural en la Literatura Hispanoamericana (Siglo XX)*, Universidad de Sevilla, 1995, pág. 187. Véase del mismo autor su prólogo a Jorge Icaza, *Huasipungo*, Madrid, Cátedra, 1994.

[150] Véase Nancy Ochoa Antich, «Estudio introductorio» a *El arielismo en el Ecuador*, *op. cit.*, págs. 9-58.

el mismo título y que en 1920 publicó su *Homenaje a José Enrique Rodó*, con colaboraciones de Luisa Luisi, Juana de Ibarbourou, Juan Zorrilla de San Martín, y arielistas uruguayos y argentinos como Rodolfo Mezzera, Francisco A. Schinca y otros. Junto al presidente del Centro y director de la revista, Carlos Quijano, trabajan, entre otros, Eugenio Petit Muñoz y Alejandro Gómez Haedo, que en años posteriores dedicarán los primeros estudios de revisión de la obra de Rodó. Pero el primer arielismo uruguayo ha sido tachado de poco analítico, retórico y carente de sentido crítico, tal vez porque la misma proximidad de Rodó, primero en vida y luego como monumento cultural, impedían la evaluación ecuánime de su trabajo.

También en la Argentina los intelectuales de la generación del Centenario pudieron identificarse con muchas preocupaciones expresadas en *Ariel*. Los programas modernizadores no sólo habían derivado hacia una creciente mentalidad utilitaria avalada por un empobrecido positivismo, con desprecio explícito hacia las Humanidades; también se experimentaba la gran transformación de la población criolla, modificada por las oleadas inmigratorias europeas que, como vieron algunos intelectuales del momento, amenazaban con destruir la identidad propia. Mientras Ricardo Rojas diagnosticaba una crisis de la conciencia argentina y proponía una reforma pedagógica donde la educación humanística compensaría el utilitarismo, y el estudio de la historia y de la literatura nacional frenaría la pérdida de las tradiciones patrias, Leopoldo Lugones, como Rodó en *Ariel*, comparaba Buenos Aires con Babel, asociaba la corrupción del lenguaje rioplatense con la desintegración de la patria, y su proyecto nacionalista encontraba en el pasado gauchesco un origen épico, puro e incontaminado[151]. El helenismo de Lugones, el hispanismo de Larreta y otras manifestaciones culturalistas que expresaron la

---

[151] Véanse Ricardo Rojas, *La restauración nacionalista* (Buenos Aires, 1909) y Leopoldo Lugones, *Didáctica* (1910), en *El payador y antología de poesía y prosa*, sel. de G. Ara, Caracas, Ayacucho, 1979. Julio Ramos analiza estos textos en *Desencuentros de la modernidad en América Latina, op. cit.*, págs. 218-221.

reacción nacionalista e identitaria frente al «caos» de la inmigración como fenómeno inseparable de la modernización del país, guardan una relación más o menos lejana con *Ariel*, aunque seguramente Rodó no hubiera compartido posiciones como las de Manuel Gálvez o las del mismo Lugones de «La hora de la espada»[152].

Ya Rodó, en su *Ariel*, había relacionado el aluvión cosmopolita de los emigrantes en las ciudades porteñas con la «descaracterización» cultural y la pérdida de las tradiciones nativas, aunque no ofrecía la alternativa gauchesca o popular como contrapeso rectificador. Esas propuestas se encuentran en textos posteriores a 1900: en «La guitarra del paisano» (1906) se referirá a la «poesía del pueblo» como «energía preciosísima»[153]; en «Sólo la inspiración del pueblo *crea*» (1910) asegura que sólo de la poesía popular y anónima, como la gauchesca, podrá nacer el gran poema americano, y en «La tradición de los pueblos hispanoamericanos» (1915) coincide plenamente con Rojas al proponer el estudio de la cultura propia como contrapeso para impedir «el naufragio de la tradición» provocado por la disolución «del genuino núcleo nativo» en las oleadas migratorias[154].

En Europa la divulgación de *Ariel* ha sido bien documentada en algunos trabajos donde puede seguirse la historia de las ediciones y de la adaptación de su mensaje a un continente donde muchas de sus ideas tenían su cuna original. Noël Salomon, en su trabajo sobre la divulgación de Rodó en Francia, también demuestra que, pese a la tardía edición francesa de *Ariel*, en 1914, la obra fue muy leída entre los latinoamericanos residentes en París y entre los hispanistas franceses de

---

[152] Manuel Gálvez, adalid del hispanoamericanismo católico más conservador, escribió una obra titulada *Calibán. Tragicomedia de la vida política* (1943), donde los personajes de *La tempestad* se reinterpretan en una apología de las fuerzas armadas (y no del idealista Ariel), que son las que podrán vencer al materialista, anticristiano y antipatriota Calibán, un delincuente que pacta con el *gringo* olvidando las lecciones de su preceptor, Próspero.

[153] J. E. Rodó, «[La guitarra del paisano]», *Obras completas, op. cit.*, pág. 1.003.

[154] J. E. Rodó, «La tradición en los pueblos hispanoamericanos», *Obras completas, op. cit.*, págs. 1.203-1.206.

106

principios de siglo. El franco-uruguayo Jules Supervielle y los discípulos arielistas que allí ocupaban cargos diplomáticos en vísperas de la Primera Guerra Mundial fueron sus mejores divulgadores, y cuando se declaró el conflicto franco-alemán, su latinismo sirvió para reavivar el sentido latino a través de la oposición Ariel-Calibán[155].

Pero antes de cerrar este panorama del arielismo en las primeras décadas del siglo XX, debemos tener en cuenta que los primeros seguidores de Rodó fueron también los primeros en tomar conciencia de las insuficiencias del mensaje de *Ariel* como documento modernizador. Así, en el artículo que acompañó la aparición de *Ariel* en *Cuba Literaria* (1905), Pedro Henríquez Ureña, que había vivido en Nueva York, objetaba la visión que Rodó ofrecía de los Estados Unidos, convencido de que una controlada emulación de aquella productiva democracia podría ser positiva para sacar del atraso a los países hispanoamericanos. En la «Nota de la edición mexicana» de *Ariel* que se imprimió en Nuevo León en 1908, atribuida al mismo Pedro Henríquez Ureña, leemos, entre los elogios que celebraban «la virtud esencial de sus doctrinas», algunas advertencias:

> Al dar a conocer *Ariel* en México, donde hasta ahora sólo habían llegado ecos de su influencia, creemos hacer un servicio a la juventud mexicana. No pretendemos afirmar que Rodó ofrezca la única ni la más perfecta enseñanza que a la juventud conviene. En el terreno filosófico, podrán muchos discutirle; en el campo de la psicología social, podrán pedirle una concepción más profunda de la vida griega y una visión más amplia del espíritu norte-americano (...)[156].

---

[155] Noël Salomon, «L'auteur d'*Ariel* en France avant 1917», *Bulletin Hispanique*, tomo LXXIII, núm. 1-2, Burdeos, 1971, pág. 23.

Ariel dio nombre a una «revista de arte libre» fundada en París en 1912, y en 1914 una asociación educativa, el «Groupement des Universités et Écoles supérieures françaises», editó la obra de Rodó con fines pedagógicos, antes de que los Hermanos Garnier la editaran para un público más amplio en el volumen *Cinco ensayos* (1914).

[156] Cit. en García Morales, *op. cit.*, pág. 124.

También, inicialmente entusiasmados con la propuesta humanística que Rodó cifraba en la vitalidad cultural del modelo griego, ahondarán en los estudios helénicos y juzgarán insuficiente, superficial y «rosa» la Grecia de *Ariel*[157].

Otros arielistas criticarán la desvinculación entre los refinados modelos culturales de *Ariel* y el subdesarrollo de los países americanos. Por eso, escribía José de la Riva Agüero:

> Francamente, si la sinceridad de Rodó no se transparentara en cada una de sus páginas, era de sospechar que *Ariel* oculta una intención secreta, una sangrienta burla, un sarcasmo acerbo y mortal. Proponer la Grecia antigua como modelo para una raza contaminada con el híbrido mestizaje con indios y negros; hablarle de recreo y juego libre de la fantasía a una raza que si sucumbe será por una espantosa frivolidad; celebrar el ocio clásico ante una raza que se muere de pereza[158].

Y Francisco García Calderón señalaba:

> Parece su enseñanza prematura en naciones donde rodea a la capital, estrecho núcleo de civilización, una vasta zona semibárbara. ¿Cómo fundar la verdadera democracia, la libre selección de capacidades, cuando domina el caciquismo y se perpetúan sobre la multitud analfabeta, las antiguas tiranías feudales? Rodó aconseja el ocio clásico en repúblicas amenazadas por una abundante burocracia, el reposo consagrado a la alta cultura, cuando la tierra solicita todos los esfuerzos, y de la conquista de la riqueza nace un brillante materialismo. Su misma campaña liberal, enemiga del estrecho dogmatis-

---

[157] Cuando los jóvenes de la «Sociedad de Conferencias» se proponían en 1907 organizar una serie de conferencias sobre Grecia desde una perspectiva contemporánea y multidisciplinaria (proyecto incumplido, pero que determinará el helenismo del grupo y en especial el de Alfonso Reyes), Pedro Henríquez Ureña le escribía a su hermano Max: «Sí se puede decir mucho relativamente nuevo sobre Grecia, saliéndose de la pintura color de rosa de Renan, que es la que nos han repetido hasta la saciedad Rodó, Salvador Rueda, etc.» (cit. en García Morales, *op. cit.*, pág. 125).

[158] En *Carácter de la literatura del Perú independiente*, Lima, 1905, pág. 263, y en *Obras completas*, Lima, Pontificia Universidad Católica del Perú, 1962, tomo I, págs. 297-298.

mo, parece extraña en estas naciones abrumadas por una doble herencia católica y jacobina...[159].

Por su parte, uno de los primeros seguidores cubanos de Rodó, Jesús Castellanos, preocupado por las relaciones con la potencia del Norte, también criticaba en 1916 el error de Rodó al convertir a los Estados Unidos en un modelo negativo para los países hispanoamericanos:

> La segunda consecuencia de este romanticismo hispanista es la de la hostilidad, que trae como corolario, hacia la gran república del Norte. Durante largos años se ha vivido en el continente bajo una falsa idea de lo que es y de lo que representa para la humanidad ese país; las ideas vulgares acerca del utilitarismo y la rudeza yanquis, mezcladas con la atmósfera de terror que desde la guerra de España —que ésta hizo ver como un despojo, cuando era realmente una restitución— parece haberse formado contra los Estados Unidos, han hecho que se propague ese concepto de amenaza que trae, como reacción natural, la evasión de los amenazados. Hasta un escritor ilustre, José E. Rodó ha caído en esa red de prejuicios al hablar de los Estados Unidos en su libro *Ariel*[160].

Pero el arielismo suscitó en la juventud hispanoamericana un sentimiento de protagonismo hasta entonces imposible de imaginar, pese a algunos antecedentes del romanticismo. Por eso merece una particular mención el papel que desempeñó *Ariel* en los distintos congresos estudiantiles que se celebraron entre 1908 y 1920[161]. Carlos Real de Azúa anotaba que los estudiantes, lógicamente, se sentían interpelados y reflejados en las páginas de *Ariel*, pues constituían «una clase que parecía destinada a realizar el postulado arielista»[162]. El arielismo

---

[159] *La creación de un continente*, París [1915], págs. 98-99, citado en *Anteo, op. cit.* (J.P.R. D.74-341).

[160] En *Cuba Contemporánea*, agosto, 1916, págs. 292-293, citado en *Anteo*, J.P.R. D. 74-340.

[161] Los grandes congresos estudiantiles de estas dos décadas se celebraron en Montevideo (enero-febrero de 1908), Buenos Aires, área de la Gran Colombia (1910), Lima (1913) San José (1916), Córdoba (1918) y México (1920).

[162] En *Anteo*, cit., J.P.R. D. 74-347 ss.

aportó el espíritu renovador que confería optimismo y rebeldía constructiva a estos jóvenes cuando se situaron frente a las viejas instituciones, y sin estar tan politizados como los universitarios de las asambleas posteriores a 1920, encontraron un discurso que tanto les sirvió para definir su americanismo en oposición a los Estados Unidos, como para repudiar las dictaduras (fue el caso de Venezuela) y la corrupción del poder y, sobre todo, para exigir de las universidades una reforma pedagógica acorde con los procesos históricos del nuevo siglo.

Por esas fechas el entusiasta arielista Julio Antonio Mella, tomando de Rodó el modelo del intelectual como trabajador y constructor de sociedades más justas, que también Castellanos había propagado en los tiempos de la Sociedad de Conferencias, participó en 1924 en la fundación del Instituto Politécnico Ariel, y en 1925 del Partido Comunista de Cuba. Como recuerda Fernández Retamar,

> Sin duda el *Ariel* de Rodó sirvió a este primer marxista-leninista orgánico de Cuba —y uno de los primeros del Continente— como «plataforma de lanzamiento» para su meteórica carrera revolucionaria[163].

Pero, ciertamente, estas lecturas no marcan la tónica general del arielismo a partir de los años veinte y treinta, cuando los vanguardistas protestan por los excesos retóricos de Próspero, los nuevos métodos de análisis marxista revolucionan la interpretación de la realidad latinoamericana y Calibán, hasta el momento sin voz, encuentra en algunos nuevos intelectuales a los intérpretes idóneos para hablar de su propia cultura, marginada por Próspero e ignorada por Ariel.

Las razones de Calibán

Con el cambio que imprimen las vanguardias a la cultura hispanoamericana, a partir de su «americanización» y de

---

[163] Roberto Fernández Retamar, *Calibán*, en *Calibán y otros ensayos*, La Habana, Arte y Literatura, 1979, pág. 35.

su frecuente confluencia con los nuevos movimientos de izquierda, la percepción de Rodó tiende a modificarse, y los méritos por los que su obra había sido tan celebrada entran en crisis.

En la década del veinte se inicia desde algunos frentes el desdén hacia la imagen envarada y decimonónica de Rodó, hacia su orientación europeísta y su estilo retórico y pesado. No deja de ser curiosa la coincidencia de José Carlos Mariátegui y de Jorge Luis Borges, dos autores tan disímiles, en querer alejar de las inquietudes de aquellos años a un escritor que consideraron trasnochado tanto por su ideología política como por su actitud intelectual. Así, el Borges criollista del fervor porteño que en *Luna de enfrente* (1925) había rescatado como mito argentino al caudillo «bárbaro» Juan Facundo Quiroga, impugnará a los modernistas por sus continuas fugas de la realidad americana y del tiempo que les tocó vivir, amparándose en abstracciones como la de América como «crisol de razas», y viendo pasar la historia «desde la vereda de enfrente». «En cuanto a Rodó —escribe Borges— fue un norteamericano, no un yankee, pero sí un catedrático de Boston, relleno de ilusiones sobre latinidad e hispanidad»[164]. Semejante sarcasmo atacaba al arielismo en su médula antinorteamericana, y por la paradoja pretendía desarmar la vigencia del Rodó militante y latinoamericanista. Más allá del ingenioso gesto, este retrato de Rodó se conecta con el sentimiento del director de *Amauta*, José Carlos Mariátegui, quien dos años más tarde, en su artículo «Aniversario y balance», también pretendía destruir el «mito de Rodó» por su inoperancia ideológica, mientras proponía replantear la oposición América sajona/América latina en términos políticos más operativos: «a Norte América capitalista, plutocrática, imperialista, sólo es

---

[164] Jorge Luis Borges, prólogo a la *Antología de la poesía de vanguardia* (Buenos Aires, El Inca, 1926), reproducido en *Amauta*, núm. 6, Lima, 1926, pág. 3. Rafael Cansinos Assens, relacionado en esos años del ultraísmo con Borges, será más irrespetuoso al trazar su caricatura: «Rodó me ha hecho pensar más de una vez en la mediocridad bien vestida» (cit. en M. Benedetti, *op. cit.*, pág. 118).

posible oponer eficazmente una América, latina o ibera, socialista»[165].

Este distanciamiento crítico del magisterio arielista afectó también a sus seguidores uruguayos, como fue el caso de Carlos Quijano, quien, sin abandonar del todo algunos principios formativos arielistas, tan importantes en su época universitaria y del «Centro Ariel», experimentó la transformación ideológica hacia un nacionalismo crítico en el que se conjugaban el liberalismo y un socialismo antidogmático, y que dieron su sello a importantes empresas de la cultura uruguaya, como la fundación del semanario *Marcha* (1939-1974), que tuvo como directores de sus páginas literarias a Juan Carlos Onetti, Mario Benedetti, Emir Rodríguez Monegal y a otros integrantes de la generación de 1945, también denominada por Ángel Rama «la generación crítica»[166]. Ellos seguirán leyendo a Rodó, pero de otra manera, intentando superar la mera descalificación o sacralización del ambiguo mensaje de Rodó[167], y emprendiendo una sistemática revisión del legado rodoniano con más amplios criterios analíticos que, ayudados por el distanciamiento crítico y por una actitud filológica y hermenéutica más rigurosa y minuciosa, permitió a críticos como Roberto Ibáñez, Arturo Ardao, Carlos Real de Azúa, Emir Rodríguez Monegal y Mario Benedetti rescatar, ordenar y clasificar las obras, los manuscritos y gran parte de la correspondencia de Rodó tal como, gracias a ellos, hoy las podemos estudiar. La gran exposición documental sobre Rodó, organizada por Roberto Ibáñez en 1947, y las primeras ediciones de sus obras completas (José Pedro Segundo, en 1945, y Emir Rodríguez Monegal, en 1957) marcan el final de una etapa y el inicio de otra.

Un antecedente de ese movimiento puede encontrarse en

---

[165] José Carlos Mariátegui, «Aniversario y balance» (1928), en *Ideología y política*, Lima, 1969, cit. en Roberto Fernández Retamar, *Calibán, op. cit.*, pág. 33, n. 31.

[166] Véanse los trabajos de Omar Prego Gadea y Pablo Rocca en *Cuadernos de Marcha*, Tercera Época, Año XIV, núm. 151, Montevideo, junio, 1999.

[167] Carlos Real de Azúa, «El problema de la valoración de Rodó», *Cuadernos de Marcha*, núm. 1, Montevideo, mayo, 1967, págs. 71-80.

las dos ediciones de *Proceso intelectual del Uruguay y crítica de su literatura* (1930, 1941), del intelectual uruguayo Alberto Zum Felde, el primero que intentó ofrecer un balance general y panorámico de Rodó y de la generación del 900, contrastando su obra con el fondo histórico y social de la época[168]. Desde un horizonte cultural y político bien diferente del de los primeros discípulos arielistas («nuestra posición intelectual de 1941 es muy distinta a lo que era al finalizar el siglo pasado»[169]), su evaluación de *Ariel* sólo resulta positiva al considerar que fue una llamada a la unidad continental y la expresión del latinoamericanismo humanista de 1900: el primer texto de la «resistencia latina»[170]. De resto, sólo podemos leer argumentos sobre las insuficiencias de la obra:

> El idealismo de «Ariel» carece de últimas razones y de un hondo sentido de la vida, siendo su profundidad sólo literatura. «Ariel» no ofrece a la juventud americana, como ideal y como norma, más que un amable diletantismo intelectual —un *armonioso* divagar sobre tópicos literarios— insuficiente para llenar las necesidades del espíritu contemporáneo[171].

La incapacidad para dar soluciones y vías de realización de su utopía se debía —añade Zum Felde— a que, desde su gabinete, no conoció al hombre real, alejado como estaba de la psicología y de la sociología. Por lo tanto, *Ariel* sólo es un documento del pasado que, ya archivado por Zum Felde, modelo de nuevo intelectual más pragmático, languidece en su «glorioso ocaso», porque «el valor filosófico de Rodó ha declinado junto con el ocaso de su tiempo»; «Ariel es un símbolo periclitado»[172].

Mucho más agresivo se mostrará el escritor peruano Luis Alberto Sánchez en su *Balance y liquidación del 900* (1941), has-

---

[168] La revisión de Zum Felde se inicia en realidad años antes en sus artículos en *El Día* de Montevideo (4, 8, 11, 15 y 18 de octubre de 1919), reproducidos luego en *Crítica de la literatura uruguaya* (Montevideo, 1921).

[169] Alberto Zum Felde, *Proceso intelectual del Uruguay, op. cit.*, pág. 230.

[170] *Ídem*, pág. 236.

[171] *Ídem*, pág. 242.

[172] *Ídem*, págs. 243 y 244.

ta el punto de tergiversar y descontextualizar las palabras de Rodó para dar mayor énfasis a sus argumentos antiarielistas y para confinar al ensayista uruguayo a una sospechosa y camuflada «nordomanía» que, además, según Sánchez, niega la democracia en virtud de un aristocratismo intolerante. Este alegato ha sido desmontado contundentemente por Mario Benedetti, que denunció «el bandolerismo intelectual» de Luis Alberto Sánchez y se esforzó en demostrar que el tan denostado aristocratismo de Rodó debe entenderse como la lógica selección y promoción de los más capaces, criterio justo que ha seguido inspirando la política cultural y educativa de sociedades como la cubana tras la Revolución[173].

La valiosa monografía de Mario Benedetti *Genio y figura de José Enrique Rodó* (Buenos Aires, 1966) vino a ofrecer, junto a una síntesis informativa, el testimonio razonado de un intelectual uruguayo de la «generación del 45» que, ante las diversas vertientes y las interpretaciones posibles de la obra y la figura de Rodó, optó por una lectura que buscaba la ecuanimidad sin eludir la crítica y la revisión polémica. No podía ser de otra manera, cuando los críticos uruguayos, sin lentes idealizadoras, observaban un continente en el que convivían las formas más voraces del imperialismo y los focos oscuros de la dictadura y el militarismo con las esperanzas suscitadas por la Revolución Cubana. El mismo Benedetti venía a representar un nuevo modelo de intelectual comprometido, ahora testigo y cronista del derrumbe de su país[174].

Estimaba Benedetti que Rodó fue «el pionero que quedó atrás», y que debe ser juzgado en el marco del pensamiento decimonónico:

> Es abusivo confrontar a Rodó con estructuras, planteamientos, ideologías actuales. Su tiempo es otro que el nues-

---

[173] Benedetti, *op. cit.*, págs. 107-108, nota 9.

[174] El crítico Rubén Cotelo, caracterizando los relevos de modelos que influyen en la generación uruguaya del sesenta, concluye su enumeración diciendo: «no Stalin sino Mao, Fidel Castro y el nacionalismo revisionista; *no Rodó sino Benedetti*». Rubén Cotelo, «Introducción» a la antología *Narradores uruguayos*, Caracas, Monte Ávila, 1969, pág. 26 (cursiva nuestra).

tro (...) Rodó no fue un adelantado, ni pretendió serlo. Es cierto que penetró en el siglo XX, pero más bien lo visitó como turista, incluso con la curiosidad y la capacidad de asombro de un turista inteligente; su verdadero hogar, su verdadera patria temporal, era el siglo XIX, y a él pertenecía con toda su alma y con toda su calma[175].

Si la frase confinaba a Rodó a tiempos ya superados, el mismo Benedetti se empeñó en deslindar aquellos rasgos caducos de la obra de Rodó de aquellos otros en los que seguía vivo su legado: su crítica literaria, sus ensayos de tema americanista y su dignidad como intelectual.

Desde ese nuevo punto de mira no es extraño que en varias ocasiones Benedetti incida en una valoración política de Rodó haciendo notar su pertenencia a aquel democratismo liberal decimonónico que, pese a sus ramalazos de conservadurismo, consiguió por primera vez en el continente batallar con la pluma, poniendo ideas en circulación, opinando, creando opinión, y convirtiéndose, por ello, en un antecedente del intelectual comprometido que décadas más tarde vendría a representar Sartre. Por eso añade:

> Hoy resulta tarea fácil detenerse en las carencias de Rodó, en sus miopías, en sus dictámenes fallidos, en sus pronósticos errados, en las amplias volutas de su estilo, tantas veces desprovisto de calidez. Hoy resulta sencillo indicar qué caminos debió haber seguido, en qué bifurcación se equivocó. Pero no hay que olvidar que en muchos de los temas que trató, Rodó abría la primera brecha[176].

En esa evaluación de la actitud política de Rodó ocupa, por supuesto, un importante papel el discutido antiimperialismo de *Ariel*. Benedetti a este respecto valoró la perspicacia de Rodó, aunque también tuvo que señalar las limitaciones de su interpretación: «Quizá Rodó se haya equivocado cuando tuvo que decir el nombre del peligro, pero no se equivocó

---

[175] *Ídem*, pág. 128.
[176] *Ídem*, pág. 94.

en su reconocimiento de dónde estaba el mismo»[177]. Y, aunque juzgue su denuncia «débilmente documentada», Benedetti insistirá en la honestidad insobornable que hizo de Rodó un intelectual consecuente con sus propias ideas hasta el fin de su vida. Y, para combatir opiniones contrarias, rescató del olvido un texto revelador publicado por Rodó en el diario *El Telégrafo* de Montevideo (4 de agosto de 1915) rechazando una nueva intervención de los Estados Unidos en México[178]. Además, Benedetti trató de corregir otros enjuiciamientos anteriores, recordando que el mayor mérito de Rodó consistió en mostrar a los hispanoamericanos la cara oscura de su «nordomanía»: «La labor efectiva cumplida por *Ariel* fue cambiar ese estado de admiración por un estado de alerta»[179].

Con variaciones, la promoción de estudiosos uruguayos de los años sesenta y setenta dieron un importante paso en la recuperación crítica de Rodó, aunque no faltaron quienes hablaban de echar «siete llaves sobre el sepulcro de Ariel y en marcha»[180]. En estas décadas *Cuadernos de Marcha*, la revista dirigida por Quijano, publicó dos importantes números dedicados íntegramente a la relectura de la obra de Rodó desde una perspectiva interdisciplinar. El número 1 de la citada revista (mayo de 1967) reúne importantes trabajos de Roberto Ibáñez, Leopoldo Zea, Arturo Ardao, Carlos Real de Azúa y Eugenio Petit Muñoz, en el cincuentenario de la muerte de Rodó. El número 50 de *Cuadernos de Marcha* (junio, 1971), que coincidía con el centenario de su nacimiento, reúne los discursos leídos en el homenaje que le tributó la Universidad de la República y nuevos trabajos de Ibáñez y Ardao, junto a otros de Lockhart, Gil Salguero y Mámontov. En la página inicial de este número quedaba clara la intención de la revis-

---

[177] *Ídem*, pág. 95.
[178] La ingerencia de los Estados Unidos en «las cuestiones domésticas de los pueblos de este Continente» le parece a Rodó «una aberración que jamás podría disculparse y contra la cual deben prevenirse seriamente los gobiernos consultados» (cit. en Benedetti, *op. cit.*, págs. 104-105).
[179] *Ibídem*.
[180] Carlos Maggi, *Uruguay y su gente*, Montevideo, Alfa, 1965, pág. 20. Maggi es también el autor de una pieza teatral titulada *Esperando a Rodó*.

ta de avanzar en «el análisis y la exégesis de la obra de Rodó», demostrando que sigue siendo, «aun en estos tiempos convulsionados y revolucionarios, una cantera cuya riqueza no se ha agotado». La contratapa anunciaba el libro de Arturo Ardao, *Rodó*, centrado en el estudio de su vertiente americanista, aspecto que puede ser indicativo de los intereses del momento.

En 1971 un polémico ensayo del escritor cubano Roberto Fernández Retamar, titulado *Calibán*, vino a agitar de nuevo la tempestad sobre los personajes shakespeareanos. El título proponía una nueva focalización marxista-leninista de la cultura latinoamericana desde la perspectiva del «hombre natural» o «el mestizo autóctono», al que Martí se había referido en «Nuestra América», y rescatando ese programa americanista desde el nuevo horizonte de la Revolución Cubana, Fernández Retamar ahondaba en la necesidad de una descolonización intelectual respecto a la cultura y el libro europeos impuestos por Próspero. «Nuestro símbolo no es pues Ariel, como pensó Rodó, sino Calibán», porque «¿qué es nuestra historia, nuestra cultura, sino la historia, sino la cultura de Calibán?»[181]. Pese a que el crítico cubano nos sitúa ahora en la piel del colonizado, su valoración del *Ariel* de Rodó no es tan negativa como pudiera esperarse, ya que, de acuerdo con Benedetti, reconoce su clarividencia al advertir, como lo había hecho Martí, sobre los peligros de la «nordomanía» y del incipiente imperialismo. Pese a que la identificación entre Rodó y Martí se bifurca en caminos divergentes al comparar sus respectivas propuestas para la construcción de la cultura americana, Fernández Retamar nos recuerda la filiación martiana de Rodó, y también proyecta su imagen hacia el devenir cubano como inspirador de la orientación intelectual de Julio Antonio Mella, en quien se unió el modelo arielista con los planteamientos marxistas-leninistas. De esta manera, enfatizando los contenidos más progresistas de *Ariel* (el antiimperialismo y la defensa de la democracia), Fernández Retamar

---

[181] Roberto Fernández Retamar, *Calibán*, en *Calibán y otros ensayos*, La Habana, Arte y Literatura, 1979, págs. 32 y 33.

seguía a Benedetti al rescatar a un Rodó militante digno de su homenaje, quien, aunque «equivocó los símbolos»[182] y desenfocó el análisis de la cultura americana por limitaciones de su formación decimonónica, poco se parecía a aquel otro Rodó más idealista y menos comprometido que había divulgado Emir Rodríguez Monegal en su edición de las obras completas para la editorial Aguilar[183].

El ensayo *Calibán* contiene también una amplia documentación para seguir las transformaciones de las figuras shakespeareanas en las sucesivas lecturas que otros escritores europeos y latinoamericanos elaboraron antes y después de *Ariel*. Así, Fernández Retamar fue pasando revista a textos como el del francés Jean Guéhenno, *Calibán habla* (1928), donde se invertía la valoración de Renan para exaltar al pueblo-Calibán; o el libro del argentino Aníbal Ponce *Humanismo burgués y humanismo proletario* (1935), donde, reinterpretando *La tempestad*, Calibán venía a representar a la masa oprimida, Próspero al tirano ilustrado del Renacimiento y Ariel al intelectual mercenario, sumiso servidor de una cultura que no admite crítica ni rebelión[184]. Y ya en una situación enunciativa americana que reflexiona sobre la colonización y el subdesarrollo, recordaba a George Lamming, de Barbados, el primero que propuso una identificación entre el colonizado y Calibán en *The pleasures of exile* (1960), donde la lengua de Próspero se convierte en la prisión perpetua de Calibán y su destino pasa a depender indefinidamente del colonizador. Ya O. Mannoni en su polémico ensayo *Sicología de la coloniza-*

---

[182] *Ídem*, pág. 33.

[183] Los duros términos con que Fernández Retamar se refiere a Rodríguez Monegal (págs. 35-36) son indicativos del estado de crispación en el seno de la intelectualidad latinoamericana de los años sesenta y setenta en su relación con la Revolución Cubana, y afecta a estas percepciones tan dispares de la obra de Rodó. Cfr. la réplica de Rodríguez Monegal a Fernández Retamar en «The Metamorphoses of Caliban», *Diacritics*, Ithaca, otoño, 1977, págs. 78-83.

[184] No obstante, como hemos visto, Ponce no renunció a la simbología de Ariel, pues abogaba por la transformación del ambiguo Ariel «burgués» en un comprometido y fogoso Ariel «proletario».

ción (1950) y en *Próspero y Calibán: la sicología de la colonización* (1956), había identificado a Calibán con el colonizado que, por su «complejo de Próspero», buscaba asimilarse neuróticamente al dominador racista y paternalista; idea desesperanzadora que Franz Fanon, en *Piel negra, máscaras blancas* (1952), rechazaría. Otros estudiosos de los años sesenta, como Janheinz Jahn propondrán a Calibán como símbolo de la negritud, mientras el inglés John Wain recordará el episodio del intento de violación de Miranda por Calibán como una fábula sobre el pánico europeo al mestizaje. Finalmente, Fernández Retamar detenía su recorrido en otros tres textos de 1969: el poema «Calibán», del barbadiense Edward Brathwaite, dedicado a Cuba y perteneciente a su libro *Islas* (1969); un ensayo del propio Fernández Retamar titulado «Cuba hasta Fidel», donde ya identificaba el mundo cubano con el de Calibán, y una obra de teatro de Aimé Césaire, *Una tempestad. Adaptación de La tempestad de Shakespeare para un teatro negro*. Césaire volvió sobre la comedia shakespeareana para crear un texto experimental donde se combinan sus tesis sobre la Negritud y el subdesarrollo. Próspero, el europeo colonizador, ha esclavizado al negro Calibán y al mulato Ariel (un intelectual con crisis de conciencia por su papel mediador entre el poder y el mundo insular). También aparece el dios-diablo africano Eschú, primitivo, lúbrico y burlón. Mientras Próspero, con su paternalismo y superioridad cultural, se siente el único capacitado para dar un orden y un *logos* civilizador a la isla, Calibán, un «bárbaro» furioso por las humillaciones recibidas, se rebela contra la dominación del blanco y la destrucción de su identidad. Ariel, al recobrar su libertad, también amenaza a Próspero con utilizar su música y poderes mágicos para alentar la revolución de los esclavos y campesinos contra la explotación europea.

Como se puede apreciar, Calibán tiende a focalizar el interés y a convertirse en el centro de una reflexión sobre la violencia neocolonialista, así como en el sujeto arquetípico de las clases y las razas oprimidas.

Una de las primeras manifestaciones en contra de Rodó procedía del crítico uruguayo Carlos Roxlo, que tanto en su orientación política como en la literaria difería del autor de *Ariel*, y que en el tomo VII de su *Historia crítica de la literatura uruguaya* (Montevideo, 1916) rechazaba el amplio americanismo bolivariano de Rodó y su idea de una común raza latina en virtud de una óptica localista y autoctonista: «Mi diminuto espíritu, mi espíritu de chingolo del monte, se pierde en la amplitud del espíritu de Rodó (...) Soy cigarra charrúa, chingolo uruguayo, claves de mis sierras»[185]. En cierto modo, el texto de Roxlo, donde el ajeno Ariel es sustituido por el pájaro autóctono, puede situarse en el inicio de esa vertiente de la crítica cultural contemporánea que tiende a focalizar su lectura de *Ariel* desde una posición «calibánica» que se refiere más a los silencios del texto que a sus pronunciamientos. El silencio de Rodó ante la realidad social de la muchedumbre multicultural y mestiza de América, su silencio ante la cultura popular y, en particular, su omisión de la cuestión indígena, ha dado lugar a repetidos reproches y también a algunas justificaciones. El crítico cubano Medardo Vitier, cuando lamentaba: «Ni una línea para el indio hay en *Ariel*»[186], parece ser el primero en centrar el problema en la preocupación indigenista. La cuestión es compleja, pues cuando nuestro autor escribió *Ariel* aún no se había consolidado el discurso indigenista, y la literatura persistía en reelaboraciones del indianismo romántico que el mismo Rodó había estimado falsas, tanto en su vertiente idílica e idealizante, como en la representación de las atrocidades de la *barbarie*, de Echeverría. Sólo estimó genuinas dos grandes obras de la época colonial: los *Comentarios reales*, del Inca Garcilaso de la Vega, y *La Araucana*, de Alonso de Ercilla, un poema que consideró americano.

---

[185] Citado por M. Benedetti, *op. cit.*, pág. 86, nota 70.
[186] Medardo Vitier, «El mensaje de Rodó», en *Del ensayo americano*, México, FCE, 1945, pág. 126.

En su opinión, «la inocencia y los dolores de las razas indígenas» no habían encontrado aún a su verdadero intérprete[187].

Sólo en las zonas donde la población indígena seguía siendo mayoritaria, existían claros antecedentes de indigenismo político a finales del siglo XIX. De 1888 es el discurso pionero de Manuel González Prada en el Politeama de Lima, donde afrontó el problema de la explotación del indio y propuso su alfabetización, inspirando la primera novela indigenista, *Aves sin nido*, que su compañera Clorinda Matto de Turner publicaría un año después. Aún así, el mismo González Prada no llegará a un análisis más completo de los factores económicos y políticos del problema indígena hasta su trabajo «Nuestros indios», que dejó inconcluso al fallecer en 1918. Suele apuntarse con frecuencia en descargo de Rodó que en el Río de la Plata la situación era otra: las campañas de exterminio de indios (que no dejaron vestigios culturales equiparables a los de incas o aztecas) habían eliminado el problema por la extrema violencia[188]. Mientras en Argentina Lucio Mansilla nos relataba en *Una excursión a los indios ranqueles* (1870) su descubrimiento de las formas de vida india en una obra donde excepcionalmente se daba un acercamiento real a la alteridad indígena, en Uruguay, José Zorrilla de San Martín, en *Tabaré* (1888), elevaba a un mestizo, hijo de indio charrúa y de cautiva española, a la categoría de mito fundacional de la patria, con un enfoque romántico e idealizador donde el componente «bárbaro» de la sangre paterna quedaba redimido por el catolicismo de la madre.

Pese a que el indigenismo no existía como discurso político y revolucionario en 1900, porque se encontraba en una fase de incipiente desarrollo, desde el horizonte indigenista del APRA peruano, con Luis Alberto Sánchez, caerán sobre

---

[187] Véase «Juan María Gutiérrez y su época», *El mirador de Próspero, op. cit.*, págs. 728-730.

[188] El final de los charrúas suele situarse en 1832 cuando, tras la matanza del Salsipuedes, el General Bernabé Rivera emprendió una masacre contra las tolderías de los caudillos charrúas, que hasta hacía poco colaboraban con el gobierno en las campañas fronterizas aprovechando la hostilidad de estos indios contra los guaraníes y otros grupos.

Rodó las peores críticas por su modelo europeísta, que olvidaba por completo «la cuestión indígena» para predicar discursos foráneos[189].

En realidad, Rodó se refirió en escasas ocasiones a la población indoamericana, y menos aún a la afroamericana, tal vez porque las incluía en la masa analfabeta, en «la dura arcilla de la muchedumbre» que era necesario incorporar socialmente por la tarea de regeneración pedagógica. Cuando lo hizo fue para condenar su situación, que poco había cambiado desde la crueldad de la conquista hasta las modernas democracias[190]. En su «Montalvo» Rodó se mostraba informado sobre la historia de los pueblos indígenas desde los inicios de la colonización, y citaba como su fuente de documentación un libro perseguido por fomentar la «leyenda negra», las *Noticias secretas de América,* de los funcionarios españoles Jorge Juan y Antonio de Ulloa. Si se leen esas páginas pesimistas donde Rodó sintetizó la historia de iniquidades, racismo y explotaciones cometidas contra los indígenas ecuatorianos y americanos durante la Colonia, la Independencia y la República, tal vez pueda comprenderse (aunque no se comparta ni se acepte) su omisión del problema en *Ariel:* con enorme fatalismo e indignación pensaba que el indio fue despojado en siglos de explotación de su dignidad humana y del instinto de integración social y de libertad, y que ningún gobierno había sido capaz de incorporarlo a democracias «de mísero fundamento», huecas y podridas por dentro, como carcomidas por el comején[191]. Bestializados por el abuso esclavista, los indios —anota Rodó— carecen del sentido patriótico y del heroísmo que mostraron en otras zonas el gaucho y el llanero a la

---

[189] Véase Luis Alberto Sánchez, *Historia de la literatura americana* (Santiago de Chile, 1937) y *Balance y liquidación del Novecientos,* (Santiago de Chile, 1941). En realidad, las críticas de L. A. Sánchez son más amplias y cuestionan globalmente a los escritores novecentistas, intelectuales de gabinete, por ocultar bajo un idealismo evasivo su desdén hacia la realidad americana.

[190] En «El centenario de Cervantes» (1915) Rodó criticó la conquista a través de aquellos «portentosos capitanes», «legendarios sojuzgadores», «personificaciones de la ejecución brutal, consumada con sacrificio del indio, que también es carne y alma de América» (*O. C.,* pág. 1.211).

[191] «Montalvo», en *El mirador de Próspero, Obras completas, op. cit.,* págs. 594-595.

hora de la Independencia; se les ha incapacitado para participar activamente en los procesos históricos y, más aún, afirmaba el maestro de intelectuales de *Ariel*, para acceder a la enseñanza superior, donde se forjan los guías culturales de la democracia: «la Universidad, para el de raza humilde, es madrastra»[192]. Como Martí o González Prada, Rodó partía del amargo diagnóstico que encontraba en «la sangre estancada» del indio la causa de su marginación social, pero al contrario que ellos, que vislumbraron con optimismo su pronta redención, Rodó propuso la lenta solución educativa en futuras democracias sanas, para sacarlo de «el barro vil sobre el que se asienta el edificio social»[193]. La solución marxista, vislumbrada por Mariátegui en los años veinte, no entraba, evidentemente, en las expectativas de Rodó, para quien el problema indígena no era específico ni prioritario en 1900.

Por estas razones *Ariel* se ha leído, desde las primeras manifestaciones de García Calderón y De la Riva Agüero, como un texto incompleto. Como ha afirmado Antonio Melis, «*Ariel*, en términos andinos, significa fundamentalmente una representación de la cultura nacional basada exclusivamente en el elemento europeo»[194]. Así lo tuvo que sentir otro escritor andino, Díez de Medina, cuando en su obra *Sariri* (1954), «réplica a *Ariel*», concibió una nueva trilogía de personajes alternativos, extraídos de las leyendas orales de los indios colla, e interpretados a la luz de los cambios políticos de Bolivia. Ahora Sariri, el narrador, es un indio comprometido con la transformación social de los Andes; Makuri, lejos de representar el calibanesco imperialismo norteamericano, es un boliviano corrupto del hampa, al que le interesa perpetuar el subdesarrollo, y Thunupa, su opuesto, es un indio que, por sus virtudes espirituales y su sentido del deber, asume la misión de guiar a los oprimidos[195].

---

[192] *Ibídem.*

[193] *Ibídem.*

[194] Antonio Melis, «Entre Ariel y Calibán ¿Próspero?», *Nuevo Texto Crítico*, vol. V, núms. 9/10, Standford, 1992, pág. 115.

[195] Fernando Díez de Medina, *Sariri: Una réplica al 'Ariel' de Rodó*, La Paz, Alfonso Tejerina, 1954. Véase Rick Langhorst, «Calibán en América», donde pasa revista a las interpretaciones de los personajes shakespeareanos.

La danza de las alegorías

En el «teatro negro» de *Una tempestad*, de Aimé Césaire, Calibán rehusaba aquel nombre peyorativo, que no era el suyo, y reprochaba a Próspero el haberle impuesto, con él, una imagen falsa de sí mismo:

> Próspero eres un gran ilusionista:
> la mentira es lo tuyo.
> Y me has mentido tanto
> mentido sobre el mundo, mentido sobre mí mismo,
> que has conseguido imponerme
> una imagen de mí mismo:
> Un sub-desarrollado
> un in-capaz,
> así has hecho que me viera,
> y esa imagen, ¡la odio!, ¡Es falsa!
> pero ahora te conozco, viejo cáncer,
> y me conozco[196].

El primer gesto liberador del indígena, en Césaire, consistía en rechazar su insultante sobrenombre, para descubrir y reivindicar su propia identidad.

Como hemos visto, los personajes de *La tempestad* llegaron a Rodó metamorfoseados e impregnados de una fuerte motivación ideológica que expresaba los temores finiseculares de un sector intelectual ante el materialismo, el ascenso del proletariado por el auge de la democracia y el peligro intervencionista, acuciante a partir de 1898. Olvidando tal vez que el de «Próspero» sólo era un apodo con que los discípulos llamaban a su maestro, que Ariel era ya la estatuilla espiritualizada de un santo laico acorde con la heterodoxia religiosa de Rodó, y que Calibán apelaba no a un sector social o racial concreto, sino a todo lo bestial y esclavizante que hay en la sociedad y en el ser humano, hemos seguido reelaborando

---

[196] Aimé Césaire, *La tragedia del rey Cristophe. Una tempestad,* traducción de Carmen Kurz, Barcelona, Barral, 1971, pág. 177.

esos símbolos inventados hace cuatro siglos como si realmente fueran ellos mismos fenómenos empíricos de la cultura latinoamericana. Rara vez se ha reparado en que esos símbolos culturales, sobrecargados con varias pátinas interpretativas, contienen en sí mismos una limitación hermenéutica que, lejos de facilitar el acceso al sentido, lo desvían, lo refractan y lo fragmentan. Por eso Nancy Ochoa, escribía: «intentamos contribuir humildemente a la tarea actual de liberación latinoamericana, y los estereotipos estorban a esa tarea encubriendo la opresión»[197].

También Julio Ramos, en su libro *Desencuentros de la modernidad en América Latina*, prefería no insistir en la polarización Ariel/Calibán, y proponía cautela a la hora de utilizar semejante artificio simplificador como instrumento analítico de la diferencia entre la cultura occidental y la cultura latinoamericana (una supuestamente central y «pura»; la otra marginal, paródica, ideologizada), dado que *también* Calibán, como creación de Shakespeare, pertenece al campo simbólico europeo[198].

Esas advertencias dejan ver que estos símbolos siguen expresando los prejuicios europeos que influyeron en su apropiación verbal de la población americana desde 1492, distorsionando su identidad (caribe, caníbal) y dando lugar a algunos malentendidos. En un texto de 1993, «Adiós a Calibán»[199], el propio Fernández Retamar, fundador junto a Césaire y Brathwaite de la tendencia crítica llamada «escuela de Calibán», que tuvo su apogeo en el Simposio Internacional *Calibán* (Cerdeña, 1990) y en la publicación de sus actas en la revista *Nuevo Texto Crítico*[200], se propuso aclarar y enriquecer algunas cuestiones relacionadas con su ensayo. Entre otras, recuerda en primer lugar que utilizó al monstruoso Ca-

---

[197] Nancy Ochoa Antich, «Estudio introductorio», *op. cit.*, pág. 27.
[198] Julio Ramos, *Desencuentros de la modernidad en América Latina, op. cit.*, págs. 82-83.
[199] Roberto Fernández Retamar, «Adiós a Calibán», La Habana, *Casa de las Américas*, núm. 191, abril-junio, 1993, págs. 116-122. El texto fue escrito como Postdata para dos ediciones de *Calibán,* una japonesa y otra cubana.
[200] *Nuevo Texto Crítico*, vol. V, núms. 9-10, Standford, 1992.

libán como un símbolo, asumido como «lo que Gayatri Chakravorty Spivak llamaría 'un concepto-metáfora', y, de modo todavía más claro, Gilles Deleuze y Félix Guattari, un 'personaje conceptual'»[201]. Matiza que utilizó al personaje no como un símbolo racial de la América mestiza, sino como una metáfora de la hibridación cultural del continente transculturado y de su condición colonial, y comenta las ampliaciones propuestas por algunos sectores de la crítica actual, descontenta con ciertas limitaciones del símbolo reinventado en los setenta.

Pero desde 1971 el *Calibán* de Fernández Retamar, desplazando del foco de interés al *Ariel* de Rodó, ha seguido siendo determinante en ensayos escritos en fechas muy recientes desde la perspectiva de los *cultural studies* y la crítica postcolonialista, donde Calibán, emblema de la resistencia cultural latinoamericana para el marxismo y el multiculturalismo, es ahora una figura cada vez más actualizada y reelaborada en discursos como el feminista o el subalternista[202].

Ya Fernández Retamar, en 1993, se hacía eco de aquellas nuevas propuestas de la crítica feminista latinoamericana[203]. Porque, si «Calibán también tiene rostro de mujer», como decía Beatriz González-Stephan[204], para Ileana Rodríguez, desde el horizonte marxista-feminista de 1999, Calibán expresa «el lado materno del mestizaje» y atrae la mirada no hacia lo mestizo, sino hacia lo indio y lo negro: «lo ilegítimo y subalternizado por sobre lo legitimado»[205].

---

[201] *Ídem*, pág. 116.

[202] Véase la interesante revisión de las transformaciones de Calibán en el texto de Mabel Moraña: «Modernidad arielista y posmodernidad calibanesca», en Titus Heydenreich y Ottmar Ette (eds.), *José Enrique Rodó y su tiempo. Cien años de Ariel, op. cit.* (en prensa).

[203] Fernández Retamar comenta los trabajos de Sara Castro-Klarén «La crítica literaria feminista y la escritora en América Latina», en *La sartén por el mango* (Río Piedras, Puerto Rico, 1984) y el de Beatriz González-Stephan «Para comerte mejor: cultura calibanesca y formas literarias alternativas», en *Nuevo Texto Crítico*, rev. cit.

[204] Cit. en Fernández Retamar, «Adiós a Calibán», art. cit., pág. 117.

[205] Ileana Rodríguez, «¿Arielismo o Canibalismo? Diálogo Norte, Centro, Sur. Estudios Marxistas, Estudios Postcoloniales Subalternos». Cito por el texto inédito de su conferencia en *Literatura y fronteras*, Universidad de La Laguna, 1999, en prensa.

Pero, si bien la reflexión posmoderna continúa avanzando en su interpretación y reivindicación de lo subalterno calibanesco, al tiempo que incorpora al debate intelectual un espacio marginado tradicionalmente por la alta cultura, también es cierto que en nuestra época, corroída por renovadas formas de barbarie, el *Ariel* de Rodó sigue suscitando motivos de reflexión. El símbolo, tal como hace un siglo lo imaginó nuestro autor, inspiraba la razón, el instinto de perfección ética y estética, la nobleza del pensamiento y del trabajo, la rebeldía que aspira desinteresadamente a transformar el mundo, la solidaridad, el talante democrático, el espíritu de crítica y el compromiso social. Cuando hoy, como hace un siglo, Calibán (entendido como lo definió Rodó) sigue impulsando mil formas de violencia, de corrupción, de explotación, de injustas desigualdades, de dominación y demagogia, tal vez no sea del todo desacertado invocar a aquel numen laico, patrón de intelectuales, que Rodó imaginó como una «llamarada del espíritu», nacido para «animar a los que trabajan y a los que luchan». Los símbolos, así como sus designaciones y metamorfosis, no deben desorientarnos.

Esta edición

Aunque los manuscritos de *Ariel* se encuentran en el Departamento de Investigaciones Literarias de la Biblioteca Nacional de Uruguay, se ha considerado que, en lugar de la realización de una edición genética, sería más oportuno llegar al establecimiento del texto óptimo de *Ariel* sobre la base de las ediciones definitivas de la obra, llegando a la síntesis que nos parece más correcta e idónea dentro del escaso margen de variantes significativas que pueden resultar de un cotejo atento. Por este motivo nuestra edición se basa en la que estableció como definitiva Emir Rodríguez Monegal para la editorial Aguilar (2ª edición, 1967), basada en la *editio princeps* (Montevideo, Dornaleche y Reyes, febrero de 1900), a la que añadió como encabezados de los capítulos de *Ariel* los orientadores sumarios que Rodó había escrito de su puño y letra en el ejemplar de su amigo Daniel Martínez Vigil. No obstante, se ha seguido también la segunda edición uruguaya de *Ariel* (Montevideo, Dornaleche y Reyes, septiembre de 1900), directamente cuidada por Rodó, que enmendó algunas erratas que aparecían en la primera.

Las mínimas rectificaciones que se han realizado obedecen a la corrección de erratas evidentes, y, en caso de dudas, hemos contrastado dichos textos con otras ediciones como la de Ángel Rama para la Biblioteca Ayacucho *(Ariel. Motivos de Proteo*, Caracas, 1976). El criterio, como en las ediciones precedentes, ha sido el de actualizar la ortografía y el uso de tildes, así como reducir el frecuente uso de guiones que Rodó introducía para puntuar su texto a los casos en que esos signos tienen un valor significativo, ya por su uso como indicadores de una frase con valor parentético, ya como indicadores enfáticos de algún matiz conceptual. En otros casos hemos optado por suprimirlos, con el deseo de aligerar el texto de signos que, como el punto y guión al final de frase o párrafo, carecen de significación para el lector actual.

Rodó introdujo en el texto de *Ariel* un centenar de referencias a autores, obras y personajes históricos o literarios, de modo que la cita, directa o indirecta, e incluso algunas veces sólo sugerida por fórmulas alusivas del tipo «el autor de...» o «un escritor sagaz...», constituye la tupida trama erudita de una obra a la que, sin embargo, Rodó sólo añadió tres notas bibliográficas, dejando sin aclarar la incógnita de algunas referencias o fuentes que, en algún caso, han resultado ser inexactas o alteradas por la memoria. Las tres notas de Rodó se reproducen con asterisco. He decidido huir de la anotación exhaustiva y enciclopédica por considerar que ese arduo trabajo no facilitaría el esclarecimiento de las líneas de pensamiento realmente relevantes de *Ariel;* he optado, en cambio, por introducir sólo algunas informaciones interesantes para cartografiar el campo de referencias que se tejen en la obra, siempre que sean significativas para la interpretación del universo intelectual de Rodó a través de su diálogo con otras tendencias filosóficas y literarias. En algunos casos he incorporado algunos interesantes hallazgos de Gordon Brotherston en su edición inglesa de la obra (Cambridge University Press, 1967), que aparecen integrados al cuerpo de las notas con las iniciales G. B.

Por último, salvo el caso de cultismos o términos en desuso, he omitido anotaciones referentes al léxico, al estilo, a la gramática y a la sintaxis. En todo caso, he procurado no importunar al lector con interrupciones que perturben su libre relación con el texto.

Agradecimientos

Deseo hacer constar mi agradecimiento al Dr. Rómulo Cosse, director del Departamento de Investigaciones Literarias de la Biblioteca Nacional de Uruguay, y a la Dra. Mireya Callejas, directora de su Archivo Literario, por la confianza y la generosidad con que apoyaron y facilitaron mis consultas en esa institución durante mis visitas a Montevideo en 1993 y 1995. Así mismo, manifiesto mi gratitud a los investigadores, colegas y amigos uruguayos que han contribuido con desprendimiento y hospitalidad a la orientación y documentación de mis trabajos sobre Rodó: a Wilfredo Penco, Hugo Achugar, Fernando Aínsa, Mercedes Ramírez, Ariel Ibáñez, y a tantos otros que me han animado en la tarea.

Bibliografía

a) Obras de José Enrique Rodó (primeras ediciones)

La Vida Nueva I: El que vendrá. La novela nueva, Montevideo, Dorna-
leche y Reyes, 1897.
La Vida Nueva II: Rubén Darío. Su personalidad literaria. Su última obra,
Montevideo, Dornaleche y Reyes, 1899.
La Vida Nueva III: Ariel, Montevideo, Dornaleche y Reyes, 1900.
Liberalismo y Jacobinismo, Montevideo, La Anticuaria, 1906.
Motivos de Proteo, Montevideo, José María Serrano, 1909.
El mirador de Próspero, Montevideo, 1913.
*Cinco ensayos. Montalvo, Ariel, Bolívar, Rubén Darío, Liberalismo y Jaco-
binismo*, Madrid, 1915.

Obra póstuma

El camino de Paros. Meditaciones y andanzas, Valencia, 1918.
Epistolario, ed. de Hugo D. Barbagelata, París, 1921.
*Los últimos motivos de Proteo. Manuscritos hallados en la mesa de trabajo
del Maestro*, Montevideo, 1932.
*Los escritos de la «Revista Nacional de Literatura y Ciencias Sociales». Poe-
sías dispersas*, volumen I de la Edición Oficial de las *Obras comple-
tas*, Introducción José Pedro Segundo, Montevideo, 1945.
Obras completas, edición, introducción y prólogos de Emir Rodríguez
Monegal, Madrid, Aguilar, 1957 y 1967.

b) Sobre José Enrique Rodó y su obra

AINSA, Fernando, «Un mensaje para los náufragos que luchan», *Tiempo reconquistado*, Montevideo, Géminis, 1977, págs. 41-45.
ARDAO, Arturo, *Espiritualismo y positivismo en el Uruguay*, México-Bue-
nos Aires, Fondo de Cultura Económica, 1950.

— «La conciencia filosófica de Rodó», *Número*, núms. 6-7-8, Montevideo, junio, 1950, págs. 65-92; recogido en *Etapas de la inteligencia uruguaya*, Montevideo, Universidad de la República, 1971, págs. 241-269.

— «Del libro *Ariel* al mito anti-Ariel», *Actualidades*, 2, Caracas, Centro «Rómulo Gallegos», 1977.

— «Del Calibán de Renan al Calibán de Rodó», *Cuadernos de Marcha* núm. 50, Montevideo, junio, 1971, págs. 25-36; recogido en *Estudios latinoamericanos de historia de las ideas,* Caracas, Monte Ávila, 1978.

BENEDETTI, Mario, *Genio y figura de José Enrique Rodó*, Buenos Aires, Eudeba, 1966.

BASTOS, Mª. Luisa, «José Enrique Rodó: la parábola como paradigma dinámico», *Hispanic Review*, vol. 49, núm. 3, Filadelfia, 1981, págs. 261-269.

BOLLO, Sarah, *Sobre José Enrique Rodó. Ariel y el mundo latino. Valoración de Rodó*, Montevideo, Impr. Uruguaya, 1947.

BROTHERSTON, Gordon, Edición, introducción y notas de J. E. R., *Ariel*, Cambridge, University Press, 1967.

CASTRO MORALES, Belén, *J. E. Rodó modernista: Utopía y regeneración*, Universidad de La Laguna, Secretariado de Publicaciones, 1989.

— «Acerca de *Ariel* y José Enrique Rodó», en J. E. R., *Ariel*, Madrid, Anaya & Mario Muchnik, 1995, págs. 125-172.

— «Los motivos de Glauco: cultura y conocimiento en el último Rodó», *Deslindes*, núms. 4-5 (Revista de la Biblioteca Nacional de Uruguay), Montevideo, diciembre, 1994, págs. 213-228.

CONCHA, Jaime, «El *Ariel* de Rodó, o juventud, 'humano tesoro'», *Nuevo Texto Crítico,* vol. V, núms. 9-10, Standford, 1992, páginas 121-124.

CORTAZZO, Uruguay, «Tradición y renovación en la crítica literaria del Uruguay», *Cuadernos Americanos*, 2:3, México, 1988, páginas 137-151.

CÚNEO, Dardo, «Ubicación de Rodó y *Ariel*», *Aventura y letra de América Latina*, Caracas, Monte Ávila, 1975, págs. 241-250.

ETTE, Ottmar, «Así habló Próspero», *Cuadernos Hispanoamericanos,* núm. 528, Madrid, junio, 1994, págs. 49-62.

FERNÁNDEZ, Teodosio, *Los géneros ensayísticos hispanoamericanos*, Madrid, Taurus, 1990.

FERNÁNDEZ RETAMAR, Roberto, *Calibán*, México, Diógenes, 1971.

— «Adiós a Calibán», *Casa de Las Américas,* núm. 191, abril-junio, 1993, págs. 116-122.

FOSTER, David William, «Procesos de literaturización en *Ariel*, de Rodó», en *Para una lectura semiótica de ensayo hispanoamericano*, Madrid, Porrúa Turanzas, 1983, págs. 37-52.

Fuentes, Carlos, Prólogo a J. E. R., *Ariel*, Austin, University of Texas Press, 1988.

García Ramos, Juan Manuel, «Una tradición de la crítica de la literatura hispanoamericana», *Revista de Filología*, núm. 2, Universidad de La Laguna, Secretariado de Publicaciones, 1983, págs. 51-64.

García Morales, Alfonso, *Literatura y pensamiento hispánico de fin de siglo: Clarín y Rodó*, Sevilla, Secretariado de Publicaciones de la Universidad, 1992.

— *El Ateneo de México (1906-1914) Orígenes de la cultura mexicana contemporánea*, Sevilla, Escuela de Estudios Hispano-Americanos, 1992.

Gómez-Gil, Orlando, *Mensaje y vigencia de José Enrique Rodó*, Miami, Ediciones Universal, 1992.

Gómez-Martínez, José Luis, «Sociedad y humanidad en *Ariel:* reflexiones ante una nueva lectura», *Texto/Contexto en la Literatura Iberoamericana*, Madrid, 1980, págs. 117-127.

González, Aníbal, *La crónica modernista hispanoamericana*, Madrid, Porrúa Turanzas, 1983.

González Echevarría, Roberto, «The Case of the Speaking Statue: *Ariel* and the Magisterial Retoric of the Latin American Essay», en *The Voice of the Masters. Writting and Authority in Modern Latin American Literature*, Austin, University of Texas Press, 1985, págs. 8-32.

Gutiérrez Girardot, Rafael, «El ensayo en el modernismo. José Enrique Rodó», en VV.AA., *Historia de la Literatura Latinoamericana*, Bogotá, La Oveja Negra, 1984, págs. 169-184 y 101-102.

Heydenreich, Titus y O. Ette (eds.), *José Enrique Rodó y su tiempo. Cien años de Ariel*, Frankfurt am Main, Vervuert Verlag, Lateinamerika-Studien Band 41 (en prensa).

Ibáñez, Roberto, «En el primer centenario de Rodó», *Cuadernos de Marcha*, núm. 50, Montevideo, junio de 1971, págs. 15-24.

Jáuregui, Carlos, «Calibán, icono del 98. A propósito de un artículo de Rubén Darío», *Revista Iberoamericana*, vol. LXIV, núms. 184-185, Pittsburgh, julio-diciembre, 1998, págs. 441-449.

Juliá, Julio Jaime, *Rodó y Santo Domingo. Recopilación*, Santo Domingo, Amigo del Hogar, 1971.

Lago, Julio, *El verdadero Rodó*, Montevideo, Arca, 1973.

Le Gonidec, Bernard, «Lecture d'*Ariel:* la république de Rodó», *Bulletin Hispanique*, vol. 73, núms. 1-2, enero-junio, 1971, págs. 31-49.

— «Diffusion et reception critique de *Ariel* de J. E. Rodó entre 1900 et 1903», *Études Hispaniques et Hispano-Americaines*, X, Rennes, Université de Haute Bretagne, 1979, págs. 5-37.

Marichal, Juan [1978] «De Martí a Rodó: el idealismo democrático (1870-1910)», en *Cuatro fases de la historia intelectual latinoamericana*, Madrid, Fundación Juan March-Cátedra, págs. 71-90.

MELIS, Antonio, «Entre Ariel y Calibán ¿Próspero?», *Nuevo Texto Crítico*, vol. V, núms. 9-10, Standford, 1992, págs. 113-120.

MORAÑA, Mabel, «José Enrique Rodó», en Luis Íñigo Madrigal (coord.), *Historia de la Literatura Hispanoamericana*, II, Madrid, Cátedra, 1987.

OCHOA ANTICH, Nancy, Estudio introductorio a *El arielismo en el Ecuador*, Quito, Banco Central del Ecuador-Corporación Editora Nacional, 1986.

OVIEDO, José Miguel, *Breve historia del ensayo hispanoamericano*, Madrid, Alianza, 1991.

PENCO, Wilfredo, *José Enrique Rodó*, Montevideo, Arca, 1987.

PÉREZ PETIT, Víctor, *Rodó. Su vida. Su obra*, Montevideo, Claudio García, 1924, 2ª ed.

PETIT MUÑOZ, Eugenio, *Infancia y juventud de José E. Rodó*, Montevideo, Universidad de la República, Dpto. de Publicaciones, 1974.

RAMA, Ángel, *La ciudad letrada*, Montevideo, Fundación Ángel Rama, Arca, 1984.

RAMOS, Julio, *Desencuentros de la modernidad en América Latina*, México, FCE, 1987.

RAMSDEN, Herbert, «*Ariel*, ¿libro del 98?», *Cuadernos Hispanoamericanos*, núm. 302, Madrid, agosto, 1975, págs. 446-454.

REAL DE AZÚA, Carlos, «Ambiente espiritual del 900», *Número*, números 6-7-8, Montevideo, junio, 1950.

— Prólogo a *Ariel* y a *Motivos de Proteo*, en J. E. R., *Ariel. Motivos de Proteo*, Caracas, Ayacucho, 1976.

REYES, Alfonso, *El suicida, Obras completas* (III), México, Fondo de Cultura Económica, 1960.

RODRÍGUEZ MONEGAL, Emir, *José E. Rodó en el Novecientos*, Montevideo, *Número*, 1950.

— Introducción general y prólogos a J. E. Rodó, *Obras completas*, Madrid, Aguilar, 1967, 2ª ed.

— «The Metamorphoses of Caliban», *Diacritics*, Ithaca, otoño, 1977, págs. 78-83.

SÁNCHEZ, Luis Alberto, *Balance y liquidación del Novecientos*, Lima, Universo, 1973, 3ª ed.

RUFFINELLI, Jorge (ed.), Prólogo a J. E. R., *Antología*, Alicante, Instituto de Cultura Gil-Albert, 1995.

SELUJA CECÍN, Antonio, *El Modernismo literario en el Río de la Plata*, Montevideo, 1965.

SOTELO VÁZQUEZ, Ignacio, «La crítica de Clarín a la luz de José Enrique Rodó (dos artículos de Rodó en la *Revista Nacional de Literatura y Ciencias Sociales*, 1895)», *Cuadernos Hispanoamericanos*, núm. 462, Madrid, 1988, págs. 7-22.

Sucre, Guillermo, «La nueva crítica», en *América Latina en su literatura*, México, Siglo XXI-Unesco, 1976, págs. 259-275.

Urrello, Antonio, «*Ariel:* Referencialidad y estrategia textual», *Revista Canadiense de Estudios Hispánicos*, 10:3, Ottawa, 1986, páginas 463-474.

Zum Felde, Alberto, *Proceso intelectual del Uruguay y crítica de su literatura*, Montevideo, Claridad, 1941.

Ariel

Fragmentos del borrador de *Ariel*
(Biblioteca Nacional, Archivo literario, Uruguay)

A la juventud de América

Aquella tarde, el viejo y venerado maestro, a quien solían llamar Próspero por alusión al sabio maestro de *La tempestad* shakesperiana, se despedía de sus jóvenes discípulos, pasado un año de tareas, congregándolos una vez más a su alrededor.

Ya habían llegado ellos a la amplia sala de estudio, en la que un gusto delicado y severo esmerábase por todas partes en honrar la noble presencia de los libros, fieles compañeros de Próspero. Dominaba en la sala —como numen de su ambiente sereno— un bronce primoroso, que figuraba al ARIEL de *La tempestad.* Junto a este bronce se sentaba habitualmente el maestro, y por ello le llamaban con el nombre del mago a quien sirve y favorece en el drama el fantástico personaje que había interpretado el escultor. Quizá en su enseñanza y su carácter había, para el nombre, una razón y un sentido más profundos.

Ariel, genio del aire, representa, en el simbolismo de la obra de Shakespeare, la parte noble y alada del espíritu. Ariel es el imperio de la razón y el sentimiento sobre los bajos estímulos de la irracionalidad; es el entusiasmo generoso, el móvil alto y desinteresado en la acción, la espiritualidad de la cultura, la vivacidad y la gracia de la inteligencia, el término ideal a que asciende la selección humana, rectificando en el hombre superior los tenaces vestigios de Calibán, símbolo de sensualidad y de torpeza, con el cincel perseverante de la vida.

La estatua, de real arte, reproducía al genio aéreo en el instante en que, libertado por la magia de Próspero, va a lanzarse a los aires para desvanecerse en un lampo. Desplegadas las alas; suelta y flotante la leve vestidura, que la caricia de la luz en el bronce damasquinaba de oro; erguida la amplia frente; entreabiertos los labios por serena sonrisa, todo en la actitud de Ariel acusaba admirablemente el gracioso arranque del vuelo; y con inspiración dichosa, el arte que había dado firmeza escultural a su imagen, había acertado a conservar en ella, al mismo tiempo, la apariencia seráfica y la levedad ideal.

Próspero acarició, meditando, la frente de la estatua; dispuso luego al grupo juvenil en torno suyo; y con su firme voz —voz *magistral*, que tenía para fijar la idea e insinuarse en las profundidades del espíritu, bien la esclarecedora penetración del rayo de luz, bien el golpe incisivo del cincel en el mármol, bien el toque impregnante del pincel en el lienzo o de la onda en la arena—, comenzó a decir, frente a una atención afectuosa:

I

[Necesidad de que cada generación entre a la vida activa con un programa propio. Belleza moral de la juventud; su papel en la vida de las sociedades. Los pueblos más fuertes y gloriosos son los que reúnen las condiciones propias de la juventud. Ejemplo de Grecia. Necesidad de la fe en la vida. No debe confundirse esta fe con un optimismo cándido. América necesita de su juventud.]

Junto a la estatua que habéis visto presidir, cada tarde, nuestros coloquios de amigos, en los que he procurado despojar a la enseñanza de toda ingrata austeridad, voy a hablaros de nuevo, para que sea nuestra despedida como el sello estampado en un convenio de sentimientos y de ideas.

Invoco a ARIEL como mi numen. Quisiera ahora para mi palabra la más suave y persuasiva unción que ella haya tenido jamás. Pienso que hablar a la juventud sobre nobles y elevados motivos, cualesquiera que sean, es un género de oratoria sagrada. Pienso también que el espíritu de la juventud es un terreno generoso donde la simiente de una palabra oportuna suele rendir, en corto tiempo, los frutos de una inmortal vegetación.

Anhelo colaborar en una página del programa que, al prepararos a respirar el aire libre de la acción, formularéis, sin duda, en la intimidad de vuestro espíritu, para ceñir a él vuestra personalidad moral y vuestro esfuerzo. Este programa propio —que algunas veces se formula y escribe; que se reserva otras para ser ser revelado en el mismo transcurso de la acción— no falta nunca en el espíritu de las agrupaciones y los pueblos que son algo más que muchedumbres. Si, con relación a la escuela de la voluntad individual, pudo Goethe decir profundamente que sólo es digno de la libertad y la vida quien es capaz de conquistarlas día a día para sí[1], con tanta más razón podría decirse que el honor de cada generación humana exige que ella se conquiste, por la perseverante actividad de su pensamiento, por el esfuerzo propio, su fe en determinada manifestación del ideal y su puesto en la evolución de las ideas.

Al conquistar los vuestros, debéis empezar por reconocer un primer objeto de fe, en vosotros mismos. La juventud que vivís es una fuerza de cuya aplicación sois los obreros y un tesoro de cuya inversión sois responsables. Amad ese tesoro y esa fuerza; haced que el altivo sentimiento de su posesión permanezca ardiente y eficaz en vosotros. Yo os digo, con Renan: «La juventud es el descubrimiento de un horizonte inmenso, que es la vida»[2]. El descubrimiento que revela las tierras ignoradas necesita completarse por el esfuerzo viril que las sojuzga. Y ningún otro espectáculo puede imaginarse más propio para cautivar a un tiempo el interés del pensador y el entusiasmo del artista, que el que presenta una generación humana que marcha al encuentro del futuro, vibrante con la impaciencia de la acción, alta la frente, en la sonrisa un altanero desdén del desengaño, colmada el alma por dulces y remotos mirajes que derraman en ella misteriosos estímulos, como las

---

[1] Johan Wolfgang Goethe (1749-1832): *Fausto* (2ª parte, Acto V). A lo largo de *Ariel* y de *Motivos de Proteo* abundan las alusiones de Rodó no sólo a *Fausto*, cuya segunda parte quedó inconclusa, sino también a la figura de Goethe como paradigma intelectual y a la ciudad alemana de Weimar, que Goethe y Shiller convirtieron a finales del XVIII en un foco cultural que Rodó invoca como arquetipo de su proyecto de ciudad ideal: la ciudad donde se hace posible la vida artística y donde el intelectual, aún no afectado por la fragmentación moderna del saber ni desplazado por los políticos profesionales, puede desarrollar sus proyectos estéticos y sociales.

[2] *Ernest Renan* (1823-1892): moralista y orientalista francés, destacó como crítico de la democracia y defensor de la aristocracia intelectual en obras como *La reforma intelectual y moral* (1871) y *Calibán* (1878). Otra obra polémica, de gran influencia en el pensamiento católico de la época, fue *La vida de Jesús* (1863), inmediatamente traducida al español en Uruguay y de gran resonancia en el pensamiento finisecular rioplatense. Rodó cita frecuentemente a Renan como uno de sus más influyentes maestros, aunque difiere en varios aspectos, y especialmente en su crítica a la democracia.

visiones de Cipango y El Dorado en las crónicas heroicas de los conquistadores[3].

Del renacer de las esperanzas humanas; de las promesas que fían eternamente al porvenir la realidad de lo mejor, adquiere su belleza el alma que se entreabre al soplo de la vida, dulce e inefable belleza, compuesta, como lo estaba la del amanecer para el poeta de *Las contemplaciones*, de un «vestigio de sueño y un principio de pensamiento»[4].

La humanidad, renovando de generación en generación su activa esperanza y su ansiosa fe en un ideal, al través de la dura experiencia de los siglos, hacía pensar a Guyau en la obsesión de aquella pobre enajenada cuya extraña y conmovedora locura consistía en creer llegado, constantemente, el día de sus bodas[5]! Juguete de su ensueño, ella ceñía cada mañana a su frente pálida la corona de desposada y suspendía de su cabeza el velo nupcial. Con una dulce sonrisa, disponíase luego a recibir al prometido ilusorio, hasta que las sombras de la tarde, tras el vano esperar, traían la decepción a su alma. Entonces tomaba un melancólico tinte su locura. Pero su inge-

---

[3] *Cipango* y *El Dorado:* Cipango era el nombre dado al Japón a finales de la Edad Media. Dio noticias de este país mítico Marco Polo en las relaciones de su viaje a China. Colón creyó que La Española era Cipango, dado que el nombre indígena de una de sus comarcas era Cibao. El Dorado fue el enclave legendario de un gran tesoro, y su leyenda empezó a circular entre los soldados españoles a partir de la noticia de un ritual chibcha durante el cual el cacique hacía cubrir su cuerpo de polvo de oro junto a la laguna de Guatavitá. Situado entre el Orinoco y el Amazonas, El Dorado animó infructuosas expediciones que se sucedieron hasta 1776, y dio lugar a episodios trágicos como los que tuvieron lugar en 1559 durante la expedición de Pedro de Ursúa y Lope de Aguirre.

[4] *El poeta de Las contemplaciones:* Víctor Hugo publicó esta obra, formada por seis libros, en 1856. Rodó alude al libro I de la Primera Parte, «Aurora».

[5] *Jean-Marie Guyau* (1854-1888): poeta y filósofo francés formado en el idealismo platónico y posteriormente inclinado hacia un panteísmo inspirado en los estoicos. Escribió obras de estética y moral en las que exalta la existencia y la vitalidad humanas en términos próximos a Nietzsche, aunque sin negar los valores cristianos que el filósofo alemán denostó. Su obra más influyente fue *La irreligión del porvenir* (1887), donde intenta compaginar las teorías evolucionistas con su espiritualismo vitalista.

nua confianza reaparecía con la aurora siguiente; y ya sin el recuerdo del desencanto pasado, murmurando: *Es hoy cuando vendrá*, volvía a ceñirse la corona y el velo y a sonreír en espera del prometido.

Es así como, no bien la eficacia de un ideal ha muerto, la humanidad viste otra vez sus galas nupciales para esperar la realidad del ideal soñado con nueva fe, con tenaz y conmovedora locura. Provocar esa renovación, inalterable como un ritmo de la Naturaleza, es en todos los tiempos la función y la obra de la juventud. De las almas de cada primavera humana está tejido aquel tocado de novia. Cuando se trata de sofocar esta sublime terquedad de la esperanza, que brota alada del seno de la decepción, todos los pesimismos son vanos. Lo mismo los que se fundan en la razón que los que parten de la experiencia, han de reconocerse inútiles para contrastar el altanero *no importa* que surge del fondo de la Vida. Hay veces en que, por una aparente alteración del ritmo triunfal, cruzan la historia humana generaciones destinadas a personificar, desde la cuna, la vacilación y el desaliento. Pero ellas pasan —no sin haber tenido quizá su ideal como las otras, en forma negativa y con amor inconsciente—; y de nuevo se ilumina en el espíritu de la humanidad la esperanza en el Esposo anhelado, cuya imagen, dulce y radiosa como en los versos de marfil de los místicos, basta para mantener la animación y el contento de la vida, aun cuando nunca haya de encarnarse en la realidad.

La juventud, que así significa en el alma de los individuos y la de las generaciones luz, amor, energía, existe y lo significa también en el proceso evolutivo de las sociedades. De los pueblos que sienten y consideran la vida como vosotros, serán siempre la fecundidad, la fuerza, el dominio del porvenir. Hubo una vez en que los atributos de la juventud humana se hicieron, más que en ninguna otra, los atributos de un pueblo, los caracteres de una civilización, y en que un soplo de adolescencia encantadora pasó rozando la frente serena de una raza. Cuando Grecia nació, los dioses le regalaron el secreto de su juventud inextinguible. Grecia es el alma joven. «Aquel que en Delfos contempla la apiñada muchedumbre de los jonios —dice uno de los himnos homéricos— se imagina que ellos no han de envejecer jamás»[6]. Grecia hizo grandes cosas porque tuvo, de la juventud, la alegría, que es el ambiente de la acción, y el entusiasmo, que es la palanca omnipotente. El sacerdote egipcio con quien Solón habló en el templo de Sais decía al legislador ateniense, compadeciendo a los griegos por su volubilidad bulliciosa: *¡No sois sino unos niños!*[7]. Y Michelet ha comparado la actividad del alma helena con un festivo juego a cuyo alrededor se agrupan y sonríen todas las naciones del mundo[8]. Pero de aquel divino juego de niños sobre las playas del Archipiélago y a la sombra de los olivos de Jonia, nacieron el arte, la filosofía, el pensamiento libre, la curiosidad de la investigación, la conciencia de la dignidad humana, todos esos estímulos de Dios que son aún nuestra inspiración y nuestro orgullo. Absorto en su austeridad hierática, el país del sacerdote representaba, en tanto, la senectud, que se concentra para ensayar el reposo de la eternidad y aleja, con desdeñosa mano, todo frívolo sueño. La gracia, la inquietud, están proscritas de las actitudes de su alma, como del gesto de sus imágenes la vida. Y cuando la posteridad vuelve las miradas a él, sólo encuentra una estéril noción del orden presidiendo al desenvolvimiento de una civilización que vivió para tejerse un sudario y para edificar sus sepulcros: la sombra de un compás tendiéndose sobre la esterilidad de la arena.

Las prendas del espíritu joven —el entusiasmo y la esperanza— corresponden, en las armonías de la historia y la na-

---

[6] «*No han de envejecer jamás*»: Homero: *A Apolo Délico*, II, 151-152). Como señala Brotherston, Rodó escribe Delfos por Delos.

[7] *El sacerdote egipcio... en el templo de Sais:* en este pasaje Rodó confronta dos culturas, la griega y la egipcia, a través de dos personajes históricos: Solón, uno de los siete sabios de Grecia, que sentó las bases de la democracia ateniense, y Sonchis, el sacerdote del templo de Sais, una próspera comarca egipcia que tenía un templo consagrado a Neith, patrona de la industria del lino.

[8] *Jules Michelet* (1798-1874): historiador francés autor de obras como la *Historia de la Revolución Francesa* (1853) o la *Historia de Francia* (1869), que se caracterizan por su método intuitivo y por la recreación imaginativa del pasado, en la que su autor invirtió sus notables dotes descriptivas y evocadoras de literato. G. B.: Aquí se refiere a *Bible de l'humanité* (París, 1864), cap. III, «*La Grèce*», pág. 212.

turaleza, al movimiento y a la luz. Adondequiera que volváis los ojos, las encontraréis como el ambiente natural de todas las cosas fuertes y hermosas. Levantadlos al ejemplo más alto: La idea cristiana, sobre la que aún se hace pesar la acusación de haber entristecido la tierra proscribiendo la alegría del paganismo, es una inspiración esencialmente juvenil mientras no se aleja de su cuna. El cristianismo naciente es en la interpretación —que yo creo tanto más verdadera cuanto más poética— de Renan un cuadro de juventud inmarcesible. De juventud del alma, o, lo que es lo mismo, de un vivo sueño, de gracia, de candor, se compone el aroma divino que flota sobre las lentas jornadas del Maestro al través de los campos de Galilea; sobre sus prédicas, que se desenvuelven ajenas a toda penitente gravedad; junto a un lago celeste; en los valles abrumados de frutos; escuchadas por «las aves del cielo y los lirios de los campos», con que se adornan las parábolas; propagando la alegría del «reino de Dios» sobre una dulce sonrisa de la Naturaleza[9]. De este cuadro dichoso están ausentes los ascetas que acompañaban en la soledad las penitencias del Bautista. Cuando Jesús habla de los que a él le siguen, los compara a los paraninfos de un cortejo de bodas. Y es la impresión de aquel divino contento la que, incorporándose a la esencia de la nueva fe, se siente persistir al través de la Odisea de los evangelistas; la que derrama en el espíritu de las primeras comunidades cristianas su felicidad candorosa, su ingenua alegría de vivir; y la que, al llegar a Roma con los ignorados cristianos del Transtevere, les abre fácil paso en los corazones; porque ellos triunfaron oponiendo el encanto de su juventud interior —la de su alma embalsamada por la libación del vino nuevo— a la severidad de los estoicos y a la decrepitud de los mundanos.

Sed, pues, conscientes poseedores de la fuerza bendita que lleváis dentro de vosotros mismos. No creáis, sin embargo, que ella esté exenta de malograrse y desvanecerse, como un impulso sin objeto, en la realidad. De la Naturaleza es la dá-

---

[9] *Vid. La vie de Jésus*, cap. X, «Prédications du lac» (G. B.). Rodó se inspira en la estética del cristianismo primitivo de Renan.

diva del precioso tesoro; pero es de las ideas que él sea fecundo, o se prodigue vanamente, o fraccionado y disperso en las conciencias personales, no se manifieste en la vida de las sociedades humanas como una fuerza bienhechora. Un escritor sagaz rastreaba, ha poco, en las páginas de la novela de nuestro siglo —esa inmensa superficie especular donde se refleja toda entera la imagen de la vida en los últimos vertiginosos cien años—, la psicología, los estados del alma de la juventud, tales como ellos han sido en las generaciones que van desde los días de René[10] hasta los que han visto pasar a Des Esseintes[11]. Su análisis comprobaba una progresiva disminución de *juventud interior* y de energía, en la serie de personajes representativos que se inicia con los héroes, enfermos, pero a menudo viriles y siempre intensos de pasión, de los románticos, y termina con los enervados de voluntad y corazón en quienes se reflejan tan desconsoladoras manifestaciones del espíritu de nuestro tiempo como la del protagonista de *À rebours* o la del Robert Gresleu de *Le disciple*[12]. Pero comprobaba el análisis, también, un lisonjero renacimiento de animación y de

---

[10] *Rene:* protagonista de la novela homónima de Chateaubriand, publicada en 1802, muy influyente, junto a *Atala*, en la formación del indianismo romántico hispanoamericano. Este personaje encarna los sentimientos que liberó el romanticismo: es soñador, sufriente y desorientado. Enamorado de su hermana, Amélie, y para evitar el incesto, se refugia entre los indios natchez de América del Norte, mientras su hermana se recluye en un convento. Chateaubriand lo presenta como un desarraigado en constante búsqueda.

[11] *Des Esseintes:* protagonista de *À rebours* (1884), de Joris-Karl Huysmans, es el prototipo de «decadente» finisecular. Huyendo de la vulgaridad burguesa, se inventa un mundo de lujo y artificio que no acaba de colmar su exacerbado amor por la belleza y el placer estético. Su hipersensibilidad busca satisfacerse a través de fuertes sensaciones que halaguen sus cinco sentidos. Su exquisitez enfermiza es fruto del drama de un alma sensible incapaz de salir de sí misma, víctima de la neurosis y la misoginia.

[12] *Le disciple:* esta novela del escritor francés Paul Bourget (1852-1935), publicada en 1889, tiene por protagonista a un joven que, formado por un maestro positivista, acabará siendo víctima de sus teorías materialistas. Gresleu quiso experimentar la teoría de su maestro, basada en la animalidad de los sentimientos y pasiones humanas, en Carlota. El experimento termina trágicamente con el suicidio de Carlota y el asesinato de Gresleu. Con ello el antipositivista Bourget trataba de ilustrar el peligro del escepticismo materialista respecto a los misterios del espíritu humano.

esperanza en la psicología de la juventud de que suele hablarnos una literatura que es quizá nuncio de transformaciones más hondas; renacimiento que personifican los héroes nuevos de Lemaître, de Wizewa, de Rod[13], y cuya más cumplida representación lo sería tal vez el *David Grieve* con que cierta novelista inglesa contemporánea ha resumido en un solo carácter todas las penas y todas las inquietudes ideales de varias generaciones, para solucionarlas en un supremo desenlace de serenidad y de amor[14].

¿Madurará en la realidad esa esperanza? Vosotros, los que vais a pasar, como el obrero en marcha a los talleres que le esperan, bajo el pórtico del nuevo siglo, reflejaréis quizá sobre el arte que os estudie imágenes más luminosas y triunfales que las que han quedado de nosotros? Si los tiempos divinos en que las almas jóvenes daban modelos para los dialoguistas radiantes de Platón sólo fueron posibles en una breve primavera del mundo; si es fuerza «no pensar en los dioses», como

---

[13] *Lemaître, Wizewa, Rod: Jules Lemaître* fue crítico, ensayista y poeta parnasiano, escribió el relato *Los Reyes* (1893), una ficción política ambientada en 1900, donde se suceden los problemas del joven monarca Hermann para gobernar las fuerzas dispares de su sociedad, hasta que finalmente muere a manos de la nihilista rusa Audotia Lataniev. *Theodor Wizewa* (1863-1917), escritor francés de origen polaco, publicó ensayos y trabajos sobre pintores, músicos y escritores europeos. Dio a conocer en Francia la obra de los escritores alemanes, ingleses y rusos, y tradujo *Resurrección* y *Teatro completo* de León Tolstoi; es pieza clave en la introducción del nuevo espiritualismo tolstoiano en las letras francesas e hispánicas. *Édouard Rod* (1857-1910), escritor suizo, en su novela *El sentido de la vida* (1889) supera el naturalismo en el que se había iniciado y profundiza en la psicología humana y en los problemas morales. Brotherston llama la atención sobre la extraña elección de Lemaître, Wizewa y Rod y sugiere que Rodó pudo extraerlos de *L'aristocratie intellectuelle* de Henri Bérenger, pues en el capítulo «Le nouvel idéalisme», aparecen citados junto a Bourget y Huysmans, Fouillée, Guyau o Ibsen.

[14] *David Grieve:* la escritora inglesa Mrs. Humphry Ward (1851-1920) publicó en 1892 *La historia de David Grieve*, una novela en tres tomos donde se narra la vida de dos hermanos huérfanos que pasan su juventud entre la maldad de sus tutores y la muerte, que ronda a la familia. David, que frecuenta en Francia el ambiente artístico, se verá envuelto en desgraciados amores con una artista y llega al borde del suicidio. Sin embargo, otra mujer lo redime, mientras la fe cristiana y el despertar de la conciencia social consiguen regenerar al atribulado personaje.

aconseja la Forquias del segundo *Fausto* al coro de cautivas[15]; ¿no nos será lícito, a lo menos, soñar con la aparición de generaciones humanas que devuelvan a la vida un sentido ideal, un grande entusiasmo; en las que sea un poder el sentimiento; en las que una vigorosa resurrección de las energías de la voluntad ahuyente, con heroico clamor, del fondo de las almas, todas las cobardías morales que se nutren a los pechos de la decepción y de la duda? ¿Será de nuevo la juventud una realidad de la vida colectiva, como lo es de la vida individual?

Tal es la pregunta que me inquieta, mirándoos. Vuestras primeras páginas, las confesiones que nos habéis hecho hasta ahora de vuestro mundo íntimo, hablan de indecisión y de estupor a menudo; nunca de enervación, ni de un definitivo quebranto de la voluntad. Yo sé bien que el entusiasmo es una surgente viva en vosotros. Yo sé bien que las notas de desaliento y de dolor que la absoluta sinceridad del pensamiento —virtud todavía más grande que la esperanza— ha podido hacer brotar de las torturas de vuestra meditación en las tristes e inevitables citas de la Duda, no eran indicio de un estado de alma permanente ni significaron en ningún caso vuestra desconfianza respecto de la eterna virtualidad de la Vida. Cuando un grito de angustia ha ascendido del fondo de vuestro corazón, no lo habéis sofocado antes de pasar por vuestros labios con la austera y muda altivez del estoico en el suplicio, pero lo habéis terminado con una invocación al ideal *que vendrá*, con una nota de esperanza mesiánica[16].

Por lo demás, al hablaros del entusiasmo y las esperanzas como de altas y fecundas virtudes, no es mi propósito enseñaros a trazar la línea infranqueable que separe el escepticis-

---

[15] *El segundo Fausto:* (2ª Parte, Acto III). La alusión a esta obra inconclusa de Goethe es significativa, pues, aunque en este fragmento se hace alusión a la filosofía materialista que inspira al personaje, en ella aparece también el personaje Ariel, animando a Fausto a la acción.

[16] *Al ideal «que vendrá»*: es clara alusión a un trabajo del mismo Rodó, *El que vendrá* (1896), donde se invoca angustiosamente la llegada de un guía capaz de encauzar el rumbo ideal de una humanidad confundida entre las contradictorias corrientes y tendencias del fin de siglo. Es precisamente un mesianismo laico el que inspira esas páginas del escritor uruguayo.

mo de la fe, la decepción de la alegría. Nada más lejos de mi ánimo que la idea de confundir con los atributos naturales de la juventud, con la graciosa espontaneidad de su alma, esa indolente frivolidad del pensamiento que, incapaz de ver más que el motivo de un juego en la actividad, compra el amor y el contento de la vida al precio de su incomunicación con todo lo que pueda hacer detener el paso ante la faz misteriosa y grave de las cosas. No es ése el noble significado de la juventud individual, ni ése tampoco el de la juventud de los pueblos. Yo he conceptuado siempre vano el propósito de los que constituyéndose en avizores vigías del destino de América, en custodios de su tranquilidad, quisieran sofocar, con temeroso recelo, antes de que llegase a nosotros, cualquiera resonancia del humano dolor, cualquier eco venido de literaturas extrañas que, por triste o insano, ponga en peligro la fragilidad de su optimismo. Ninguna firme educación de la inteligencia puede fundarse en el aislamiento candoroso o en la ignorancia voluntaria. Todo problema propuesto al pensamiento humano por la Duda, toda sincera reconvención que sobre Dios o la Naturaleza se fulmine, del seno del desaliento y el dolor, tienen derecho a que les dejemos llegar a nuestra conciencia y a que los afrontemos. Nuestra fuerza de corazón ha de probarse aceptando el reto de la Esfinge, y no esquivando su interrogación formidable. No olvidéis, además, que en ciertas amarguras del pensamiento hay, como en sus alegrías, la posibilidad de encontrar un punto de partida para la acción, hay a menudo sugestiones fecundas. Cuando el dolor enerva, cuando el dolor es la irresistible pendiente que conduce al marasmo o el consejero pérfido que mueve a la abdicación de la voluntad, la filosofía que le lleva en sus entrañas es cosa indigna de almas jóvenes. Puede entonces el poeta calificarle de «indolente soldado que milita bajo las banderas de la muerte»[17]. Pero cuando lo que nace del seno del dolor es el anhelo varonil de la lucha para conquistar o recobrar

---

[17] *«Las banderas de la muerte»*: versos de José Joaquín de Olmedo: «En la muerte de Dª María A. de Borbón» (1807), II, 112-113: «Soldados indolentes, que militan/bajo el pendón sombrío de la muerte».

el bien que él nos niega, entonces es un acerado acicate de la evolución, es el más poderoso impulso de la vida; no de otro modo que como el hastío, para Helvecio, llega a ser la mayor y más preciosa de todas las prerrogativas humanas, desde el momento en que, impidiendo enervarse nuestra sensibilidad en los adormecimientos del ocio, se convierte en el vigilante estímulo de la acción[18].

En tal sentido, se ha dicho bien que hay pesimismos que tienen la significación de un *optimismo paradójico*. Muy lejos de suponer la renuncia y la condenación de la existencia, ellos propagan, con su descontento de lo actual, la necesidad de renovarla. Lo que a la Humanidad importa salvar contra toda negación pesimista es no tanto la idea de la relativa bondad de lo presente, sino la de la posibilidad de llegar a un término mejor por el desenvolvimiento de la vida, apresurado y orientado mediante el esfuerzo de los hombres. La fe en el porvenir, la confianza en la eficacia del esfuerzo humano, son el antecedente necesario de toda acción enérgica y de todo propósito fecundo. Tal es la razón por la que he querido comenzar encareciéndoos la inmortal excelencia de esa fe que, siendo en la juventud un instinto, no debe necesitar seros impuesta por ninguna enseñanza, puesto que la encontraréis indefectiblemente dejando actuar en el fondo de vuestro ser la sugestión divina de la Naturaleza.

Animados por ese sentimiento, entrad, pues, a la vida, que os abre sus hondos horizontes, con la noble ambición de hacer sentir vuestra presencia en ella desde el momento en que la afrontéis con la altiva mirada del conquistador. Toca al espíritu juvenil la iniciativa audaz, la genialidad innovadora. Quizá universalmente, hoy, la acción y la influencia de la ju-

---

[18] *Claude Adrien Helvétius* (1715-1771): escritor francés formado en la proximidad de los enciclopedistas y perseguido por el carácter anticristiano, materialista y hedonista de su obra. En *Del hombre, sus facultades intelectuales y su educación,* publicada en 1772, propone una sociedad laica regida por una moral exclusivamente social, y con un deísmo controlado por las autoridades para que no aparte a los hombres de la razón. Todas sus obras fueron prohibidas en 1774. Brotherston remite a *De l'esprit* (1758), Discours III, cap. V («Des forces qui agissent sur notre âme»).

ventud son en la marcha de las sociedades humanas menos efectivas e intensas que debieran ser. Gastón Deschamps lo hacía notar en Francia, hace poco, comentando la iniciación tardía de las jóvenes generaciones en la vida pública y la cultura de aquel pueblo, y la escasa originalidad con que ellas contribuyen al trazado de las ideas dominantes[19]. Mis impresiones del presente de América, en cuanto ellas pueden tener un carácter general a pesar del doloroso aislamiento en que viven los pueblos que la componen, justificarían acaso una observación parecida. Y, sin embargo, yo creo ver expresada en todas partes la necesidad de una activa revelación de fuerzas nuevas; yo creo que América necesita grandemente de su juventud. He ahí por qué os hablo. He ahí por qué me interesa extraordinariamente la orientación moral de vuestro espíritu. La energía de vuestra palabra y vuestro ejemplo puede llegar hasta incorporar las fuerzas vivas del pasado a la obra del futuro. Pienso con Michelet que el verdadero concepto de la educación no abarca sólo la cultura del espíritu de los hijos por la experiencia de los padres, sino también, y con frecuencia mucho más, la del espíritu de los padres por la inspiración innovadora de los hijos[20].

Hablemos, pues, de cómo consideraréis la vida que os espera.

---

[19] *Gastón Deschamps* (1861-1931): escritor francés que sustituyó a Anatole France como crítico literario en *Le Temps*. Escribió obras sobre Grecia y Asia. Rodó debió conocer *Males de la democracia*, aunque Brotherston estima que puede referirse aquí al prólogo a la segunda serie (1895) de sus artículos de *Le Temps*, y a uno de esos artículos, «Confessions d'un jeune homme».

[20] *Pienso con Michelet...*: Jules Michelet, *Le peuple* (París, 1846, 3ª parte, cap. VIII): «Nulle éducation sans la foi»: «L'enfant est nécessaire à l'homme. Nous lui donnons moins encore que nous ne recevons de lui» (G. B.).

II

[El hombre no debe desarrollar una sola faz de su espíritu, sino su naturaleza entera. Peligro de las civilizaciones avanzadas, indicado por Comte. La hermosura de la vida de Atenas depende de que supo producir el concierto de todas las facultades humanas. Necesidad de reservar una parte del alma para las preocupaciones puramente ideales. Cuento simbólico. Ni la vida de los individuos, ni la vida de las sociedades, deben tener un objetivo único y exclusivo.]

La divergencia de las vocaciones personales imprimirá diversos sentidos a vuestra actividad, y hará predominar una disposición, una aptitud determinada, en el espíritu de cada uno de vosotros. Los unos seréis hombres de ciencia; los otros seréis hombres de arte; los otros seréis hombres de acción. Pero por encima de los afectos que hayan de vincularos individualmente a distintas aplicaciones y distintos modos de la vida, debe velar, en lo íntimo de vuestra alma, la conciencia de la unidad fundamental de nuestra naturaleza, que exige que cada individuo humano sea, ante todo y sobre toda otra cosa, un ejemplar no mutilado de la humanidad, en el que ninguna noble facultad del espíritu quede obliterada y ningún alto interés de todos pierda su virtud comunicativa. Antes que las modificaciones de profesión y de cultura está el cumplimiento del destino común de los seres racionales. «Hay una profesión universal, que es la de *hombre*», ha dicho admirablemente Guyau. Y Renan, recordando, a propósito de las civilizaciones desequilibradas y parciales, que el fin de la criatura humana no puede ser exclusivamente saber, ni sentir, ni imaginar, sino ser real y enteramente *humana*, define el ideal de perfección a que ella debe encaminar sus energías como la posibilidad de ofrecer en un tipo individual un cuadro abreviado de la especie.

Aspirad, pues, a desarrollar en lo posible no un solo aspecto, sino la plenitud de vuestro ser. No os encojáis de hombros delante de ninguna noble y fecunda manifestación de la naturaleza humana, a pretexto de que vuestra organización individual os liga con preferencia a manifestaciones diferentes. Sed espectadores atentos allí donde no podáis ser actores. Cuando cierto falsísimo y vulgarizado concepto de la educación, que la imagina subordinada exclusivamente al fin utilitario, se empeña en mutilar, por medio de ese utilitarismo y de una especialización prematura, la integridad natural de los espíritus y anhela proscribir de la enseñanza todo elemento desinteresado e ideal, no repara suficientemente en el peligro de preparar para el porvenir espíritus estrechos, que, incapaces de considerar más que el único aspecto de la realidad con que estén inmediatamente en contacto, vivirán separados por helados desiertos de los espíritus que, dentro de la misma sociedad, se hayan adherido a otras manifestaciones de la vida.

Lo necesario de la consagración particular de cada uno de nosotros a una actividad determinada, a un solo modo de cultura, no excluye, ciertamente, la tendencia a realizar, por la íntima armonía del espíritu, el destino común de los seres racionales. Esa actividad, esa cultura, serán sólo la nota fundamental de la armonía. El verso célebre en que el esclavo de la escena antigua afirmó que, pues era hombre, no le era ajeno nada de lo humano[1], forma parte de los gritos que por su sentido inagotable resonarán eternamente en la conciencia de la humanidad. Nuestra capacidad de comprender sólo debe tener por límite la imposibilidad de comprender a los espíritus estrechos. Ser incapaz de ver de la Naturaleza más que una faz, de las ideas e intereses humanos más que uno solo, equivale a vivir envuelto en una sombra de sueño horadada por

---

[1] *...no le era ajeno nada de lo humano.* Se refiere a los versos de Terencio en *Heautontimoroumenos*, I, i, 25: «Homo sum, humani nil a me alienum puto» (G. B).

un solo rayo de luz. La intolerancia, el exclusivismo, que cuando nacen de la tiránica absorción de un alto entusiasmo, del desborde de un desinteresado propósito ideal, pueden merecer justificación y aun simpatía, se convierten en la más abominable de las inferioridades cuando, en el círculo de la vida vulgar, manifiestan la limitación de un cerebro incapacitado para reflejar más que una parcial apariencia de las cosas.

Por desdicha, es en los tiempos y las civilizaciones que han alcanzado una completa y refinada cultura donde el peligro de esta limitación de los espíritus tiene una importancia más real y conduce a resultados más temibles. Quiere, en efecto, la ley de evolución, manifestándose en la sociedad como en la Naturaleza por una creciente tendencia a la heterogeneidad, que, a medida que la cultura general de las sociedades avanza, se limite correlativamente la extensión de las aptitudes individuales y haya de ceñirse el campo de acción de cada uno a una especialidad más restringida. Sin dejar de constituir una condición necesaria de progreso, ese desenvolvimiento del espíritu de especialización trae consigo desventajas visibles, que no se limitan a estrechar el horizonte de cada inteligencia, falseando necesariamente su concepto del mundo, sino que alcanzan y perjudican, por la dispersión de las afecciones y los hábitos individuales, al sentimiento de la solidaridad. Augusto Comte ha señalado bien este peligro de las civilizaciones avanzadas. Un alto estado de perfeccionamiento social tiene para él un grave inconveniente en la facilidad con que suscita la aparición de espíritus deformados y estrechos; de espíritus «muy capaces bajo un aspecto único y monstruosamente ineptos bajo todos los otros». El empequeñecimiento de un cerebro humano por el comercio continuo de un solo género de ideas, por el ejercicio indefinido de un solo modo de actividad, es para Comte un resultado comparable a la mísera suerte del obrero a quien la división del trabajo de taller obliga a consumir en la invariable operación de un detalle mecánico todas las energías de su vida. En uno y otro caso, el efecto moral es inspirar una desastrosa indiferencia por el aspecto general de los intereses de la humanidad. Y aunque esta especie de automatismo humano —agrega el pensador positivista— no constituye felizmente sino la extrema influencia dispersiva del principio de especialización, su realidad, ya muy frecuente, exige que se atribuya a su apreciación una verdadera importancia*.

No menos que a la solidez, daña esa influencia dispersiva a la *estética* de la estructura social. La belleza incomparable de Atenas, lo imperecedero del modelo legado por sus manos de diosa a la admiración y el encanto de la humanidad, nacen de que aquella ciudad de prodigios fundó su concepción de la vida en el concierto de todas las facultades humanas, en la libre y acordada expansión de todas las energías capaces de contribuir a la gloria y al poder de los hombres. Atenas supo engrandecer a la vez el sentido de lo ideal y el de lo real, la razón y el instinto, las fuerzas del espíritu y las del cuerpo. Cinceló las cuatro faces del alma. Cada ateniense libre describe en derredor de sí, para contener su acción, un círculo perfecto, en el que ningún desordenado impulso quebrantará la graciosa proporción de la línea. Es atleta y escultura viviente en el gimnasio, ciudadano en el Pnix[2], polemista y pensador en los pórticos. Ejercita su voluntad en toda suerte de acción viril y su pensamiento en toda preocupación fecunda. Por eso afirma Macaulay que un día de la vida pública del Ática es más brillante programa de enseñanza que los que hoy calculamos para nuestros modernos centros de instrucción[3]. Y de

---

* A. Comte: *Cours de philosophie positive*, t. IV, pág. 430, 2ª ed. [nota de J. E. R]. Auguste Comte (1798-1857): padre del positivismo, consagró la ciencia como una nueva religión racional, apoyada en la observación y comprobación de los hechos empíricos y alejada de toda metafísica. La «ciencia positiva» ayudaría a la humanidad a salir del oscurantismo teológico y metafísico de etapas anteriores y a construir una sociedad perfecta, científica. Pese a sus críticas al positivismo, Rodó encontró en las ideas de Comte variados argumentos para su crítica a las condiciones de la modernidad. Su *Curso de filosofía positiva* fue publicado entre 1830 y 1842.

[2] *Pnix:* colina situada al oeste de la antigua Atenas, donde se reunía, en un gran hemiciclo, la asamblea del pueblo. En la cima se elevaba el altar a Zeus Agoraios y, al lado, la tribuna desde donde hablaron Arístides, Temístocles y Pericles.

[3] *Thomas Babington Macaulay* (1800-1859): historiador y ensayista inglés, cultivó también el ensayo periodístico y la crítica política, géneros en los que se mostró brillante e intransigente. Defensor del bando *Whig*, se caracterizó por su preocupación moralizante y siempre polémica. Su obra *Historia de In-*

aquel libre y único florecimiento de la plenitud de nuestra naturaleza surgió el *milagro griego*, una inimitable y encantadora mezcla de animación y de serenidad, una primavera del espíritu humano, una sonrisa de la historia.

En nuestros tiempos, la creciente complejidad de nuestra civilización privaría de toda seriedad al pensamiento de restaurar esa armonía, sólo posible entre los elementos de una graciosa sencillez. Pero dentro de la misma complejidad de nuestra cultura; dentro de la diferenciación progresiva de caracteres, de aptitudes, de méritos, que es la ineludible consecuencia del progreso en el desenvolvimiento social, cabe salvar una razonable participación de todos en ciertas ideas y sentimientos fundamentales que mantengan la unidad y el concierto de la vida, en ciertos *intereses del alma* ante los cuales la dignidad del ser racional no consiente la indiferencia de ninguno de nosotros.

Cuando el sentido de la utilidad material y el bienestar domina en el carácter de las sociedades humanas con la energía que tiene en lo presente, los resultados del espíritu estrecho y la cultura unilateral son particularmente funestos a la difusión de aquellas preocupaciones puramente ideales que, siendo objeto de amor para quienes les consagran las energías más nobles y perseverantes de su vida, se convierten en una remota, y quizá no sospechada región, para una inmensa parte de los otros. Todo género de meditación desinteresada, de contemplación ideal, de tregua íntima en la que los diarios afanes por la utilidad cedan transitoriamente su imperio a una mirada noble y serena tendida de lo alto de la razón sobre las cosas, permanece ignorado, en el estado actual de las sociedades humanas, para millones de almas civilizadas y cultas, a quienes la influencia de la educación o la costumbre reduce al automatismo de una actividad, en definitiva, material. Y bien: este género de servidumbre debe considerarse la más triste y oprobiosa de todas las condenaciones morales. Yo os ruego que os defendáis, en la milicia de la vida, contra la mutila-

---

glaterra (1849-1855) ofrece esos rasgos junto con el cultivo de una prosa que se aproxima, por su calidad descriptiva, a lo novelesco.

ción de vuestro espíritu por la tiranía de un objetivo único e interesado. No entreguéis nunca a la utilidad o a la pasión sino una parte de vosotros. Aun dentro de la esclavitud material, hay la posibilidad de salvar la libertad interior: la de la razón y el sentimiento. No tratéis, pues, de justificar, por la absorción del trabajo o el combate, la esclavitud de vuestro espíritu.

Encuentro el símbolo de lo que debe ser nuestra alma en un cuento que evoco de un empolvado rincón de mi memoria. Era un rey patriarcal, en el Oriente indeterminado e ingenuo donde gusta hacer nido la alegre bandada de los cuentos. Vivía su reino la candorosa infancia de las tiendas de Ismael y los palacios de Pilos[4]. La tradición le llamó después, en la memoria de los hombres, el rey hospitalario. Inmensa era la piedad del rey. A desvanecerse en ella tendía, como por su propio peso, toda desventura. A su hospitalidad acudían lo mismo por blanco pan el miserable que el alma desolada por el bálsamo de la palabra que acaricia. Su corazón reflejaba, como sensible placa sonora, el ritmo de los otros. Su palacio era la casa del pueblo. Todo era libertad y animación dentro de este augusto recinto, cuya entrada nunca hubo guardas que vedasen. En los abiertos pórticos, formaban corro los pastores cuando consagraban a rústicos conciertos sus ocios; platicaban al caer la tarde los ancianos; y frescos grupos de mujeres disponían, sobre trenzados juncos, las flores y los racimos de que se componía únicamente el diezmo real. Mercaderes de Ofir[5], buhoneros de Damasco, cruzaban a toda hora las puertas anchurosas, y ostentaban en competencia, ante las miradas del rey, las telas, las joyas, los perfumes. Junto a su trono reposaban los abrumados peregrinos. Los pája-

---

[4] *Las tiendas de Ismael y los palacios de Pilos:* Rodó sitúa su relato simbólico en un tiempo remoto y mítico: el del Génesis, donde se habla de la expulsión de Ismael, hijo de Abraham y Agar, al desierto, y el de la legendaria ciudad homérica de Mesenia, fundada por Neleo, hijo de Poseidón y de Tiro.

[5] *Ofir:* la geografía antigua la describe como región de legendaria riqueza situada en el mar Rojo. A sus puertos llegaban las naves de Salomón y del rey de Tiro en busca de oro, marfil, piedras y maderas preciosas. Se desconoce su localización exacta.

ros se citaban al mediodía para recoger las migajas de su mesa; y con el alba, los niños llegaban en bandas bulliciosas al pie del lecho en que dormía el rey de barba de plata y le anunciaban la presencia del sol. Lo mismo a los seres sin ventura que a las cosas sin alma alcanzaba su liberalidad infinita. La Naturaleza sentía también la atracción de su llamado generoso; vientos, aves y plantas parecían buscar —como en el mito de Orfeo y en la leyenda de San Francisco de Asís— la amistad humana en aquel oasis de hospitalidad. Del germen caído al acaso brotaban y florecían, en las junturas de los pavimentos y los muros, los alhelíes de las ruinas, sin que una mano cruel los arrancase ni los hollara un pie maligno. Por las francas ventanas se tendían al interior de las cámaras del rey las enredaderas osadas y curiosas. Los fatigados vientos abandonaban largamente sobre el alcázar real su carga de aromas y armonías. Empinándose desde el vecino mar, como si quisieran ceñirle en un abrazo, le salpicaban las olas con su espuma. Y una libertad paradisial, una inmensa reciprocidad de confianzas, mantenían por dondequiera la animación de una fiesta inextinguible...

Pero dentro, muy dentro; aislada del alcázar ruidoso por cubiertos canales; oculta a la mirada vulgar —como la «perdida iglesia» de Uhland[6] en lo esquivo del bosque— al cabo de ignorados senderos, una misteriosa sala se extendía, en la que a nadie era lícito poner la planta sino al mismo rey, cuya hospitalidad se trocaba en sus umbrales en la apariencia de ascético egoísmo. Espesos muros la rodeaban. Ni un eco del bullicio exterior, ni una nota escapada al concierto de la Naturaleza, ni una palabra desprendida de labios de los hombres, lograban traspasar el espesor de los sillares de pórfido y conmover una onda del aire en la prohibida estancia. Religioso silencio velaba en ella la castidad del aire dormido. La luz, que tamizaban esmaltadas vidrieras, llegaba lánguida, me-

<hr />

[6] *Ludwig Uhland* (1787-1862): fue, junto con los hermanos Grimm, uno de los primeros germanistas y estudioso de los mitos y la literatura popular alemana. También fue poeta y crítico literario. G. B.: Rodó recuerda el poema «Die verlorene Kirche» (1812).

dido el paso por una inalterable igualdad, y se diluía, como copo de nieve que invade un nido tibio, en la calma de un ambiente celeste. Nunca reinó tan honda paz, ni en oceánica gruta, ni en soledad nemorosa. Alguna vez —cuando la noche era diáfana y tranquila—, abriéndose a modo de dos valvas de nácar la artesonada techumbre, dejaba cernerse en su lugar la magnificencia de las sombras serenas. En el ambiente flotaba como una onda indisipable la casta esencia del nenúfar, el perfume sugeridor del adormecimiento penseroso[7] y de la contemplación del propio ser. Graves cariátides custodiaban las puertas de marfil en la actitud del silenciario[8]. En los testeros, esculpidas imágenes hablaban de idealidad, de ensimismamiento, de reposo... Y el viejo rey aseguraba que, aun cuando a nadie fuera dado acompañarle hasta allí, su hospitalidad seguía siendo en el misterioso seguro tan generosa y grande como siempre, sólo que los que él congregaba dentro de sus muros discretos eran convidados impalpables y huéspedes sutiles. En él soñaba, en él se libertaba de la realidad, el rey legendario; en él sus miradas se volvían a lo interior y se bruñían en la meditación sus pensamientos como las guijas lavadas por la espuma; en él se desplegaban sobre su noble frente las blancas alas de Psiquis... Y luego, cuando la muerte vino a recordarle que él no había sido sino un huésped más en su palacio, la impenetrable estancia quedó clausurada y muda para siempre; para siempre abismada en su reposo infinito; nadie la profanó jamás, porque nadie hubiera osado poner la planta irreverente allí donde el viejo rey quiso estar solo con sus sueños y aislado en la última Thule de su alma[9].

Yo doy al cuento el escenario de vuestro reino interior. Abierto con una saludable liberalidad, como la casa del monarca confiado, a todas las corrientes del mundo, exista en él,

---

[7] *Penseroso:* por pensativo.

[8] *Silenciario* (del latín *silentiarius*): persona destinada para cuidar del silencio o la quietud de la casa o del templo.

[9] *Thule:* mencionada en un verso de la *Medea* de Séneca, era el último lugar conocido de la tierra en dirección norte, y se situaba más allá de Bretaña. Se atribuye al navegante y geógrafo griego Pytheas su descubrimiento, y se asocia esa tierra fabulosa con Islandia.

al mismo tiempo, la celda escondida y misteriosa que desconozcan los huéspedes profanos y que a nadie más que a la razón serena pertenezca. Sólo cuando penetréis dentro del inviolable seguro podréis llamaros, en realidad, hombres libres. No lo son quienes, enajenando insensatamente el dominio de sí a favor de la desordenada pasión o el interés utilitario, olvidan que, según el sabio precepto de Montaigne, nuestro espíritu puede ser objeto de préstamo, pero no de cesión[10]. Pensar, soñar, admirar: he ahí los nombres de los sutiles visitantes de mi celda. Los antiguos los clasificaban dentro de su noble inteligencia del *ocio*, que ellos tenían por el más elevado empleo de una existencia verdaderamente racional, identificándolo con la libertad del pensamiento emancipado de todo innoble yugo. El ocio noble era la inversión del tiempo que oponían, como expresión de la vida superior, a la actividad económica. Vinculada exclusivamente a esa alta y aristocrática idea del reposo su concepción de la dignidad de la vida, el espíritu clásico encuentra su corrección y su complemento en nuestra moderna creencia en la dignidad del trabajo útil; y entrambas atenciones del alma pueden componer, en la existencia individual, un ritmo sobre cuyo mantenimiento necesario nunca será inoportuno insistir. La escuela estoica, que iluminó el ocaso de la antigüedad como por un anticipado resplandor del cristianismo, nos ha legado una sencilla y conmovedora imagen de la salvación de la libertad interior, aun en medio de los rigores de la servidumbre, en la hermosa figura de Cleanto; de aquel Cleanto que, obligado a emplear la fuerza de sus brazos de atleta en sumergir el cubo de una fuente y mover la piedra de un molino, concedía a la meditación las treguas del quehacer miserable y trazaba, con encallecida mano, sobre las piedras del camino, las máximas oídas de labios de Zenón. Toda educación racional, todo perfecto cultivo de nuestra naturaleza, tomarán por punto de

---

[10] *Michael Eyquem Montaigne* (1533-1592): escritor francés, sus *Ensayos* (1580) fundan el género y le dan nombre. Rodó evocará su estilo de pensamiento y escritura en varias ocasiones y, sobre todo, lo tendrá como uno de sus modelos a la hora de concebir su obra *Motivos de Proteo*. Su ensayo sobre los caníbales sirvió a Shakespeare para concebir a su Calibán, de *La tempestad*.

partida la posibilidad de estimular en cada uno de nosotros la doble actividad que simboliza Cleanto[11].

Una vez más: el principio fundamental de vuestro desenvolvimiento, vuestro lema en la vida, deben ser mantener la integridad de vuestra condición humana. Ninguna función particular debe prevalecer jamás sobre esa finalidad suprema. Ninguna fuerza aislada puede satisfacer los fines racionales de la existencia individual, como no puede producir el ordenado concierto de la existencia colectiva. Así como la deformidad y el empequeñecimiento son, en el alma de los individuos, el resultado de un exclusivo objeto impuesto a la acción y un solo modo de cultura, la falsedad de lo artificial vuelve efímera la gloria de las sociedades que han sacrificado el libre desarrollo de su sensibilidad y su pensamiento, ya a la actividad mercantil, como en Fenicia; ya a la guerra, como en Esparta; ya al misticismo, como en el terror del milenario[12]; ya a la vida de sociedad y de salón, como en la Francia del siglo XVIII. Y preservándoos contra toda mutilación de vuestra naturaleza moral, aspirando a la armoniosa expansión de vuestro ser en todo noble sentido, pensad al mismo tiempo en que la más fácil y frecuente de las mutilaciones es, en el carácter actual de las sociedades humanas, la que obliga al alma a privarse de ese género de *vida interior*, donde tienen su ambiente propio todas las cosas delicadas y nobles que, a la intemperie de la realidad, quema el aliento de la pasión impura y el interés utilitario proscribe: ¡la vida de que son parte la meditación desinteresada, la contemplación ideal, el *ocio* antiguo, la impenetrable estancia de mi cuento!

---

[11] *Cleanto y Zenón:* el filósofo griego Cleanto de Aso (o Cleantes, 301-232 a. C.) fue, como informa Diógenes Laercio en sus *Vidas de los filósofos*, un púgil que decidió desplazarse a Atenas y someterse a los más duros trabajos para poder asistir a las lecciones de Zenón de Citio, el fundador de la escuela estoica. Cleanto sucedió a Zenón en la dirección de la escuela e imprimió al estoicismo algunas modificaciones. Su *Himno a Zeus*, como otras obras morales, traza un programa ético basado en el rigor y rectitud de la conducta. G. B.: Renan, en *L'avenir de la science*, había recurrido a la historia de Cleanto para ilustrar sus ideas sobre la positiva superación cultural de los humildes.

[12] *El terror del milenario:* la creencia religiosa denominada milenarismo difundió la idea de que el fin del mundo acaecería en el año 1000.

III

[Importancia del sentimiento de lo bello para la educación del espíritu. Su relación con la moralidad. Ejemplos históricos. Importancia de la cultura estética en el carácter de los pueblos y como medio de propagar las ideas.]

Así como el primer impulso de la profanación será dirigirse a lo más sagrado del santuario, la regresión vulgarizadora contra la que os prevengo comenzará por sacrificar lo más delicado del espíritu. De todos los elementos superiores de la existencia racional, es el sentimiento de lo bello, la visión clara de la hermosura de las cosas, el que más fácilmente marchita la aridez de la vida limitada a la invariable descripción del círculo vulgar, convirtiéndole en el atributo de una minoría que lo custodia, dentro de cada sociedad humana, como el depósito de un precioso abandono. La emoción de belleza es al sentimiento de las idealidades como el esmalte del anillo. El efecto del contacto brutal por ella empieza fatalmente, y es sobre ella como obra de modo más seguro. Una absoluta indiferencia llega a ser, así, el carácter normal, con relación a lo que debiera ser universal amor de las almas. No es más intensa la estupefacción del hombre salvaje, en presencia de los instrumentos y las formas materiales de la civilización, que la que experimenta un número relativamente grande de hombres cultos frente a los actos en que se revele el propósito y el hábito de conceder una seria realidad a la relación hermosa de la vida.

El argumento del apóstol traidor ante el vaso de nardo derramado inútilmente sobre la cabeza del Maestro es, todavía, una de las fórmulas del sentido común[1]. La superfluidad del arte no vale para la masa anónima los trescientos denarios. Si acaso la respeta, es como a un culto esotérico. Y, sin embargo, entre todos los elementos de educación humana que pueden contribuir a formar un amplio y noble concepto de la vida, ninguno justificaría más que el arte un interés universal, porque ninguno encierra —según la tesis desenvuelta en elocuentes páginas de Schiller— la virtualidad de una cultura más *extensa* y completa, en el sentido de prestarse a un acordado estímulo de todas las facultades del alma[2].

Aunque el amor y la admiración de la belleza no respondiesen a una noble espontaneidad del ser racional y no tuvieran, con ello, suficiente valor para ser cultivados por sí mismos, sería un motivo superior de moralidad el que autorizaría a proponer la cultura de los sentimientos estéticos como un alto interés de todos. Si a nadie es dado renunciar a la educación del sentimiento moral, este deber trae implícito el de disponer el alma para la clara visión de la belleza. Considerad al educado sentido de lo bello el colaborador más eficaz en la formación de un delicado instinto de justicia. La dignificación, el ennoblecimiento interior, no tendrán nunca artífice más adecuado. Nunca la criatura humana se adherirá de más segura manera al cumplimiento del deber que cuando, además de sentirle como una imposición, le sienta estéticamente como una armonía. Nunca ella será más plenamente buena que cuando sepa, en las formas con que se manifieste activamente su virtud, respetar en los demás el sentimiento de lo hermoso.

---

[1] *Apóstol traidor:* el Evangelio (Juan, XII, 5-6) relata cómo María perfumó los pies de Cristo con esencia de nardo y luego los secó con sus cabellos. Judas Iscariote lamentó que se gastara un perfume tan caro pudiendo emplear el dinero en ayuda de los pobres. El evangelista añade que Judas Iscariote era el encargado de la bolsa de los apóstoles, y realmente quería ese dinero para robarlo.

[2] *Johann Christoph Friedrich Schiller* (1759-1850): poeta, dramaturgo, historiador y ensayista alemán ligado inicialmente al *Sturm und Drang* y amigo y colaborador de Goethe en Weimar. El pensamiento estético de Rodó está muy próximo a sus obras, donde se asocia el cultivo de las artes con la armonía humana, desenvuelta sobre la base de la nobleza del pensamiento y de la libertad moral, más allá de los intereses materiales.

Cierto es que la santidad del bien purifica y ensalza todas las groseras apariencias. Puede él indudablemente realizar su obra sin darle el prestigio exterior de la hermosura. Puede el amor caritativo llegar a la sublimidad con medios toscos, desapacibles y vulgares. Pero no es sólo más hermosa, sino mayor, la caridad que anhela transmitirse en las formas de lo delicado y lo selecto; porque ella añade a sus dones un beneficio más, una dulce e inefable caricia que no se sustituye con nada y que realza el bien que se concede, como un toque de luz.

Dar a sentir lo hermoso es obra de misericordia. Aquellos que exigirían que el bien y la verdad se manifestasen invariablemente en formas adustas y severas, me han parecido siempre amigos traidores del bien y la verdad. La virtud es también un género de arte, un arte divino; ella sonríe maternalmente a las Gracias. La enseñanza que se proponga fijar en los espíritus la idea del deber, como la de la más seria realidad, debe tender a hacerla concebir al mismo tiempo como la más alta poesía. Guyau, que es rey en las comparaciones hermosas, se vale de una insustituible para expresar este doble objeto de la cultura moral. Recuerda el pensador los esculpidos respaldos del coro de una gótica iglesia, en los que la madera labrada bajo la inspiración de la fe presenta, en una faz, escenas de una vida de santo, y en la otra faz, ornamentales círculos de flores. Por tal manera, a cada gesto del santo, significativo de su piedad o su martirio; a cada rasgo de su fisonomía o su actitud, corresponde, del opuesto lado, una corola o un pétalo. Para acompañar la representación simbólica del bien brotan, ya un lirio, ya una rosa. Piensa Guyau que no de otro modo debe estar esculpida nuestra alma; y él mismo, el dulce maestro, ¿no es por la evangélica hermosura de su genio de apóstol un ejemplo de esa viva armonía?[3].

Yo creo indudable que el que ha aprendido a distinguir de lo delicado lo vulgar, lo feo de lo hermoso, lleva hecha media jornada para distinguir lo malo de lo bueno. No es, por cierto, el buen gusto, como querría cierto liviano *dilettantismo*

---

[3] J. M. Guyau: *Les problèmes de l'esthétique contemporaine* (1884), partes I y II.

moral, el único criterio para apreciar la legitimidad de las acciones humanas[4]; pero menos debe considerársele, con el criterio de un estrecho ascetismo, una tentación del error y una sirte engañosa. No lo señalaremos nosotros como la senda misma del bien; sí como un camino paralelo y cercano que mantiene muy aproximados a ella el paso y la mirada del viajero. A medida que la humanidad avance, se concebirá más claramente la ley moral como una estética de la conducta. Se huirá del mal y del error como de una disonancia; se buscará lo bueno como el placer de una armonía. Cuando la severidad estoica de Kant inspira, simbolizando el espíritu de su ética, las austeras palabras: «Dormía, y soñé que la vida era belleza; desperté, y advertí que ella es deber», desconoce que, si el deber es la realidad suprema, en ella puede hallar realidad el objeto de su sueño, porque la conciencia del deber le dará, con la visión clara de lo bueno, la complacencia de lo hermoso[5].

En el alma del redentor, del misionero, del filántropo, debe exigirse también *entendimiento de hermosura*, hay necesidad de que colaboren ciertos elementos del genio del artista. Es inmensa la parte que corresponde al don de descubrir y revelar la íntima belleza de las ideas, en la eficacia de las grandes revoluciones morales. Hablando de la más alta de todas,

---

[4] *Dilettantismo* (del italiano *dilettante*): término que se impuso durante el fin de siglo para designar una actitud intelectual de extrema curiosidad y marcada inclinación esteticista hacia toda manifestación cultural, sin ahondar ni creer profundamente en ninguna de ellas. Más adelante (cap. IV) el mismo Rodó se referirá al «alegre escepticismo de los *dilettanti* que convierten en traje de máscara la capa del filósofo». En *Motivos de Proteo* volverá a analizar con mayor amplitud aspectos de la conducta del *dilettante*.

[5] *Immanuel Kant* (1724-1804): el filósofo alemán, formado en la estricta doctrina pietista, desarrolló su pensamiento ético sobre la separación tajante entre deber, entendido como obligado respeto a la ley moral, y las tendencias placenteras, naturales y espontáneas, como el amor o el gusto por la belleza. Su sistema ético, conocido como el «rigorismo kantiano», y su posición frente al arte y la cultura están expuestos sobre todo en su *Crítica de la razón práctica* (1788) y en *Crítica del juicio* (1790). Rodó, heredero del idealismo platónico y próximo al armonismo krausista, optará por otros sistemas que hacen compatible el bien, la verdad y la belleza. Por eso defenderá, con el Renan de *La vida de Jesús* «la poesía del precepto» y «la moral armoniosa de Platón».

ha podido decir Renan profundamente que «la poesía del precepto, que le hace amar, significa más que el precepto mismo, tomado como verdad abstracta». La originalidad de la obra de Jesús no está, efectivamente, en la acepción literal de su doctrina —puesto que ella puede reconstituirse toda entera sin salir de la moral de la Sinagoga, buscándola desde el *Deuteronomio* hasta el *Talmud*—, sino en haber hecho sensible, con su prédica, la poesía del precepto, es decir, su belleza íntima.

Pálida gloria será la de las épocas y las comuniones que menosprecien esa relación estética de su vida o de su propaganda. El ascetismo cristiano, que no supo encarar más que una sola faz del ideal, excluyó de su concepto de la perfección todo lo que hace a la vida amable, delicada y hermosa; y su espíritu estrecho sirvió para que el instinto indomable de la libertad, volviendo en una de esas arrebatadas reacciones del espíritu humano, engendrase, en la Italia del Renacimiento, un tipo de civilización que consideró vanidad el bien moral y sólo creyó en la virtud de la apariencia fuerte y graciosa. El puritanismo, que persiguió toda belleza y toda selección intelectual; que veló indignado la casta desnudez de las estatuas; que profesó la afectación de la fealdad en las maneras, en el traje, en los discursos; la secta triste que, imponiendo su espíritu desde el Parlamento inglés, mandó extinguir las fiestas que manifestasen alegría y segar los árboles que diesen flores, tendió junto a la virtud, al divorciarla del sentimiento de lo bello, una sombra de muerte que aún no ha conjurado enteramente Inglaterra, y que dura en las menos amables manifestaciones de su religiosidad y sus costumbres. Macaulay declara preferir la grosera caja de plomo en que los puritanos guardaron el tesoro de la libertad, al primoroso cofre esculpido en que la Corte de Carlos II hizo acopio de sus refinamientos[6]. Pero como ni la libertad ni la virtud necesitan guar-

---

[6] *Carlos II:* Rodó contrapone con estos casos de la historia de Inglaterra dos posiciones frente a la belleza: la del rigor y austeridad del protestantismo y la del esteticismo que caracterizó a Carlos II (1630-1685), rey de Inglaterra, de Escocia y de Irlanda. Este monarca, de gustos refinados, se enfrentó a Cromwell y al rigor anglicano del Parlamento, protegió la cultura y las artes y practicó la tolerancia, tanto en su actividad política como en sus costumbres persona-

darse en caja de plomo, mucho más que todas las severidades de ascetas y de puritanos valdrán siempre, para la educación de la humanidad, la gracia del ideal antiguo, la moral armoniosa de Platón, el movimiento pulcro y elegante con que la mano de Atenas tomó, para llevarla a los labios, la copa de la vida.

La perfección de la moralidad humana consistiría en infiltrar el espíritu de la caridad en los moldes de la elegancia griega. Y esta suave armonía ha tenido en el mundo una pasajera realización. Cuando la palabra del cristianismo naciente llegaba con San Pablo al seno de las colonias griegas de Macedonia, a Tesalónica y Filipos, y el Evangelio, aún puro, se difundía en el alma de aquellas sociedades finas y espirituales, en las que el sello de la cultura helénica mantenía una encantadora espontaneidad de distinción, pudo creerse que los dos ideales más altos de la historia iban a enlazarse para siempre[7]. En el estilo epistolar de San Pablo queda la huella de aquel momento en que la caridad se heleniza. Este dulce consorcio duró poco. La armonía y la serenidad de la concepción pagana de la vida se apartaron cada vez más de la idea nueva que marchaba entonces a la conquista del mundo. Pero para concebir la manera como podría señalarse al perfeccionamiento moral de la humanidad un paso adelante, sería necesario soñar que el ideal cristiano se reconcilia de nuevo con la serena y luminosa alegría de la antigüedad; imaginarse que el Evangelio se propaga otra vez en Tesalónica y Filipos.

Cultivar el buen gusto no significa sólo perfeccionar una forma exterior de la cultura, desenvolver una actitud artística, cuidar, con exquisitez superflua, una elegancia de la civilización. El buen gusto es «una rienda firme del criterio». Martha

---

les. Ello le dio fama de frívolo, sensual y libertino. Como señala Brotherston, Rodó toma el ejemplo de Macaulay: *History of England*, vol. I, cap. 2, aunque su preferencia es la opuesta.

[7] *Los dos ideales más altos de la historia:* la fusión entre helenismo y cristianismo es un motivo recurrente en Rodó. Su tratamiento se inspira en *Apolo en Pafos*, de Leopoldo Alas, obra que celebró por su «vaga aspiración neocristiana» en su primer artículo de crítica literaria («Dolores, por Federico Balart», de 1894, en *O. C.*, págs. 758-765).

ha podido atribuirle exactamente la significación de una segunda conciencia que nos orienta y nos devuelve a la luz cuando la primera se oscurece y vacila[8]. El sentido delicado de la belleza es, para Bagehot, un aliado del tacto seguro de la vida y de la dignidad de las costumbres. «La educación del buen gusto —agrega el sabio pensador— se dirige a favorecer el ejercicio del buen sentido, que es nuestro principal punto de apoyo en la complejidad de la vida civilizada»[9]. Si algunas veces veis unida esa educación, en el espíritu de los individuos y las sociedades, al extravío del sentimiento o la moralidad, es porque en tales casos ha sido cultivada como fuerza aislada y exclusiva, imposibilitándose de ese modo el efecto de perfeccionamiento moral que ella puede ejercer dentro de un orden de cultura en el que ninguna facultad del espíritu sea desenvuelta prescindiendo de su relación con las otras. En el alma que haya sido objeto de una estimulación armónica y perfecta, la gracia íntima y la delicadeza del sentimiento de lo bello serán una misma cosa con la fuerza y la rectitud de la razón. No de otra manera observa Taine que, en las grandes obras de la arquitectura antigua, la belleza es una manifestación sensible de la solidez, la elegancia se identifica con la apariencia de la fuerza: «Las mismas líneas del Partenón que halagan a la mirada con proporciones armoniosas, contentan a la inteligencia con promesas de eternidad»[10].

---

[8] *Benjamin Constant Martha* (1820-1895): profesor y escritor francés que sucedió a Berger en la cátedra de Elocuencia Latina de La Sorbona. Sus obras giran en torno a la filosofía moral. G. B. cita la idea a que se refiere Rodó —«Un instrument de critique et une régle de jugement»— del prólogo a *La délicatesse de l'art* (París, 1885).

[9] *Walter Bagehot* (1826-1877): economista inglés, fue el autor de la obra clásica de la ciencia política *La constitución inglesa* (1867). Destacó también como ensayista, periodista y crítico literario, y como estudioso de la evolución social. En *Physics and politics* (Londres, 1869) describe la evolución de las comunidades humanas con observación científica, desarrollando una teoría que amplía la de Darwin. G. B. localiza las ideas estéticas que resume Rodó en el cap. IV de esta obra.

[10] *Hippolyte Taine* (1828-1893): aunque básicamente Rodó se aleja del determinismo positivista, muchas veces recurre a los planteamientos de ese historiador y filósofo francés, no sólo a la hora de tener en cuenta factores como el medio, la raza y el ambiente, sino para actualizar juicios críticos o reivindi-

Hay una relación orgánica, una natural y estrecha simpatía, que vincula a las subversiones del sentimiento y de la voluntad con las falsedades y las violencias del mal gusto. Si nos fuera dado penetrar en el misterioso laboratorio de las almas y se reconstruyera la historia íntima de las del pasado para encontrar la fórmula de sus definitivos caracteres morales, sería un interesante objeto de estudio determinar la parte que corresponde entre los factores de la refinada perversidad de Nerón, al germen de histrionismo monstruoso depositado en el alma de aquel cómico sangriento por la retórica afectada de Séneca. Cuando se evoca la oratoria de la Convención[11], y el hábito de una abominable perversión retórica se ve aparecer por todas partes, como la piel felina del jacobinismo[12], es imposible dejar de relacionar, como los radios que parten de un mismo centro, como los accidentes de una misma insania, el extravío del gusto, el vértigo del sentido moral y la limitación fanática de la razón.

Indudablemente, ninguno más seguro entre los resultados de la estética que el que nos enseña a distinguir, en la esfera de lo relativo, lo bueno y lo verdadero, de lo hermoso, y a aceptar la posibilidad de una belleza del mal y del error. Pero no se necesita desconocer esta verdad, *definitivamente* verdadera, para creer en el encadenamiento simpático de todos aquellos altos fines del alma y considerar a cada uno de ellos

---

car su actitud estética ante el arte y la literatura. En uno de sus fragmentos póstumos de *Proteo* pondrá a Taine como ejemplo de crítico creador, capaz de rehacer las obras que comenta «quizá con más generosa vida, más fuerza plástica y más idealidad que las que aquéllos hacen de su tela» (*O. C.*, pág. 963). La cita corresponde a *Philosophie de l'art en Grèce*, 1883, I, V (G. B.).

[11] *Convención:* asamblea constituyente que fundó la I República francesa y gobernó entre 1792 y 1795. Derogó la monarquía y creó un gobierno constitucional integrado por «girondinos« y «montañeses», entre los que se contaban liberales ilustrados defensores de la Revolución.

[12] *Jacobinismo:* los jacobinos, defensores de los principios de la Revolución Francesa y agrupados como club desde 1789, fueron radicalizando su posición y multiplicando sus intrigas hasta que en 1799 tuvieron que dejar de actuar como grupo. Rodó condena su fanatismo intolerante y su persecución de la cultura, y reflexionará más ampliamente sobre las consecuencias sociales de esta actitud en sus artículos polémicos de *Liberalismo y jacobinismo* (1906).

como el punto de partida, no único, pero sí más seguro, de donde sea posible dirigirse al encuentro de los otros.

La idea de un superior acuerdo entre el buen gusto y el sentido moral es, pues, exacta, lo mismo en el espíritu de los individuos que en el espíritu de las sociedades. Por lo que respecta a estas últimas, esa relación podría tener su símbolo en la que Rosenkranz afirmaba existir entre la libertad y el orden moral, por una parte, y por la otra la belleza de las formas humanas como un resultado del desarrollo de las razas en el tiempo[13]. Esa belleza típica refleja, para el pensador hegeliano, el efecto ennoblecedor de la libertad; la esclavitud afea al mismo tiempo que envilece; la conciencia de su armonioso desenvolvimiento imprime a las razas libres el sello exterior de la hermosura.

En el carácter de los pueblos, los dones derivados de un gusto fino, el dominio de las formas graciosas, la delicada aptitud de interesar, la virtud de hacer amables las ideas, se identifican, además, con el «genio de la propaganda» —es decir, con el don poderoso de la universalidad—. Bien sabido es que, en mucha parte, a la posesión de aquellos atributos escogidos debe referirse la significación *humana* que el espíritu francés acierta a comunicar a cuanto elige y consagra. Las ideas adquieren alas potentes y veloces no en el helado seno de la abstracción, sino en el luminoso y cálido ambiente de la forma. Su superioridad de difusión, su prevalencia a veces, dependen de que las Gracias las hayan bañado con su luz. Tal así, en las evoluciones de la vida, esas encantadoras exterioridades de la naturaleza que parecen representar, exclusivamente, la dádiva de una caprichosa superfluidad —la música, el pintado plumaje de las aves; y como reclamo para el insecto propagador del polen fecundo, el matiz de las flores, su perfume—, han desempeñado, entre los elementos de la concurrencia vital, una función realísima; puesto que significando

---

[13] *Karl Rosenkranz* (1805-1879): filósofo e historiador alemán, biógrafo de Hegel. Desde claves idealistas, evolutivas y armonistas escribió una *Estética de lo feo* (1853), muy célebre en su tiempo. G. B. señala que aparece mencionado por Guyau en *Les problèmes de l'esthétique contemporaine*.

una superioridad de motivos, una razón de preferencia para las atracciones del amor, han hecho prevalecer, dentro de cada especie, a los seres mejor dotados de hermosura sobre los menos ventajosamente dotados.

Para un espíritu en que exista el amor instintivo de lo bello, hay, sin duda, cierto género de mortificación en resignarse a defenderle por medio de una serie de argumentos que se funden en otra razón, en otro principio que el mismo irresponsable y desinteresado amor de la belleza, en la que halla su satisfacción uno de los impulsos fundamentales de la existencia racional. Infortunadamente, este motivo superior pierde su imperio sobre un inmenso número de hombres, a quienes es necesario enseñar el respeto debido a ese amor del cual no participan, revelándoles cuáles son las relaciones que lo vinculan a otros géneros de intereses humanos. Para ello, deberá lucharse muy a menudo con el concepto vulgar de estas relaciones. En efecto, todo lo que tienda a suavizar los contornos del carácter social y las costumbres, a aguzar el sentido de la belleza, a hacer del gusto una delicada impresionabilidad del espíritu y de la gracia, una forma universal de la actividad, equivale, para el criterio de muchos devotos de lo severo o de lo útil, a menoscabar el temple varonil y heroico de las sociedades, por una parte, su capacidad utilitaria y positiva, por la otra. He leído en *Los trabajadores del mar* que, cuando un buque de vapor surcó por primera vez las ondas del canal de la Mancha, los campesinos de Jersey lo anatematizaban en nombre de una tradición popular que consideraba elementos irreconciliables, y destinados fatídicamente a la discordia, el agua y el fuego[14]. El criterio común abunda en la creencia de enemistades parecidas. Si os proponéis vulgarizar el respeto por lo hermoso, empezad por hacer comprender la posibilidad de un armónico concierto de todas las legítimas actividades humanas, y ésa será más fácil tarea que la de convertir directamente el amor de la hermosura, por ella misma, en atributo de la multitud.

---

[14] *Los trabajadores del mar:* novela de Víctor Hugo, publicada en 1866. (G. B. localiza la referencia en *Histoire éternelle de l'Utopie*, sección II del Libro 3).

Para que la mayoría de los hombres no se sientan inclinados a *expulsar a las golondrinas de la casa*, siguiendo el consejo de Pitágoras[15], es necesario argumentarles, no con la gracia monástica del ave ni su leyenda de virtud, sino con que la permanencia de sus nidos no es en manera alguna inconciliable con la seguridad de los tejados.

---

[15] *Pitágoras:* la teoría estética emanada de la doctrina del filósofo de Samos, recogida por Platón, será de gran importancia para definir los contextos filosóficos y estéticos del modernismo y es muy importante en la reinterpretación de Rodó. Su pitagorismo, impregnado por el esoterismo del siglo XIX, se hará más evidente en *Motivos de Proteo*.

IV

[Causas del utilitarismo del siglo. Este utilitarismo ha preparado el terreno para idealismos futuros. Debe creerse que la democracia conduce al utilitarismo. Opinión de Renan. Examen de esta opinión. Peligros de la democracia. Importancia de esta cuestión en las sociedades de América. Necesidad de que predomine en las sociedades la calidad *sobre el* número. *El gobierno de las mediocridades; su odio contra toda superioridad. Verdadero concepto de la igualdad democrática. Siendo absurdo pensar en destruir esta igualdad, sólo cabe pensar en educar el espíritu de la democracia para que dominen los mejores. La democracia bien entendida es el ambiente más propio para la cultura intelectual.]*

A la concepción de la vida racional que se funda en el libre y armonioso desenvolvimiento de nuestra naturaleza, e incluye, por lo tanto, entre sus fines esenciales el que se satisface con la contemplación sentida de lo hermoso, se opone —como norma de la conducta humana— la concepción *utilitaria*, por la cual nuestra actividad, toda entera, se orienta en relación a la inmediata finalidad del interés.

La inculpación de utilitarismo estrecho que suele dirigirse al espíritu de nuestro siglo, en nombre del ideal y con rigores de anatema, se funda, en parte, sobre el desconocimiento de que sus titánicos esfuerzos por la subordinación de las fuerzas de la naturaleza a la voluntad humana y por la extensión del bienestar material, son un trabajo necesario que preparará, como el laborioso enriquecimiento de una tierra agotada, la florescencia de idealismos futuros. La transitoria predominancia de esa función de utilidad, que ha absorbido a la vida agitada y febril de estos cien años sus más potentes energías, explica, sin embargo —ya que no las justifique—, muchas nostalgias dolorosas, muchos descontentos y agravios de la inteligencia, que se traducen bien por una melancólica y exaltada idealización de lo pasado, bien por una desesperanza cruel del porvenir. Hay, por ello, un fecundísimo, un bienaventurado pensamiento, en el propósito de cierto grupo de pensadores de las últimas generaciones —entre los cuales sólo quiero citar una vez más la noble figura de Guyau—, que han intentado sellar la reconciliación definitiva de las conquistas del siglo con la renovación de muchas viejas devociones humanas, y que han invertido en esa obra bendita tantos tesoros de amor como de genio.

Con frecuencia habréis oído atribuir a dos causas fundamentales el desborde del espíritu de utilidad que da su nota a la fisonomía moral del siglo presente, con menoscabo de la consideración *estética* y desinteresada de la vida. Las revelaciones de la ciencia de la naturaleza —que, según intérpretes ya adversos, ya favorables a ellas, convergen a destruir toda idealidad por su base—, son la una; la universal difusión y el triunfo de las ideas democráticas, la otra. Yo me propongo hablaros exclusivamente de esta última causa; porque confío en que vuestra primera iniciación en las revelaciones de la ciencia ha sido dirigida como para preservaros del peligro de una interpretación vulgar. Sobre la democracia pesa la acusación de guiar a la humanidad, mediocrizándola, a un Sacro Imperio del utilitarismo. La acusación se refleja con vibrante intensidad en las páginas —para mí siempre llenas de un sugestivo encanto— del más amable entre los maestros del espíritu moderno: en las seductoras páginas de Renan, a cuya autoridad ya me habéis oído varias veces referirme y de quien pienso volver a hablaros a menudo. Leed a Renan, aquellos de vosotros que lo ignoréis todavía, y habréis de amarle como yo. Nadie como él me parece, entre los modernos, dueño de ese arte de «enseñar con gracia», que Anatole France considera divino[1]. Nadie ha acertado como él a hermanar, con la ironía,

_____

[1] *Anatole France* (seudónimo de Anatole-François Thibault, 1844-1924): crí-

la piedad. Aun en el rigor del análisis, sabe poner la unción del sacerdote. Aun cuando enseña a dudar, su suavidad exquisita tiende una onda balsámica sobre la duda. Sus pensamientos suelen dilatarse, dentro de nuestra alma, con ecos tan inefables y tan vagos, que hacen pensar en una religiosa música de ideas. Por su infinita comprensibilidad ideal, acostumbran las clasificaciones de la crítica personificar en él el alegre escepticismo de los *dilettanti* que convierten en traje de máscara la capa del filósofo; pero si alguna vez intimáis dentro de su espíritu, veréis que la tolerancia vulgar de los escépticos se distingue de su tolerancia como la hospitalidad galante de un salón del verdadero sentimiento de la caridad.

Piensa, pues, el maestro, que una alta preocupación por los *intereses ideales* de la especie es opuesta del todo al espíritu de la democracia. Piensa que la concepción de la vida, en una sociedad donde ese espíritu domine, se ajustará progresivamente a la exclusiva persecución del bienestar material como beneficio propagable al mayor número de personas. Según él, siendo la democracia la entronización de Calibán, Ariel no puede menos que ser el vencido de ese triunfo. Abundan afirmaciones semejantes a éstas de Renan, en la palabra de muchos de los más caracterizados representantes que los intereses de la cultura estética y la selección del espíritu tienen en el pensamiento contemporáneo. Así, Bourget se inclina a creer que el triunfo universal de las instituciones democráticas hará perder a la civilización en profundidad lo que le hace ganar en extensión. Ve su forzoso término en el imperio de un individualismo mediocre. «Quien dice democracia —agrega el sagaz autor de *André Cornélis*— dice desenvolvimiento pro-

<hr>

tico y creador francés que combinó en todos sus textos la erudición, la fascinación por el pasado, la fina ironía y la elegancia expresiva. Entre 1887 y 1893 se ocupó de la crítica literaria en *Le Temps*, labor en la que se caracterizó por su subjetivismo e impresionismo crítico, encarnando esa figura que Oscar Wilde denominó «crítico artista». Muchos de estos rasgos serán adoptados por Rodó en su definición del crítico ideal, mientras la figura de France será un modelo de intelectual que representa lo mejor del espíritu francés. En el año 1909, cuando *Anatole France* visitó Montevideo, fue Rodó el encargado de pronunciar el discurso de salutación («A Anatole France», *O. C.*, págs. 577-580).

gresivo de las tendencias individuales y disminución en la cultura»[2]. Hay, en la cuestión que plantean estos juicios severos, un interés vivísimo para los que amamos —al mismo tiempo—, por convencimiento, la obra de la Revolución, que en nuestra América se enlaza además con las glorias de su Génesis; y por instinto, la posibilidad de una noble y selecta vida espiritual que en ningún caso haya de ver sacrificada su serenidad augusta a los caprichos de la multitud[3]. Para afrontar el problema, es necesario empezar por reconocer que cuando la democracia no enaltece su espíritu por la influencia de una fuerte preocupación ideal que comparta su imperio con la preocupación de los intereses materiales, ella conduce fatalmente a la privanza de la mediocridad y carece, más que ningún otro régimen, de eficaces barreras con las cuales asegurar dentro de un ambiente adecuado la inviolabilidad de la alta cultura. Abandonada a sí misma —sin la constante rectificación de una activa autoridad moral que la depure y encauce sus tendencias en el sentido de la dignificación de la vida—, la democracia extinguirá gradualmente toda idea de superioridad que no se traduzca en una mayor y más osada aptitud para las luchas del interés, que son entonces la forma más innoble de las brutalidades de la fuerza. La selección espiritual, el enaltecimiento de la vida por la presencia de estímulos desinteresados, el gusto, el arte, la suavidad de las costumbres, el sentimiento de admiración por todo perseverante propósito ideal y de acatamiento a toda noble supremacía, serán como debilidades indefensas allí donde la igualdad social que ha des-

---

[2] *André Cornélis:* en esta novela de 1887, Paul Bourget presenta a un joven, André, que reencarna los rasgos de la personalidad de Hamlet y sus mismos conflictos personales. La historia de este atormentado personaje, que busca vengar la muerte de su padre, da pie para desplegar un profundo análisis psicológico sobre las condiciones de la vida en los tiempos modernos.

[3] *Los caprichos de la multitud:* Rodó identifica en este párrafo la independencia hispanoamericana de principios del siglo XIX con el verdadero origen de su existencia histórica y cultural. La América republicana, que se fortaleció sobre los principios de igualdad y fraternidad según el socialismo utópico que inspiró a la generación romántica, deberá preservar un espacio jerárquico a la vida espiritual que se ve amenazada por la expansión democrática, el materialismo y la inmigración masiva.

truido las jerarquías imperativas e infundadas no las sustituya con otras, que tengan en la influencia moral su único modo de dominio y su principio en una clasificación racional.

Toda igualdad de condiciones es en el orden de las sociedades, como toda homogeneidad en el de la Naturaleza, un equilibrio inestable. Desde el momento en que haya realizado la democracia su obra de negación, con el allanamiento de las superioridades injustas, la igualdad conquistada no puede significar para ella sino un punto de partida. Resta la afirmación. Y lo afirmativo de la democracia y su gloria consistirán en suscitar, por eficaces estímulos, en su seno, la revelación y el dominio de las *verdaderas* superioridades humanas.

Con relación a las condiciones de la vida de América, adquiere esta necesidad de precisar el verdadero concepto de nuestro régimen social, un doble imperio. El presuroso crecimiento de nuestras democracias por la incesante agregación de una enorme multitud cosmopolita; por la afluencia inmigratoria, que se incorpora a un núcleo aún débil para verificar un activo trabajo de asimilación y encauzar el torrente humano con los medios que ofrecen la solidez secular de la estructura social —el orden político seguro y los elementos de una cultura que haya arraigado íntimamente— nos expone en el porvenir a los peligros de la degeneración democrática, que ahoga bajo la fuerza ciega del número la noción de calidad; que desvanece en la conciencia de las sociedades todo justo sentimiento del orden; y que, librando su ordenación jerárquica a la torpeza del acaso, conduce forzosamente a hacer triunfar las más injustificadas e innobles de las supremacías.

Es indudable que nuestro interés egoísta debería llevarnos —a falta de virtud— a ser hospitalarios. Ha tiempo que la suprema necesidad de colmar el vacío moral del desierto hizo decir a un publicista ilustre que, en América, *gobernar es poblar*[4]. Pero esta fórmula famosa encierra una verdad contra

---

[4] *Gobernar es poblar:* la frase es de Juan Bautista Alberdi (1814-1884) en *Bases y puntos de partida para la organización política de la República Argentina* (2.ª ed., Valparaíso, 1852, cap. XXXII), y sirvió a Domingo Faustino Sarmiento (1811-1888) para orientar el sentido de su política de inmigración contra la «barbarie» del desierto, cuna de caudillos rurales. Éste verá la inmigración eu-

cuya estrecha interpretación es necesario prevenirse, porque conduciría a atribuir una incondicional eficacia civilizadora al valor cuantitativo de la muchedumbre. Gobernar es poblar, asimilando, en primer término; educando y seleccionando, después. Si la aparición y el florecimiento, en la sociedad, de las más elevadas actividades humanas, de las que determinan la alta cultura, requieren como condición indispensable la existencia de una población cuantiosa y densa, es precisamente porque esa importancia cuantitativa de la población, dando lugar a la más compleja división del trabajo, posibilita la formación de fuertes elementos dirigentes que hagan efectivo el dominio de la *calidad* sobre el *número*. La multitud, la masa anónima, no es nada por sí misma. La multitud será un instrumento de barbarie o de civilización según carezca o no del coeficiente de una alta dirección moral. Hay una verdad profunda en el fondo de la paradoja de Emerson que exige que cada país del globo sea juzgado según la minoría y no según la mayoría de sus habitantes[5]. La civilización de un pueblo adquiere su carácter no de las manifestaciones de su prosperidad o de su grandeza material, sino de las superiores maneras de pensar y de sentir que dentro de ella son posibles; y ya observaba Comte, para mostrar cómo en cuestiones de intelectualidad, de moralidad, de sentimiento, sería insensato pretender que la calidad pueda ser sustituida en ningún caso por el número, que ni de la acumulación de muchos espíritus vulgares se obtendrá jamás el equivalente de un cerebro de genio, ni de la acumulación de muchas virtudes mediocres el equivalente de un rasgo de abnegación o de heroísmo[6]. Al

---

ropea como recurso para «civilizar» los grandes espacios argentinos. Rodó matizará la oportunidad de esa medida del autor de *Facundo. Civilización y barbarie* (1845), que multiplicó la población argentina y modificó profundamente su composición demográfica.

[5] *Ralph Waldo Emerson* (1803-1882): el ensayista norteamericano, desde su filosofía trascendentalista y siguiendo a Carlyle y a su teoría de los héroes, se opuso a la política contemporánea, a la mediocridad y a la idea vulgar de progreso, que limitaría el libre desarrollo del espíritu individual. Estas ideas están expuestas en *Essays* (1841 y 1848) y en *Representative Men* (1850).

[6] Comte: *Cours de philosophie positive*, Lección XLVI (G. B.)

instituir nuestra democracia la universalidad y la igualdad de derechos, sancionaría, pues, el predominio innoble del número si no cuidase de mantener muy en alto la noción de las legítimas superioridades humanas y de hacer de la autoridad vinculada al voto popular, no la expresión del sofisma de la igualdad absoluta, sino, según las palabras que recuerdo de un joven publicista francés, «la consagración de la jerarquía, emanando de la libertad».

La oposición entre el régimen de la democracia y la alta vida del espíritu es una realidad fatal cuando aquel régimen significa el desconocimiento de las desigualdades legítimas y la sustitución de la fe en el *heroísmo* —en el sentido de Carlyle— por una concepción mecánica de gobierno[7]. Todo lo que en la civilización es algo más que un elemento de superioridad material y de prosperidad económica, constituye un relieve que no tarda en ser allanado, cuando la autoridad moral pertenece al espíritu de la medianía. En ausencia de la barbarie irruptora que desata sus hordas sobre los faros luminosos de la civilización, con heroica, y a veces regeneradora, grandeza, la alta cultura de las sociedades debe precaverse contra la obra mansa y disolvente de esas otras hordas pacíficas, acaso acicaladas; las hordas inevitables de la vulgaridad —cuyo Atila podría personificarse en M. Homais[8]; cuyo heroísmo es la astucia puesta al servicio de una repugnancia instintiva ha-

---

[7] *Thomas Carlyle* (1795-1881): escritor escocés, contrario al parlamentarismo y a la democracia. Vio en el héroe un elemento cohesivo de las sociedades, pues sin su orientación serían víctimas del caos, la vileza y la decadencia. El héroe es un ser superior inspirado por Dios, quien le ha insuflado visión profética y altos ideales que le permiten actuar como redentor y reformador. El individualismo de Carlyle se inscribe en la atmósfera romántica y en su culto al genio y al poder creativo del hombre. Su obra *Los héroes* (1840), formada por seis conferencias (sobre Odín, Mahoma, Dante, Shakespeare, Lutero, Knox, Johnson, Rousseau, Burns, Cromwell y Napoleón) fue traducida al español en 1893 y prologada por Leopoldo Alas, con gran resonancia en el mundo hispánico y, particularmente, en el ideario de Rodó.

[8] *M. Homais:* personaje de *Madame Bovary* (1857), de Gustave Flaubert, que se ha convertido en representación de la pequeña burguesía. En la novela es un farmacéutico volteriano, hablador, creyente en la ciencia y el progreso y de espíritu mediocre.

cia lo grande; cuyo atributo es el rasero nivelador. Siendo la indiferencia inconmovible y la superioridad cuantitativa las manifestaciones normales de su fuerza, no son por eso incapaces de llegar a la ira épica y de ceder a los impulsos de la acometividad. Charles Morice las llama entonces «falanges de Prudhommes feroces que tienen por lema la palabra *mediocridad* y marchan animadas por el odio de lo extraordinario»[9].

Encumbrados, esos Prudhommes harán de su voluntad triunfante una partida de caza organizada contra todo lo que manifieste la aptitud y el atrevimiento del vuelo. Su fórmula social será una democracia que conduzca a la consagración del pontífice «Cualquiera», a la coronación del monarca «Uno de tantos». Odiarán en el mérito una rebeldía. En sus dominios toda noble superioridad se hallará en las condiciones de la estatua de mármol colocada a la orilla de un camino fangoso, desde el cual le envía un latigazo de cieno el carro que pasa. Ellos llamarán al dogmatismo del sentido vulgar sabiduría; gravedad, a la mezquina aridez del corazón; criterio sano, a la adaptación perfecta a lo mediocre; y despreocupación viril, al mal gusto. Su concepción de la justicia los llevaría a sustituir, en la historia, la inmortalidad del grande hombre, bien con la identidad de todos en el olvido común, bien con la memoria igualitaria de Mitrídates[10], de quien se cuenta que conservaba en el recuerdo los nombres de todos sus soldados. Su manera de republicanismo se satisfaría dando autoridad decisiva al procedimiento probatorio de Fox[11], que

---

[9] *Charles Morice* (1861-1919): crítico y poeta francés, usa en su *La littérature de tout à l'heure* (1889) el nombre de Mr. Prudhomme como adjetivo para calificar el espíritu mezquino e ignorante de la mediana burguesía. Este personaje tuvo su origen en las caricaturas del escritor satírico francés Henri Monnier, quien lo introdujo, entre otros tipos, en sus «Escenas populares» dibujadas a plumilla. En las *Memorias de Monsieur Joseph Prudhomme* (1857) lo presentó como el típico burgués de la Francia decimonónica, mediocre, retórico, ridículo y confiado.

[10] *Mitrídates:* Rodó se refiere a Mitrídades IV Eupátor, llamado «el Grande», rey del Ponto famoso por sus conquistas, entre las que destaca la de Atenas, hacia el año 87 a. C.

[11] *Fox:* se refiere al político inglés Charles James Fox (1749-1806), jefe del partido *whig*.

acostumbraba experimentar sus proyectos en el criterio del diputado que le parecía la más perfecta personificación del *country-gentleman*[12], por la limitación de sus facultades y la rudeza de sus gustos. Con ello se estará en las fronteras de la *zoocracia*, de que habló una vez Baudelaire[13]. La Titania de Shakespeare, poniendo un beso en la cabeza asinina[14], podría ser el emblema de la Libertad que otorga su amor a los mediocres[15]. ¡Jamás, por medio de una conquista más fecunda, podrá llegarse a un resultado más fatal!

Embriagad al repetidor de las irreverencias de la medianía que veis pasar por vuestro lado; tentadle a hacer de héroe; convertid su apacibilidad burocrática en vocación de redentor, y tendréis entonces la hostilidad rencorosa e implacable contra todo lo hermoso, contra todo lo digno, contra todo lo delicado del espíritu humano, que repugna todavía más que el bárbaro derramamiento de la sangre en la tiranía jacobina; que, ante su tribunal, convierte en culpas la sabiduría de Lavoisier, el genio de Chénier, la dignidad de Malesherbes; que, entre los gritos habituales en la Convención, hace oír las palabras: —*¡Desconfiad de ese hombre, que ha hecho un libro!*[16]; y

---

[12] *Country-gentleman:* terrateniente, rico propietario rural.

[13] *Charles Baudelaire* (1821-1867): el poeta y crítico francés, autor de *Las flores del mal* (1857) y *Los paraísos artificiales* (1861), fue para Rodó un inspirador del decadentismo finisecular, y en *El que vendrá* había condenado su voluptuosidad morbosa y su satanismo. Sin embargo, en *Ariel* aprovecha sus críticas a la democracia, a la vida moderna y a los Estados Unidos vertidas en «Edgar Poe: sa vie et ses oeuvres». No obstante, los papeles póstumos de Rodó demuestran su atenta lectura del poeta francés, de quien tomó algunos textos como el poema «L'Albatros» o el «Poème du haschisch», que aparece comentado y resumido en uno de sus cuadernos de trabajo *(vid.* los fragmentos «Albatros» y los que giran en torno a Glauco, en la edición de los textos póstumos agrupados por Rodríguez Monegal bajo el título *Proteo).*

[14] *Asinina:* de asno.

[15] *Titania:* es la reina de las hadas, un voluble personaje de *Sueño de una noche de verano*, de William Shakespeare. Renuncia al amor de Oberon por el de Bottom, quien había sido convertido en asno.

[16] *Lavoisier, Chénier, Malesherbes:* Rodó acude a estas tres figuras de la cultura francesa víctimas de la Revolución y ejecutados en 1794. Antoine Laurent de Lavoisier (1743-1794), autor del *Tratado elemental de química* y secretario del Tesoro, es considerado el fundador de la química como ciencia. André Chénier (1762-1794) escribió en prisión sus *Yambos* y *La joven cautiva*, con una es-

que, refiriendo el ideal de la sencillez democrática al primitivo *estado de naturaleza* de Rousseau[17], podría elegir el símbolo de la discordia que establece entre la democracia y la cultura en la viñeta con que aquel sofista genial hizo acompañar la primera edición de su famosa diatriba contra las artes y las ciencias en nombre de la moralidad de las costumbres: un sátiro imprudente que pretendiendo abrazar, ávido de luz, la antorcha que lleva en su mano Prometeo, oye al titán filántropo ¡que su fuego es mortal a quien le toca!

La ferocidad igualitaria no ha manifestado sus violencias en el desenvolvimiento democrático de nuestro siglo, ni se ha opuesto en formas brutales a la serenidad y la independencia de la cultura intelectual. Pero, a la manera de una bestia feroz en cuya posteridad domesticada hubiérase cambiado la acometividad en mansedumbre artera e innoble, el igualitarismo, en la forma mansa de la *tendencia a lo utilitario y lo vulgar*, puede ser un objeto real de acusación contra la democracia del siglo XIX. No se ha detenido ante ella ningún espíritu delicado y sagaz a quien no hayan hecho pensar angustiosamente algunos de sus resultados, en el aspecto social y en el político. Expulsando con indignada energía, del espíritu humano, aquella falsa concepción de la igualdad que sugirió los delirios de la Revolución, el alto pensamiento contemporáneo ha mantenido, al mismo tiempo, sobre la realidad y sobre la teoría de la democracia, una inspección severa, que os permite a vosotros, los que colaboraréis en la obra del futuro, fijar vuestro punto de partida no ciertamente para

---

tética clasicista que influyó sobre los parnasianos. Chrétien Guillaume de Lamoignon de Malesherbes (1721-1794), responsable de la publicación de muchas obras ilustradas y de la *Enciclopedia*, fue el defensor de Luis XVI en 1792.

[17] *Jean Jacques Rousseau* (1712-1778): el moralista francés condenó en su *Discurso sobre las ciencias y las artes* (1750) y, sobre todo, en su *Carta a D'Alembert sobre los espectáculos* (1758) el papel nefasto que la cultura, el teatro y las artes ejercen en la corrupción del hombre. Su crítica se debe en gran medida al exceso racionalista que mostraba el enciclopedismo, y especialmente se dirige contra Voltaire. Rodó se refiere aquí a la ilustración que sirvió de frontispicio al ensayo *Si le rétablissement des sciences et des arts a contribué à épurer les moeurs* (1750), donde la imagen y el texto recuerdan la antigua fábula del sátiro que quiso abrazar el fuego ignorando sus mortales efectos.

destruir, sino para educar el espíritu del régimen que encontráis en pie.

Desde que nuestro siglo asumió personalidad e independencia en la evolución de las ideas, mientras el idealismo alemán rectificaba la utopía igualitaria de la filosofía del siglo XVIII y sublimaba, si bien con viciosa tendencia cesarista, el papel reservado en la historia a la superioridad individual, el positivismo de Comte, desconociendo a la igualdad democrática otro carácter que el de «un disolvente transitorio de las desigualdades antiguas» y negando con igual convicción la eficacia definitiva de la soberanía popular, buscaba en los principios de las clasificaciones naturales el fundamento de la clasificación social que habría de sustituir a las jerarquías recientemente destruidas[18]. La crítica de la realidad democrática toma formas severas en la generación de Taine y de Renan. Sabéis que a este delicado y bondadoso ateniense sólo complacía la igualdad de aquel régimen social, siendo, como en Atenas, «una igualdad de semidioses». En cuanto a Taine, es quien ha escrito los *Orígenes de la Francia contemporánea;* y si, por una parte, su concepción de la sociedad como un organismo le conduce lógicamente a rechazar toda idea de uniformidad que se oponga al principio de las dependencias y las subordinaciones orgánicas, por otra parte su finísimo instinto de selección intelectual le lleva a abominar de la invasión de las cumbres por la multitud. La gran voz de Carlyle había predicado ya, contra toda niveladora irreverencia, la veneración del *heroísmo,* entendiendo por tal el culto de cualquier noble superioridad. Emerson refleja esa voz en el seno de la más positivista de las democracias. La ciencia nueva habla de selección como de una necesidad de todo progreso. Dentro del arte, que es donde el sentido de lo selecto tiene su más natural adaptación, vibran con honda resonancia las notas que acusan el sentimiento, que podríamos llamar *de extrañeza,* del espíritu, en medio de las modernas condiciones de la vida. Para escucharlas no es necesario aproximarse al parnasianismo de estirpe delicada y enferma, a quien un aristocrático

---

[18] Comte: *Cours de philosophie positive,* Lección XLVI (G. B.)

desdén de lo presente llevó a la reclusión en lo pasado. Entre las inspiraciones constantes de Flaubert —de quien se acostumbra derivar directamente la más democratizada de las escuelas literarias—, ninguna más intensa que el odio de la mediocridad envalentonada por la nivelación y de la tiranía irresponsable del número[19]. Dentro de esta contemporánea literatura del Norte, en la cual la preocupación por las altas cuestiones sociales es tan viva, surge a menudo la expresión de la misma idea, del mismo sentimiento: Ibsen desarrolla la activa arenga de su Stockmann alrededor de la afirmación de que «las mayorías compactas son el enemigo más peligroso de la libertad y la verdad»[20]; y el formidable Nietzsche opone al ideal de una humanidad mediatizada la apoteosis de las almas que se yerguen sobre el nivel de la humanidad como una viva marea[21]. El anhelo vivísimo por una rectificación del espíritu social que asegure a la vida de la *heroicidad* y el pensamiento un ambiente más puro de dignidad y de justicia vibra hoy por todas partes, y se diría que constituye uno de los fundamentales acordes que este ocaso de siglo propone para las armonías que ha de componer el siglo venidero.

Y, sin embargo, el espíritu de la democracia es, esencialmente para nuestra civilización, un principio de vida contra el cual sería inútil rebelarse. Los descontentos sugeridos por

---

[19] *Gustave Flaubert* (1821-1881): Rodó reivindica al escritor francés como maestro en el arte de la perfección formal. Verdadero puente entre el romanticismo y el realismo y el naturalismo, el autor de *Madame Bovary, Salammbô* y *La educación sentimental* representó, al mismo tiempo, la crítica directa a la democracia y a la clase media burguesa, cuya mediocridad queda satirizada en sus textos.

[20] *Stockmann:* personaje del drama *Un enemigo del pueblo* (1882), alegato antidemocrático del escritor noruego Henrik Ibsen (1828-1906), es un médico que trata de mantener la verdad de sus investigaciones frente a los intereses mezquinos del pueblo donde trabaja. Tras una dura lucha por hacer prevalecer la razón, terminará arruinado, pero se mantiene fiel a sus convicciones. Su mensaje es una defensa de la aristocracia intelectual.

[21] *Friedrich Wilhelm Nietzsche* (1844-1900): Rodó se refiere a las teorías nietzscheanas del superhombre. Pese a que aquí se sirve de los argumentos del filósofo alemán para criticar «la niveladora irreverencia», en otras páginas de *Ariel* le censura su falta de «piedad» hacia los débiles y califica su teoría de «concepción monstruosa».

las imperfecciones de su forma *histórica* actual, han llevado a menudo a la injusticia con lo que aquel régimen tiene de definitivo y de fecundo. Así, el aristocratismo sabio de Renan formula la más explícita condenación del principio fundamental de la democracia: la igualdad de derechos; cree a este principio irremisiblemente divorciado de todo posible dominio de la superioridad intelectual; y llega hasta a señalar en él, con una enérgica imagen, «*las antípodas de las vías de Dios* —puesto que Dios no ha querido que todos viviesen en el mismo grado la vida del espíritu»[22]. Estas paradojas injustas del maestro, complementadas por su famoso ideal de una oligarquía omnipotente de hombres sabios, son comparables a la reproducción exagerada y deformada, en el sueño, de un pensamiento real y fecundo que nos ha preocupado en la vigilia. Desconocer la obra de la democracia en lo esencial, porque, aún no terminada, no ha llegado a conciliar definitivamente su empresa de igualdad con una fuerte garantía social de selección, equivale a desconocer la obra, paralela y concorde, de la ciencia, porque interpretada con el criterio estrecho de una escuela ha podido dañar alguna vez al espíritu de religiosidad o al espíritu de poesía. La democracia y la ciencia son, en efecto, los dos insustituibles soportes sobre los que nuestra civilización descansa; o, expresándolo con una frase de Bourget, las dos «obreras» de nuestros destinos futuros[23]. «*En ellas somos, vivimos, nos movemos*»[24]. Siendo, pues, insensato pensar, como Renan, en obtener una consagración más positiva de todas las superioridades morales, la realidad de una razonada jerarquía, el dominio eficiente de las altas dotes de la inteligencia y de la voluntad, por la *destrucción* de la igualdad democrática, sólo cabe pensar en la educación de la de-

---

[22] «*Las antípodas de las vías de Dios*»: la cita de Renan procede de *Diálogos y fragmentos filosóficos* (G. B.).

[23] La cita está extraída de *Outre-mer (Notes sur l'Amérique)* (1895), I, III, de Paul Bourget (G. B.).

[24] «*En ellas somos...*»: estas palabras de San Pablo («in eo vivimus, movemur et sumus») aparecen usadas con similar intención por H. Bérenger en el capítulo «La science, la démocratie et le Christianisme» de su obra *L'aristocratie intellectuelle* (París, 1895).

mocracia y su reforma. Cabe pensar en que progresivamente se encarnen, en los sentimientos del pueblo y sus costumbres, la idea de las subordinaciones necesarias, la noción de las superioridades verdaderas, el culto consciente y espontáneo de todo lo que multiplica, a los ojos de la razón, la cifra del valor humano.

La educación popular adquiere, considerada en relación a tal obra, como siempre que se la mira con el pensamiento del porvenir, un interés supremo*. Es en la escuela, por cuyas manos procuramos que pase la dura arcilla de las muchedumbres, donde está la primera y más generosa manifestación de la equidad social, que consagra para todos la accesibilidad del saber y de los medios más eficaces de superioridad. Ella debe complementar tan noble cometido, haciendo objetos de una educación preferente y cuidadosa el sentido del orden, la idea y la voluntad de la justicia, el sentimiento de las legítimas autoridades morales.

Ninguna distinción más fácil de confundirse y anularse en el espíritu del pueblo que la que enseña que la igualdad democrática puede significar una igual *posibilidad*, pero nunca una igual *realidad*, de influencia y de prestigio, entre los miembros de una sociedad organizada. En todos ellos hay un derecho idéntico para aspirar a las superioridades morales que deben dar razón y fundamento a las superioridades efectivas; pero sólo a los que han alcanzado realmente la posesión de las primeras debe ser concedido el premio de las últimas. El verdadero, el digno concepto de la igualdad, reposa sobre el pensamiento de que todos los seres racionales están dotados por naturaleza de facultades capaces de un desenvolvimiento noble. El deber del Estado consiste en colocar a todos los

---

* «Plus l'instruction se répand, plus elle doit faire de part aux idées générales et généreuses. On croit que l'instruction populaire doit être terre à terre. C'est le contraire qui est la verité». (Fouillée, *L'idée moderne du droit*, lib. 5°, IV) [Nota de J. E. R.]. La cita que reproduce Rodó puede traducirse así: «Cuanto más se expande la educación, más debe apoyar las ideas generales y generosas. Se cree que la instrucción popular debe estar a ras de tierra. Eso es lo contrario de la verdad». G. Brotherston anota que la cita no es exacta ni se encuentra en el emplazamiento que indica Rodó.

miembros de la sociedad en indistintas condiciones de tender a su perfeccionamiento. El deber del Estado consiste en predisponer los medios propios para provocar, uniformemente, la revelación de las superioridades humanas, donde quiera que existan. De tal manera, más allá de esta igualdad inicial, toda desigualdad estará justificada, porque será la sanción de las misteriosas elecciones de la naturaleza o del esfuerzo meritorio de la voluntad. Cuando se la concibe de este modo, la igualdad democrática, lejos de oponerse a la selección de las costumbres y de las ideas, es el más eficaz instrumento de selección espiritual, es el ambiente *providencial* de la cultura. La favorecerá todo lo que favorezca al predominio de la energía inteligente. No en distinto sentido pudo afirmar Tocqueville que la poesía, la elocuencia, las gracias del espíritu, los fulgores de la imaginación, la profundidad del pensamiento, «todos esos dones del alma, repartidos por el cielo al acaso», fueron colaboradores en la obra de la democracia, y la sirvieron aun cuando se encontraron de parte de sus adversarios, porque convergieron todos a poner de relieve la natural, la no heredada grandeza, de que nuestro espíritu es capaz[25]. La emulación, que es el más poderoso estímulo entre cuantos pueden sobreexcitar lo mismo la vivacidad del pensamiento que la de las demás actividades humanas, necesita, a la vez, de la igualdad en el punto de partida para producirse, y de la desigualdad que aventajará a los más aptos y mejores, como objeto final. Sólo un régimen democrático puede conciliar en su seno esas dos condiciones de la emulación, cuando no degenera en nivelador igualitarismo y se limita a considerar como un hermoso ideal de perfectibilidad una futura equivalencia de los hombres por su ascensión al mismo grado de cultura.

Racionalmente concebida, la democracia admite siempre un imprescriptible elemento aristocrático, que consiste en establecer la superioridad de los mejores, asegurándola sobre el

---

[25] *Alexis de Tocqueville* (1805-1859): político y escritor francés, teorizó sobre el liberalismo y defendió la idea de libertad individual y de selección aristocrática dentro de las democracias. Rodó se refiere a su obra *La democracia en América* (1835 y 1840).

consentimiento libre de los asociados. Ella consagra, como las aristocracias, la distinción de calidad; pero la resuelve a favor de las calidades realmente superiores, —las de la virtud, el carácter, el espíritu—, y sin pretender inmovilizarlas en clases constituidas aparte de las otras, que mantengan a su favor el privilegio execrable de la casta, renueva sin cesar su aristocracia dirigente en las fuentes vivas del pueblo y la hace aceptar por la justicia y el amor. Reconociendo, de tal manera, en la selección y la predominancia de los mejor dotados una necesidad de todo progreso, excluye de esa ley universal de la vida, al sancionarla en el orden de la sociedad, el efecto de humillación y de dolor que es, en las concurrencias de la naturaleza y en las de las otras organizaciones sociales, el duro lote del vencido. «La gran ley de la selección natural —ha dicho luminosamente Fouillée— continuará realizándose en el seno de las sociedades humanas, sólo que ella se realizará de más en más por vía de libertad»[26] . El carácter odioso de las aristocracias tradicionales se originaba de que eran injustas, por su fundamento, y opresoras, por cuanto su autoridad era una imposición. Hoy sabemos que no existe otro límite legítimo para la igualdad humana que el que consiste en el dominio de la inteligencia y la virtud, consentido por la libertad de todos. Pero sabemos también que es necesario que este límite exista en realidad. Por otra parte, nuestra concepción cristiana de la vida nos enseña que las superioridades morales, que son un motivo de derechos, son principalmente un motivo de deberes, y que todo espíritu superior se debe a los demás en igual proporción que los excede en capacidad de realizar el bien. El anti-igualitarismo de Nietzsche —que tan profundo surco señala en la que podríamos llamar nuestra moderna *literatura de ideas*— ha llevado a su poderosa reivindicación de los derechos que él considera implícitos en las su-

---

[26] *Alfred Fouillée* (1838-1912): representa, dentro del pensamiento francés, la síntesis entre los hallazgos del positivismo y su superación hacia un espiritualismo ecléctico. En sus obras se defiende el valor de la inteligencia y de la voluntad humanas como ideas-fuerza capaces de conquistar la libertad individual, por encima de cualquier determinismo social o de los ciegos impulsos del inconsciente. Rodó sigue de cerca sus ideas sobre la democracia.

perioridades humanas, un abominable, un reaccionario espíritu; puesto que, negando toda fraternidad, toda piedad, pone en el corazón del *superhombre* a quien endiosa un menosprecio satánico para los desheredados y los débiles; legitima en los privilegiados de la voluntad y de la fuerza el ministerio del verdugo; y con lógica resolución llega, en último término, a afirmar que «la sociedad no existe para sí sino para sus elegidos». No es, ciertamente, esta concepción monstruosa la que puede oponerse, como lábaro[27], al falso igualitarismo que aspira a la nivelación de todos por la común vulgaridad. Por fortuna, mientras exista en el mundo la posibilidad de disponer dos trozos de madera en forma de cruz —es decir: siempre—, ¡la humanidad seguirá creyendo que es el amor el fundamento de todo orden estable y que la superioridad jerárquica en el orden no debe ser sino una superior capacidad de amar!

Fuente de inagotables inspiraciones morales, la ciencia nueva nos sugiere, al esclarecer las leyes de la vida, cómo el principio democrático puede conciliarse, en la organización de las colectividades humanas, con una *aristarquia* de la moralidad y la cultura. Por una parte —como lo ha hecho notar, una vez más, en un simpático libro, Henri Bérenger—, las afirmaciones de la ciencia contribuyen a sancionar y fortalecer en la sociedad el espíritu de la democracia, revelando cuánto es el valor natural del esfuerzo colectivo; cuál la grandeza de la obra de los pequeños; cuán inmensa la parte de la acción reservada al colaborador anónimo y oscuro en cualquiera manifestación del desenvolvimiento universal[28]. Realza, no menos que la revelación cristiana, la dignidad de los humildes, esta nueva revelación que atribuye, en la naturaleza, a la obra de los infinitamente pequeños, a la labor del numulite y el briozoo[29] en el fondo oscuro del abismo, la cons-

[27] *Lábaro:* estandarte sobre el que el emperador Constantino hizo colocar una cruz y el monograma de Cristo.

[28] Henri Bérenger, *La aristocracia intelectual* (1895).

[29] *Numulite o numulita:* en paleozoología, cualquier foraminífero fósil de gran tamaño. Desaparecieron a finales del oligoceno. *Briozoo*: animal vermiforme con aspecto vegetal que vive en colonias en aguas saladas o dulces. Los

trucción de los cimientos geológicos; que hace surgir de la vibración de la célula informe y primitiva todo el impulso ascendente de las formas orgánicas; que manifiesta el poderoso papel que en nuestra vida psíquica es necesario atribuir a los fenómenos más inaparentes y más vagos, aun a las fugaces percepciones de que no tenemos conciencia; y que, llegando a la sociología y a la historia, restituye al heroísmo, a menudo abnegado, de las muchedumbres, la parte que le negaba el silencio en la gloria del héroe individual, y hace patente la lenta acumulación de las investigaciones que, al través de los siglos, en la sombra, en el taller, o en el laboratorio de obreros olvidados preparan los hallazgos del genio.

Pero a la vez que manifiesta así la inmortal eficacia del esfuerzo colectivo y dignifica la participación de los colaboradores ignorados en la obra universal, la ciencia muestra cómo, en la inmensa sociedad de las cosas y los seres, es una necesaria condición de todo progreso el orden jerárquico; son un principio de la vida las relaciones de dependencia y de subordinación entre los componentes individuales de aquella sociedad y entre los elementos de la organización del individuo; y es, por último, una necesidad inherente a la ley universal de *imitación*, si se la relaciona con el perfeccionamiento de las sociedades humanas, la presencia, en ellas, de modelos vivos e influyentes, que las realcen por la progresiva generalización de su superioridad.

Para mostrar ahora cómo ambas enseñanzas universales de la ciencia pueden traducirse en hechos, conciliándose, en la organización y en el espíritu de la sociedad, basta insistir en la concepción de una democracia noble, justa; de una democracia dirigida por la noción y el sentimiento de las verdaderas superioridades humanas; de una democracia en la cual la supremacía de la inteligencia y la virtud —únicos límites para la equivalencia meritoria de los hombres— reciba su autoridad

---

fósiles de estos animales corresponden al período entre el ordovicense y el pleistoceno. G. B.: Los borradores del Archivo Rodó muestran que esta información fue tomada del *Manual de geología aplicada* de J. Vilanova y Piera (Madrid, 1861).

y su prestigio de la libertad, y descienda sobre las multitudes en la efusión bienhechora del amor.

Al mismo tiempo que conciliará aquellos dos grandes resultados de la observación del orden natural, se realizará, dentro de una sociedad semejante —según lo observa, en el mismo libro de que os hablaba, Bérenger—, la armonía de los dos impulsos históricos que han comunicado a nuestra civilización sus caracteres esenciales, los principios reguladores de su vida. Del espíritu del cristianismo nace, efectivamente, el sentimiento de igualdad, viciado por cierto ascético menosprecio de la selección espiritual y la cultura. De la herencia de las civilizaciones clásicas nacen el sentido del orden, de la jerarquía, y el respeto religioso del genio, viciados por cierto aristocrático desdén de los humildes y los débiles. El porvenir sintetizará ambas sugestiones del pasado, en una fórmula inmortal. La democracia, entonces, habrá triunfado definitivamente. ¡Y ella, que cuando amenaza con lo innoble del rasero nivelador, justifica las protestas airadas y las amargas melancolías de los que creyeron sacrificados por su triunfo toda distinción intelectual, todo ensueño de arte, toda delicadeza de la vida, tendrá, aún más que las viejas aristocracias, inviolables seguros para el cultivo de las flores del alma que se marchitan y perecen en el ambiente de la vulgaridad y entre las impiedades del tumulto!

V

[Los Estados Unidos como representantes del espíritu utilitario y de la democracia mal entendida. La imitación de su ejemplo; peligros e inconvenientes de esa imitación. Los pueblos no deben renunciar en ningún caso a la originalidad de su carácter para convertirse en imitadores serviles. Crítica de la civilización norteamericana. Sus méritos, su grandeza. Cita de Spencer. El defecto radical de esa civilización consiste en que no persigue otro ideal que el engrandecimiento de los intereses materiales. Exagera todos los defectos del carácter inglés. Carece de verdadero sentimiento artístico. No cultiva la ciencia sino como un medio de llegar a las aplicaciones útiles. Su intelectualidad está en completa decadencia. La moralidad de Franklin; consecuencias del utilitarismo en moral. La vida política de los norteamericanos. Predominio de los Estados del Oeste. Aspiración de los Estados Unidos a la hegemonía de la civilización contemporánea. Vanidad de esa aspiración. Relación entre los bienes materiales o positivos y los bienes intelectuales y morales. Resumen: la civilización norteamericana no puede servir de tipo o modelo único.]

La concepción utilitaria, como idea del destino humano, y la igualdad en lo mediocre, como norma de la producción social, componen, íntimamente relacionadas, la fórmula de lo que ha solido llamarse, en Europa, el espíritu de *americanismo*. Es imposible meditar sobre ambas inspiraciones de la conducta y la sociabilidad y compararlas con las que les son opuestas, sin que la asociación traiga, con insistencia, a la mente, la imagen de esa democracia formidable y fecunda que, allá en el Norte, ostenta las manifestaciones de su prosperidad y su poder, como una deslumbradora prueba que abona en favor de la eficacia de sus instituciones y de la dirección de sus ideas. Si ha podido decirse del utilitarismo que es el verbo del espíritu inglés, los Estados Unidos pueden ser considerados la encarnación del verbo utilitario. Y el Evangelio de este verbo se difunde por todas partes a favor de los milagros materiales del triunfo. Hispano-América ya no es enteramente calificable, con relación a él, de tierra de gentiles. La poderosa federación va realizando entre nosotros una suerte de conquista moral. La admiración por su grandeza y por su fuerza es un sentimiento que avanza a grandes pasos en el espíritu de nuestros hombres dirigentes, y aún más quizá en el de las muchedumbres, fascinables por la impresión de la victoria. Y de admirarla se pasa por una transición facilísima a imitarla. La admiración y la creencia son ya modos pasivos de imitación para el psicólogo. «La tendencia imitativa de nuestra naturaleza moral —decía Bagehot— tiene su asiento en aquella parte del alma en que reside la credibilidad». El sentido y la experiencia vulgares serían suficientes para establecer por sí solos esa sencilla relación. Se imita a aquel en cuya superioridad o cuyo prestigio se cree. Es así como la visión de una América *deslatinizada* por propia voluntad, sin la extorsión de la Conquista, y regenerada luego a imagen y semejanza del arquetipo del Norte, flota ya sobre los sueños de muchos sinceros interesados por nuestro porvenir, inspira la fruición con que ellos formulan a cada paso los más sugestivos paralelos, y se manifiesta por constantes propósitos de innovación y de reforma. Tenemos nuestra *nordomanía*[1]. Es necesario oponerle los límites que la razón y el sentimiento señalan de consuno.

No doy yo a tales límites el sentido de una absoluta negación. Comprendo bien que se adquieran inspiraciones, luces, enseñanzas, en el ejemplo de los fuertes; y no desconozco que una inteligente atención fijada en lo exterior para reflejar en todas partes la imagen de lo beneficioso y de lo útil es singularmente fecunda cuando se trata de pueblos que aún for-

---

[1] *Nordomanía:* El término fue utilizado por Baudelaire. Martí se refirió a la *yanquimanía.*

196

man y modelan su entidad nacional. Comprendo bien que se aspire a rectificar, por la educación perseverante, aquellos trazos del carácter de una sociedad humana que necesiten concordar con nuevas exigencias de la civilización y nuevas oportunidades de la vida, equilibrando así, por medio de una influencia innovadora, las fuerzas de la herencia y la costumbre. Pero no veo la gloria, ni en el propósito de desnaturalizar el carácter de los pueblos su genio *personal* para imponerles la identificación con un modelo extraño al que ellos sacrifiquen la originalidad irreemplazable de su espíritu, ni en la creencia ingenua de que eso pueda obtenerse alguna vez por procedimientos artificiales e improvisados de imitación. Ese irreflexivo traslado de lo que es natural y espontáneo en una sociedad al seno de otra, donde no tenga raíces ni en la naturaleza ni en la historia, equivalía para Michelet a la tentativa de incorporar, por simple agregación, una cosa muerta a un organismo vivo[2]. En sociabilidad, como en literatura, como en arte, la imitación inconsulta no hará nunca sino deformar las líneas del modelo. El engaño de los que piensan haber reproducido en lo esencial el carácter de una colectividad humana, las fuerzas vivas de su espíritu, y con ellos el secreto de sus triunfos y su prosperidad, reproduciendo exactamente el mecanismo de sus instituciones y las formas exteriores de sus costumbres, hace pensar en la ilusión de los principiantes candorosos que se imaginan haberse apoderado del genio del maestro cuando han copiado las formas de su estilo o sus procedimientos de composición.

En ese esfuerzo vano hay, además, no sé qué cosa de innoble. Género de *snobismo* político podría llamarse al afanoso remedo de cuanto hacen los preponderantes y los fuertes, los vencedores y los afortunados; género de abdicación servil, como en la que en algunos de los *snobs* encadenados para siempre a la tortura de la sátira por el libro de Thackeray[3],

---

[2] G. B. sitúa esta referencia en la obra *Le Peuple*, donde Michelet se refiere a la actitud de Francia hacia Inglaterra.

[3] *William M. Thackeray (1811-1863)*: escritor británico autor de *El libro de los snobs* (1846-1847), donde reunió caricaturas y ensayos, y de *La feria de las vani-*

hace consumirse tristemente las energías de los ánimos no ayudados por la naturaleza o la fortuna, en la imitación impotente de los caprichos y las volubilidades de los encumbrados de la sociedad. El cuidado de la independencia *interior* —la de la personalidad, la del criterio— es una principalísima forma del respeto propio. Suele, en los tratados de ética, comentarse un precepto moral de Cicerón, según el cual forma parte de los deberes humanos el que cada uno de nosotros cuide y mantenga celosamente la originalidad de su carácter personal, lo que haya en él que lo diferencie y determine, respetando, en todo cuanto no sea inadecuado para el bien, el impulso primario de la Naturaleza, que ha fundado en la varia distribución de sus dones el orden y el concierto del mundo. Y aún me parecería mayor el imperio del precepto si se le aplicase, colectivamente, al carácter de las sociedades humanas. Acaso oiréis decir que no hay un sello propio y definido, por cuya permanencia, por cuya integridad deba pugnarse en la organización actual de nuestros pueblos. Falta tal vez, en nuestro carácter colectivo, el contorno seguro de la «personalidad». Pero en ausencia de esa índole perfectamente diferenciada y autonómica, tenemos —los americanos latinos— una herencia de raza, una gran tradición étnica que mantener, un vínculo sagrado que nos une a inmortales páginas de la historia, confiando a nuestro honor su continuación en lo futuro. El cosmopolitismo, que hemos de acatar como una irresistible necesidad de nuestra formación, no excluye ni ese sentimiento de fidelidad a lo pasado, ni la fuerza directriz y plasmante con que debe el genio de la raza imponerse en la refundición de los elementos que constituirán al americano definitivo del futuro.

Se ha observado más de una vez que las grandes evoluciones de la historia, las grandes épocas, los periodos más luminosos y fecundos en el desenvolvimiento de la humanidad, son casi siempre la resultante de dos fuerzas distintas y coactuales que mantienen, por los concertados impulsos de su

dades (1847-1848), novela donde censura el comportamiento de las clases elevadas de su tiempo.

oposición, el interés y el estímulo de la vida, los cuales desaparecerían, agotados, en la quietud de una unidad absoluta. Así, sobre los dos polos de Atenas y Lacedemonia se apoya el eje alrededor del cual gira el carácter de la más genial y civilizadora de las razas[4]. América necesita mantener en el presente la dualidad original de su constitución, que convierte en realidad de su historia, el mito clásico de las dos águilas soltadas simultáneamente de uno y otro polo del mundo, para que llegasen a un tiempo al límite de sus dominios. Esta diferencia genial y emuladora no excluye, sino que tolera y aun favorece en muchísimos aspectos, la concordia de la solidaridad. Y si una concordia superior pudiera vislumbrarse desde nuestros días, como la fórmula de un porvenir lejano, ella no sería debida a la *imitación unilateral* —que diría Tarde— de una raza por otra, sino a la reciprocidad de sus influencias y al atinado concierto de los atributos en que se funda la gloria de las dos[5].

Por otra parte, en el estudio desapasionado de esa civilización que algunos nos ofrecen como único y absoluto modelo, hay razones no menos poderosas que las que se fundan en la indignidad y la inconveniencia de una renuncia a todo propósito de originalidad, para templar los entusiasmos de los que nos exigen su consagración idolátrica. Y llego, ahora, a la relación que directamente tiene, con el sentido general de esta plática mía, el comentario de semejante espíritu de imitación.

Todo juicio severo que se formule de los americanos del Norte debe empezar por rendirles, como se haría con altos adversarios, la formalidad caballeresca de un saludo. Siento fácil mi espíritu para cumplirla. Desconocer sus defectos no me parecería tan insensato como negar sus cualidades. Nacidos —para emplear la paradoja usada por Baudelaire a otro res-

---

[4] *Atenas y Lacedemonia:* Rodó contrasta a través de las dos ciudades dos facetas de la civilización griega: el florecimiento del ocio y de las artes, en Atenas, y la disciplina y sobriedad, en Esparta.
[5] *Gabriel de Tarde* (1843-1904): sociólogo francés que estudió e investigó en la incipiente disciplina criminológica, y observó la influencia de la imitación de individuos excepcionales en *Las leyes de imitación* (1890).

pecto— con la *experiencia innata* de la libertad[6], ellos se han mantenido fieles a la ley de su origen, y han desenvuelto con la precisión y la seguridad de una progresión matemática los principios fundamentales de su organización, dando a su historia una consecuente unidad que, si bien ha excluido las adquisiciones de aptitudes y méritos distintos, tiene la belleza intelectual de la lógica. La huella de sus pasos no se borrará jamás en los anales del derecho humano, porque ellos han sido los primeros en hacer surgir nuestro moderno concepto de la libertad de las inseguridades del ensayo y de las imaginaciones de la utopía, para convertirla en bronce imperecedero y realidad viviente; porque han demostrado con su ejemplo la posibilidad de extender a un inmenso organismo nacional la inconmovible autoridad de una república; porque, con su organización federativa, han revelado —según la feliz expresión de Tocqueville— la manera como se pueden conciliar, con el brillo y el poder de los estados grandes, la felicidad y la paz de los pequeños[7]. Suyos son algunos de los rasgos más audaces con que ha de destacarse en la perspectiva del tiempo la obra de este siglo. Suya es la gloria de haber revelado plenamente —acentuando la más firme nota de belleza moral de nuestra civilización— la grandeza y el poder del trabajo; esa fuerza bendita que la antigüedad abandonaba a la abyección de la esclavitud, y que hoy identificamos con la más alta expresión de la dignidad humana, fundada en la conciencia y la actividad del propio mérito. Fuertes, tenaces, teniendo la inacción por oprobio, ellos han puesto en manos del *mechanic* de sus talleres y el *farmer* de sus campos la clava hercúlea del mito, y han dado al genio humano una nueva e inesperada belleza ciñéndole el mandil de cuero del forjador. Cada uno de ellos avanza a conquistar la vida como el desierto los primitivos puritanos. Perseverantes devotos de ese culto de la energía in-

---

[6] *«Experiencia innata»:* Rodó acude al ensayo de Baudelaire sobre Poe, donde el escritor francés se refiere al contraste del genio poético de Poe frente a la insensibilidad de los norteamericanos.

[7] A. de Tocqueville: «Des avantages du système fédératif en général et de son utilité spéciale pour l' Amérique», en *De la démocratie en Amérique* (G. B.).

dividual que hace de cada hombre el artífice de su destino, ellos han modelado su sociabilidad en un conjunto imaginario de ejemplares de Robinsón que, después de haber fortificado rudamente su personalidad en la práctica de la ayuda propia, entrarán a componer los filamentos de una urdimbre firmísima[8]. Sin sacrificarle esa soberana concepción del individuo, han sabido hacer al mismo tiempo, del espíritu de asociación, el más admirable instrumento de su grandeza y de su imperio; y han obtenido de la suma de las fuerzas humanas, subordinada a los propósitos de la investigación, de la filantropía, de la industria, resultados tanto más maravillosos por lo mismo que se consiguen con la más absoluta integridad de la autonomía personal. Hay en ellos un instinto de curiosidad despierta e insaciable, una impaciente avidez de toda luz; y profesando el amor por la instrucción del pueblo con la obsesión de una monomanía gloriosa y fecunda, han hecho de la escuela el quicio más seguro de su prosperidad, y del alma del niño la más cuidada entre las cosas leves y preciosas. Su cultura, que está lejos de ser refinada ni espiritual, tiene una eficacia admirable siempre que se dirige prácticamente a realizar una finalidad inmediata. No han incorporado a las adquisiciones de la ciencia una sola ley general, un solo principio; pero la han hecho maga por las maravillas de sus aplicaciones, la han agigantado en los dominios de la utilidad, y han dado al mundo, en la caldera de vapor y en el dínamo eléctrico, billones de esclavos invisibles que centuplican, para servir al Aladino humano, el poder de la lámpara maravillosa. El crecimiento de su grandeza y de su fuerza será objeto de perdurables asombros para el porvenir. Han inventado, con su prodigiosa aptitud de improvisación, un acicate para el tiempo; y al conjuro de su voluntad poderosa surge en un día, del seno de la absoluta soledad, la suma de cultura acumulable por la

---

[8] *Robinsón:* Rodó alude al protagonista de la famosa novela del escritor inglés Daniel Defoe, *Vida y extraordinarias y portentosas aventuras de Robinson Crusoe de York, navegante* (1719). Durante veintiocho años sobrevivió con su propio ingenio (y la ayuda de Viernes) en la isla desierta que le sirvió de refugio tras haber naufragado.

obra de los siglos. La libertad puritana, que les envía su luz desde el pasado, unió a esta luz el calor de una piedad que aún dura. Junto a la fábrica y la escuela, sus fuertes manos han alzado, también, los templos de donde evaporan sus plegarias muchos millones de conciencias libres. Ellos han sabido salvar, en el naufragio de todas las idealidades, la idealidad más alta, guardando viva la tradición de un sentimiento religioso que si no levanta sus vuelos en alas de un espiritualismo delicado y profundo, sostiene, en parte, entre las asperezas del tumulto utilitario, la rienda firme del sentido moral. Han sabido, también, guardar, en medio de los refinamientos de la vida civilizada, el sello de cierta primitividad robusta. Tienen el culto pagano de la salud, de la destreza, de la fuerza; templan y afinan en el músculo el instrumento precioso de la voluntad; y obligados por su aspiración insaciable de dominio a cultivar la energía de todas las actividades humanas, modelan el torso del atleta para el corazón del hombre libre. Y del concierto de su civilización, del acordado movimiento de su cultura, surge una dominante nota de optimismo, de confianza, de fe, que dilata los corazones impulsándolos al porvenir bajo la sugestión de una esperanza terca y arrogante; la nota del *Excelsior* y el *Salmo de la vida*[9] con que sus poetas han señalado el infalible bálsamo contra toda amargura en la filosofía del esfuerzo y de la acción.

Su grandeza titánica se impone, así, aun a los más prevenidos por las enormes desproporciones de su carácter o por las violencias recientes de su historia. Y por mi parte ya veis que, aunque no les amo, les admiro. Les admiro, en primer término, por su formidable capacidad de *querer*, y me inclino ante la escuela de voluntad y de trabajo que —como de sus progenitores nacionales dijo Philarète Chasles[10]— ellos han instituido.

---

[9] *Excelsior* y el *Salmo de la vida:* obras del poeta norteamericano Henry W. Longfellow (1807-1882), que gozó de gran prestigio durante el siglo XIX.
[10] *Philarète Chasles* (1798-1873): escritor francés, crítico en la *Revue des Deux Mondes*, de París, y especialista en literatura comparada. Es el autor de *Études sur la littérature et les moeurs des Anglo-Américains au XIXe siècle* (París, Amyot, 1851),

En el principio la acción era. Con estas célebres palabras del *Fausto* podría empezar un futuro historiador de la poderosa república el Génesis, aún no concluido, de su existencia nacional. Su genio podría definirse, como el universo de los dinamistas, *la fuerza en movimiento.* Tiene, ante todo y sobre todo, la capacidad, el entusiasmo, la vocación dichosa de la acción. La voluntad es el cincel que ha esculpido a ese pueblo en dura piedra. Sus relieves característicos son dos manifestaciones del poder de la voluntad: la originalidad y la audacia. Su historia es, toda ella, el arrebato de una actividad viril. Su personaje representativo se llama *Yo quiero*, como el superhombre de Nietzsche. Si algo le salva colectivamente de la vulgaridad, es ese extraordinario alarde de energía que lleva a todas partes y con el que imprime cierto carácter de épica grandeza aun a las luchas del interés y de la vida material. Así, de los especuladores de Chicago y de Minneapolis ha dicho Paul Bourget que son a la manera de combatientes heroicos en los cuales la actitud para el ataque y la defensa es comparable a la de un *grognard* del gran Emperador[11]. Y esta energía suprema con la que el genio norteamericano parece obtener —hipnotizador audaz— el adormecimiento y la sugestión de los hados, suele encontrarse aun en las particularidades que se nos presentan como excepcionales y divergentes de aquella civilización. Nadie negará que Edgard Poe es una individualidad anómala y rebelde dentro de su pueblo. Su alma escogida representa una partícula inasimilable del alma nacional, que no en vano se agitó entre las otras con la sensación de una soledad infinita. Y, sin embargo, la nota fundamental —que Baudelaire ha señalado profundamente— en el carácter de los héroes de Poe es, todavía, el temple sobrehumano, la indómita resistencia de la voluntad. Cuando ideó la Ligeia[12], la

---

una obra que influyó notablemente en la visión negativa de los Estados Unidos de Baudelaire y los escritores finiseculares.

[11] *Grognard:* nombre por el que se conocía a los soldados veteranos de la guardia de Napoleón. Rodó se refiere a la obra de Bourget *Outre-mer.*

[12] *Ligeia:* en el relato «Ligeia» (1838), Edgar Allan Poe (1809-1849) presenta a la figura femenina como una fuerza intelectual y sensual que sigue inspirando a su esposo, un filósofo, después de muerta. Su belleza espectral le abre

más misteriosa y adorable de sus criaturas, Poe simbolizó en la luz inextinguible de sus ojos el himno de triunfo de la Voluntad sobre la Muerte.

Adquirido, con el sincero reconocimiento de cuanto hay de luminoso y grande en el genio de la poderosa nación, el derecho de completar respecto a él la fórmula de la justicia, una cuestión llena de interés pide expresarse. ¿Realiza aquella sociedad, o tiende a realizar, por lo menos, la idea de la conducta racional que cumple a las legítimas exigencias del espíritu, a la divinidad intelectual y moral de nuestra civilización? ¿Es en ella donde hemos de señalar la más aproximada imagen de nuestra «ciudad perfecta»? Esa febricitante inquietud que parece centuplicar en su seno el movimiento y la intensidad de la vida, ¿tiene un objeto capaz de merecerla y un estímulo bastante para justificarla?

Herbert Spencer[13], formulando con noble sinceridad su saludo a la democracia de América en un banquete de Nueva York, señalaba el rasgo fundamental de la vida de los norteamericanos en esa misma desbordada inquietud que se manifiesta por la pasión infinita del trabajo y la porfía de la expansión material en todas sus formas. Y observaba después que, en tan exclusivo predominio de la actividad subordinada a los propósitos inmediatos de la utilidad, se revelaba una concepción de la existencia tolerable sin duda como carácter provi-

---

la mente a perspectivas insospechadas, y simboliza la perfección y el ideal visionario. El epígrafe que precede a la narración dice: «Sólo a través de la debilidad de la voluntad frágil el hombre se somete completamente a los ángeles o a la muerte.»

[13] *Herbert Spencer* (1820-1903): filósofo y sociólogo británico, pretendió formular un sistema global para las teorías evolucionistas de Darwin. Desarrolló una teoría para los procesos biológicos, psicológicos y sociales según la cual una mecánica impulsa a todo lo existente hacia una evolución que va de lo homogéneo a lo heterogéneo, de lo simple a lo complejo y especializado. Su defensa del ocio y del desarrollo integral de la personalidad está en relación con sus ideas estéticas, según las cuales el exceso de energía en el ser humano se canaliza en un impulso lúdico hacia el arte. Estas opiniones estéticas se encuentran en *Principios de Psicología* (1855). Rodó afirmó no compartir esa concepción lúdica del arte en varias ocasiones, aunque en esta ocasión recurre a su trabajo «The Americans», (repr. en *Essais: scientific, political and speculative* (Londres, 1901) para apoyar su defensa del «ocio noble».

sional de una civilización, como tarea preliminar de una cultura, pero que urgía ya rectificar, puesto que tendía a convertir el trabajo utilitario en fin y objeto supremo de la vida, cuando él en ningún caso puede significar racionalmente sino la acumulación de los elementos propios para hacer posible el total y armonioso desenvolvimiento de nuestro ser. Spencer agregaba que era necesario predicar a los norteamericanos el Evangelio del descanso o el recreo; e identificando nosotros la más noble significación de estas palabras con la del *ocio* tal cual lo dignificaban los antiguos moralistas, clasificaremos, dentro del Evangelio en que debe iniciarse a aquellos trabajadores sin reposo, toda preocupación ideal, todo desinteresado empleo de las horas, todo objeto de meditación levantado sobre la finalidad inmediata de la utilidad.

La vida norteamericana describe efectivamente ese círculo vicioso que Pascal[14] señalaba en la anhelante persecución del bienestar, cuando él no tiene su fin fuera de sí mismo. Su prosperidad es tan grande como su imposibilidad de satisfacer a una mediana concepción del destino humano.

Obra titánica, por la enorme tensión de voluntad que representa y por sus triunfos inauditos en todas las esferas del engrandecimiento material, es indudable que aquella civilización produce en su conjunto una singular impresión de insuficiencia y de vacío. Y es que si, con el derecho que da la historia de treinta siglos de evolución presididos por la dignidad del espíritu clásico y del espíritu cristiano, se pregunta cuál es en ella el principio dirigente, cuál su *substratum* ideal, cuál el propósito ulterior a la inmediata preocupación de los intereses positivos que estremecen aquella masa formidable, sólo se encontrará, como fórmula del ideal definitivo, la misma absoluta preocupación del triunfo material. Huérfano de tradiciones muy hondas que le orienten, ese pueblo no ha sabido sustituir la idealidad inspiradora del pasado con una alta y desinteresada concepción del porvenir. Vive para la realidad in-

---

[14] *Blaise Pascal* (1623-1662): científico y escritor francés, un moralista considerado el maestro de la paradoja. Rodó extrae este comentario de *Les pensées* (1897).

mediata del presente, y por ello subordina toda su actividad al egoísmo del bienestar personal y colectivo. De la suma de los elementos de su riqueza y su poder podría decirse lo que el autor de *Mensonges*[15] de la inteligencia del marqués de Norbert que figura en uno de sus libros: es un monte de leña al cual no se ha hallado modo de dar fuego. Falta la chispa eficaz que haga levantarse la llama de un ideal vivificante e inquieto, sobre el copioso combustible. Ni siquiera el egoísmo nacional, a falta de más altos impulsos; ni siquiera el exclusivismo y el orgullo de raza, que son los que transfiguran y engrandecen en la antigüedad la prosaica dureza de la vida de Roma, pueden tener vislumbres de idealidad y de hermosura en un pueblo donde la confusión cosmopolita y el *atomismo* de una mal entendida democracia impiden la formación de una verdadera conciencia nacional.

Diríase que el positivismo genial de la Metrópoli ha sufrido, al transmitirse a sus emancipados hijos de América, una destilación que le priva de todos los elementos de idealidad que le templaban, reduciéndole, en realidad, a la crudeza que, en las exageraciones de la pasión o de la sátira, ha podido atribuirse al positivismo de Inglaterra. El espíritu inglés, bajo la áspera corteza de utilitarismo, bajo la indiferencia mercantil, bajo la severidad puritana, esconde, a no dudarlo, una virtualidad poética escogida, y un profundo venero de sensibilidad, el cual revela, en sentir de Taine, que el fondo primitivo, el fondo germánico de aquella raza, modificada luego por la presión de la conquista y por el hábito de la actividad comercial, fue una extraordinaria exaltación del sentimiento[16]. El espíritu americano no ha recibido en herencia ese instinto poético ancestral que brota, como surgente límpida, del seno de la roca británica, cuando es el Moisés de un arte delicado quien la toca. El pueblo inglés tiene, en la institución de su aristocracia —por anacrónica e injusta que ella sea bajo el aspecto del derecho político—, un alto e inexpugnable baluarte que oponer al mercantilismo ambiente y a la prosa invasora;

---

[15] *Mensonges: (Mentiras).* Paul Bourget publicó esta novela en 1887.
[16] H. Taine: «El pasado y el presente», *Historia de la literatura inglesa.*

tan alto e inexpugnable baluarte que es el mismo Taine quien asegura que desde los tiempos de las ciudades griegas no presentaba la historia ejemplo de una condición de vida más propia para formar y enaltecer el sentimiento de la nobleza humana. En el ambiente de la democracia de América, el espíritu de vulgaridad no halla ante sí relieves inaccesibles para su fuerza de ascensión, y se extiende y propaga como sobre la llaneza de una pampa infinita.

Sensibilidad, inteligencia, costumbre, todo está caracterizado, en el enorme pueblo, por una radical ineptitud de selección, que mantiene, junto al orden mecánico de su actividad material y de su vida política, un profundo desorden en todo lo que pertenece al dominio de las facultades ideales. Fáciles son de seguir las manifestaciones de esta ineptitud, partiendo de las más exteriores y aparentes, para llegar después a otras más esenciales y más íntimas. Pródigo de sus riquezas —porque en su codicia no entra, según acertadamente se ha dicho, ninguna parte de Harpagón[17]—, el norteamericano ha logrado adquirir con ellas, plenamente, la satisfacción y la vanidad de la magnificencia suntuaria; pero no ha logrado adquirir la nota escogida del buen gusto. El arte verdadero sólo ha podido existir, en tal ambiente, a título de rebelión individual. Emerson, Poe, son allí como los ejemplares de una fauna expulsada de su verdadero medio por el rigor de una catástrofe geológica. Habla Bourget, en *Outre-mer*, del acento concentrado y solemne con que la palabra *arte* vibra en los labios de los norteamericanos que ha halagado el favor de la fortuna; de esos recios y acrisolados héroes del *self-help*[18], que aspiran a coronar, con la asimilación de todos los refinamientos humanos, la obra de su encumbramiento reñido. Pero nunca les ha sido dado concebir esa divina actividad que nombran con énfasis sino como un nuevo motivo de satisfacerse su inquietud invasora o como un trofeo de su vanidad. La ignoran, en lo que ella tiene de desinteresado y de escogi-

---

[17] *Harpagón:* es el protagonista de *El avaro* de Molière, caracterizado por su miserable codicia. La identificación se encuentra en *Outre-mer...*, de Bourget.

[18] *Self-help:* ayuda propia, ayuda a sí mismo.

do; la ignoran, a despecho de la munificencia con que la fortuna individual suele emplearse en estimular la formación de un delicado sentido de belleza; a despecho de la esplendidez de los museos y las exposiciones con que se ufanan sus ciudades; a despecho de las montañas de mármol y de bronce que han esculpido para las estatuas de sus plazas públicas. Y si con su nombre hubiera de caracterizarse alguna vez un gusto de arte, él no podría ser otro que el que envuelve la negación del arte mismo: la brutalidad del efecto rebuscado, el desconocimiento de todo tono suave y de toda manera exquisita, el culto de una falsa grandeza, el *sensacionismo* que excluye la noble serenidad inconciliable con el apresuramiento de una vida febril.

La idealidad de lo hermoso no apasiona al descendiente de los austeros puritanos. Tampoco le apasiona la idealidad de lo verdadero. Menosprecia todo ejercicio del pensamiento que prescinda de una inmediata finalidad, por vano e infecundo. No le lleva a la ciencia un desinteresado anhelo de verdad, ni se ha manifestado ningún caso capaz de amarla por sí misma. La investigación no es para él sino el antecedente de la aplicación utilitaria. Sus gloriosos empeños por difundir los beneficios de la educación popular están inspirados en el noble propósito de comunicar los elementos fundamentales del saber al mayor número; pero no nos revelan que, al mismo tiempo que de ese acrecentamiento extensivo de la educación, se preocupe de seleccionarla y elevarla, para auxiliar el esfuerzo de las superioridades que ambicionan erguirse sobre la general mediocridad. Así, el resultado de su porfiada guerra a la ignorancia ha sido la semicultura universal y una profunda languidez de la alta cultura. En igual proporción que la ignorancia radical, disminuyen en el ambiente de esa gigantesca democracia la superior sabiduría y el genio. He aquí por qué la historia de su actividad pensadora es una progresión decreciente de brillo y de originalidad. Mientras en el período de la independencia y la organización surgen para representar, lo mismo el pensamiento que la voluntad de aquel pueblo, muchos nombres ilustres, medio siglo más tarde Tocqueville puede observar, respecto a ellos, que *los dioses se van*. Cuando escribió Tocqueville su obra maestra aún irradiaba, sin embargo, desde Boston, la *ciudadela puritana*, la ciudad de las doctas tradiciones, una gloriosa pléyade que tiene en la historia intelectual de este siglo la magnitud de la universalidad. ¿Quiénes han recogido después la herencia de Channing[19], de Emerson, de Poe? La nivelación mesocrática, apresurando su obra desoladora, tiende a desvanecer el poco carácter que quedaba a aquella precaria intelectualidad. Las alas de sus libros ha tiempo que no llegan a la altura en que sería universalmente posible divisarlos. ¡Y hoy, la más genuina representación del gusto norteamericano, en punto a letras, está en los lienzos grises de un diarismo que no hace pensar en el que un día suministró los materiales de *El Federalista!*[20].

Con relación a los sentimientos morales, el impulso mecánico del utilitarismo ha encontrado el resorte moderador de una fuerte tradición religiosa. Pero no por eso debe creerse que ha cedido la dirección de la conducta a un verdadero principio de desinterés. La religiosidad de los americanos, como derivación extremada de la inglesa, no es más que una fuerza auxiliatoria de la legislación penal, que evacuaría su puesto el día que fuera posible dar a la moral utilitaria la autoridad religiosa que ambicionaba darle Stuart Mill[21]. La más

---

[19] *William Ellery Channing* (1780-1842): teólogo norteamericano que luchó por la abolición de la esclavitud y en apoyo de las clases trabajadoras. Criticó la doctrina calvinista y fundó el «unitarismo», que negaba el dogma de la Trinidad. Es un precursor del liberalismo religioso. En el artículo «Sobre Alberto Nin Frías» escribía Rodó: «Mucho más me agradaría un cristianismo puramente humanitario a lo Channing o a lo Tolstoi» (*O. C.*, pág. 1.003).

[20] *El Federalista:* publicación formada por 85 cartas que aparecieron en Nueva York, en 1778, bajo el pseudónimo de «Publius». Sus verdaderos autores, Alexander Hamilton, Jon Jay y James Madison, demandaban la centralización del poder y el gobierno federal para los Estados Unidos, tema polémico que se suscitó ante la posibilidad de una nueva Constitución durante las reuniones celebradas entonces en Filadelfia.

[21] *John Stuart Mill* (1806-1873): filósofo y político liberal inglés, elaboró en torno al utilitarismo una serie de teorías que afectan a la ética y a la moral. El bien está expresado en un conjunto de reglas que rigen la conducta humana y son válidas en relación con el bien social y la justicia que garantizan. Ese conjunto de reglas, extraídas de la experiencia del hombre en la sociedad, delimitan lo que es el deber. Sin embargo, el individuo se enfrenta a muchas situa-

elevada cúspide de su moral es la moral de Franklin: una filosofía de la conducta que halla su término en lo mediocre de la honestidad, en la utilidad de la prudencia; de cuyo seno no surgirán jamás ni la santidad ni el heroísmo; y que, sólo apta para prestar a la conciencia, en los caminos normales de la vida, el apoyo del bastón de manzano con que marchaba habitualmente su propagador, no es más que un leño frágil cuando se trata de subir las altas pendientes[22]. Tal es la suprema cumbre; pero es en los valles donde hay que buscar la realidad. Aun cuando el criterio moral no hubiera de descender más abajo del utilitarismo probo y mesurado de Franklin, el término forzoso —que ya señaló la sagaz observación de Tocqueville— de una sociedad educada en semejante limitación del deber sería, no por cierto una de esas decadencias soberbias y magníficas que dan la medida de la satánica hermosura del mal en la disolución de los imperios; pero sí una suerte de materialismo pálido y mediocre, y en último resultado el sueño de una enervación sin brillo, por la silenciosa descomposición de todos los resortes de la vida moral. Allí donde el precepto tiende a poner las altas manifestaciones de la abnegación y la virtud fuera del dominio de lo obligatorio, la realidad hará retroceder indefinidamente el límite de la obligación. Pero la escuela de la prosperidad material, que será siempre ruda prueba para la austeridad de las repúblicas, ha llevado más lejos la llaneza de la concepción de la conducta racional que hoy gana los espíritus. Al código de Franklin han sucedido otros de más francas tendencias como expresión de la sabiduría nacional. Y no hace aún cinco años el voto público consagraba en todas las ciudades norteamericanas, con las más inequívocas manifestaciones de la popularidad y de la crítica, la nueva ley moral en que, desde la puritana Boston,

---

ciones en que debe elegir libremente, sin que sus actos sean enjuiciados según esas normas como buenos o malos. Ninguna censura exterior puede condenar lo más valioso del hombre: su albedrío y dignidad.

[22] *Benjamin Franklin* (1706-1790): científico, político y co-autor de la Declaración de Independencia de los Estados Unidos, basó su pensamiento en la utilidad práctica, en el bien común, en la eficacia y en el progreso científico.

anunciaba solemnemente el autor de cierto docto libro que se intitulaba *Pushing to the front**, que el éxito debía ser considerado la finalidad suprema de la vida. La revelación tuvo eco aun en el seno de las comuniones cristianas, y se citó una vez, a propósito del libro afortunado, ¡la *Imitación* de Kempis[23], como término de comparación!

La vida pública no se sustrae, por cierto, a las consecuencias del crecimiento del mismo germen de desorganización que lleva aquella sociedad en sus entrañas. Cualquier mediano observador de sus costumbres políticas os hablará de cómo la obsesión del interés utilitario tiende progresivamente a enervar y empequeñecer en los corazones el sentimiento del derecho. El valor cívico, la virtud vieja de los Hamilton, es una hoja de acero que se oxida, cada día más olvidada, entre las telarañas de las tradiciones[24]. La venalidad, que empieza desde el voto público, se propaga a todos los resortes institucionales. El gobierno de la mediocridad vuelve vana la emulación que realza los caracteres y las inteligencias y que los entona con la perspectiva de la efectividad de su dominio. La democracia, a la que no han sabido dar el regulador de

---

* Por M. Orrison Swett Marden, Boston, 1985 [nota de J. E. R.]. Brotherston señala, pese a este reparo, la gran proximidad de las ideas de Rodó a esta obra, muy divulgada en el mundo hispánico a partir de su primera edición de 1894.

[23] *Tomás de Kempis* (c. 1379-1471): sacerdote alemán; escribió obras de teología y se le atribuye la *Imitación de Cristo*. Escrita en latín, esta obra predica una religiosidad simple, dentro del espíritu reformista de la *Devotio moderna*, movimiento ascético y místico nacido a finales del siglo XIV en los Países Bajos. Entiende la devoción como oración y meditación, vehículos más válidos para acceder a Dios que otras vías más intelectualistas. La obra, traducida por Fray Luis de Granada, conservará su vigencia hasta el siglo XIX. En el modernismo hispanoamericano, a través de varios autores como Amado Nervo, Manuel Díaz Rodríguez y el mismo Rodó, se encontrará la huella de esta religiosidad ajena a los boatos del culto católico.

[24] *Los Hamilton:* se refiere Rodó a Alexander Hamilton (1757-1804), héroe de la Guerra de Independencia, ayudante y secretario de Washington. Fue uno de los redactores de la Constitución de los Estados Unidos y fundó el partido federal. Su radicalismo en esta materia se refleja en su defensa de las oligarquías como fuerzas de concentración del capital, de la centralización del poder y de la limitación del voto, excluyendo a los pobres. Su creciente radicalismo dio lugar a una escisión en el partido.

una alta y educadora noción de las superioridades humanas, tendió siempre entre ellos a esa brutalidad abominable del número que menoscaba los mejores beneficios morales de la libertad y anula en la opinión el respeto de la dignidad ajena. Hoy, además, una formidable fuerza se levanta a contrastar de la peor manera posible el absolutismo del número. La influencia política de una plutocracia representada por los todopoderosos aliados de los *trusts*, monopolizadores de la producción y dueños de la vida económica, es, sin duda, uno de los rasgos más merecedores de interés en la actual fisonomía del gran pueblo. La formación de esta plutocracia ha hecho que se recuerde, con muy probable oportunidad, el advenimiento de la clase enriquecida y soberbia que, en los últimos tiempos de la república romana, es uno de los antecedentes visibles de la ruina de la libertad y de la tiranía de los Césares. ¡Y el exclusivo cuidado del engrandecimiento material —numen de aquella civilización— impone así la lógica de sus resultados en la vida política, como en todos los órdenes de la actividad, dando el rango primero al *struggle-for-lifer*[25] osado y astuto, convertido por la brutal eficacia de su esfuerzo en la suprema personificación de la energía nacional —en el postulante a su *representación* emersoniana— en el *personaje reinante* de Taine![26].

Al impulso que precipita aceleradamente la vida del espíritu en el sentido de la desorientación ideal y el egoísmo utilitario corresponde, físicamente, ese otro impulso que, en la expansión del asombroso crecimiento de aquel pueblo, lleva sus multitudes y sus iniciativas en dirección a la inmensa zona occidental que en tiempos de la independencia era el misterio velado por las selvas del Mississippi. En efecto, es en ese improvisado Oeste, que crece formidable frente a los viejos estados del Atlántico y reclama para un cercano porvenir

---

[25] *Struggle-for-lifer:* «el que lucha por la vida». G. B. anota que la expresión se encuentra en la dedicatoria de *Le disciple*, de P. Bourget, quien la toma a su vez de Alphonse Daudet.

[26] *«Personaje reinante»:* en *Philosophie de l'art* (1865), Taine se refiere al tipo humano en que se aúnan las características que sus contemporáneos admiran (G. B.).

la hegemonía, donde está la más fiel representación de la vida norteamericana en el actual instante de su evolución. Es allí donde los definitivos resultados, los lógicos y naturales frutos del espíritu que ha guiado a la poderosa democracia desde sus orígenes, se muestran de relieve a la mirada del observador y le proporcionan un punto de partida para imaginarse la faz del inmediato futuro del gran pueblo. Al virginiano y al yanqui ha sucedido, como tipo representativo, ese dominador de las ayer desiertas praderas refiriéndose al cual decía Michel Chevalier, hace medio siglo, que «los últimos serían un día los primeros»[27]. El utilitarismo, vacío de todo contenido ideal, la vaguedad cosmopolita y la nivelación de la democracia bastarda alcanzarán, con él, su último triunfo. Todo elemento noble de aquella civilización, todo lo que la vincula a generosos recuerdos y fundamenta su dignidad histórica —el legado de los tripulantes del *Flor de Mayo*[28], la memoria de los patricios de Virginia y de los caballeros de la Nueva Inglaterra, el espíritu de los ciudadanos y los legisladores de la emancipación—, quedará dentro de los viejos estados donde Boston y Filadelfia mantienen aún, según expresivamente se ha dicho, «el palladium de la tradición washingtoniana». Chicago se alza a reinar. Y su confianza en la superioridad que lleva sobre el litoral iniciador del Atlántico se funda en que le considera demasiado reaccionario, demasiado europeo, demasiado tradicionalista. ¡La historia no da títulos cuando el procedimiento de elección es la subasta de la púrpura!

A medida que el utilitarismo genial de aquella civilización asume así caracteres más definidos, más francos, más estrechos, aumentan, con la embriaguez de la prosperidad mate-

---

[27] *Michel Chevalier* (1806-1879): economista francés, entusiasta defensor del libre comercio e inspirador del expansionismo francés hacia América del Sur, divulgó en sus *Cartas sobre América del Norte* (1837) el concepto de una América Latina opuesta a la América anglosajona. G. B.: en «El yankee y el virginiano» se encuentra la referencia que cita Rodó. Se le atribuye la denominación de «América Latina» que, con sentidos diversos, harán suyas Francisco Bilbao y Torres Caicedo a mediados del XIX.
[28] *Flor de Mayo:* el navío *Mayflower* llevó desde Southampton a los puritanos ingleses que a fines de 1620 fundaron Plymouth, en Nueva Inglaterra.

rial, las impaciencias de sus hijos por propagarla y atribuirle la predestinación de un magisterio romano. Hoy, ellos aspiran manifiestamente al primado de la cultura universal, a la dirección de las ideas, y se consideran a sí mismos los forjadores de un tipo de civilización que prevalecerá. Aquel discurso semiirónico que Laboulaye[29] pone en boca de un escolar de su París americanizado para significar la preponderancia que concedieron siempre en el propósito educativo a cuanto favorezca el orgullo del sentimiento nacional, tendría toda la seriedad de la creencia más sincera en labios de cualquier americano viril de nuestros días. En el fondo de su declarado espíritu de rivalidad hacia Europa hay un menosprecio que es ingenuo, y hay la profunda convicción de que ellos están destinados a oscurecer, en breve plazo, su superioridad espiritual y su gloria, cumpliéndose una vez más, en las evoluciones de la civilización humana, la dura ley de los misterios antiguos en que el iniciado daba muerte al iniciador. Inútil sería tender a convencerles de que, aunque la contribución que han llevado a los progresos de la libertad y de la utilidad haya sido, indudablemente, cuantiosa, y aunque debiera atribuírsele en justicia la significación de una obra universal, de una obra *humana*, ella es insuficiente para hacer transmudarse, en dirección al nuevo Capitolio, el eje del mundo. Inútil sería tender a convencerles de que la obra realizada por la perseverante genialidad del aria europeo[30] desde que, hace tres mil años, las orillas del Mediterráneo, civilizador y glorioso, se ciñeron jubilosamente la guirnalda de las ciudades helénicas; la obra que aún continúa realizándose y de cuyas tradiciones y enseñanzas vivimos, es una suma con la cual no puede formar ecuación la fórmula *Washington más Edison*. ¡Ellos aspirarían a revisar el Génesis para ocupar esa primera página! Pero además de la relativa insuficiencia de la parte que les es dado reivindicar en la educación de la humanidad, su carácter mismo

---

[29] *René Lefebvre-Laboulaye:* autor de *Paris en Amérique* (1863).
[30] *Aria* (o *ario):* perteneciente al pueblo primitivo que originó los pueblos indoeuropeos de la India y de Irán. Se les atribuía un origen étnico mediterráneo, y se les solía considerar el origen de la raza blanca en general.

les niega la posibilidad de la hegemonía. Naturaleza no les ha concedido el genio de la propaganda ni la vocación apostólica. Carecen de ese don superior de amabilidad —en alto sentido— de ese extraordinario poder de simpatía con que las razas que han sido dotadas de un cometido providencial de educación saben hacer de su cultura algo parecido a la belleza de la Helena clásica, en la que todos creían reconocer un rasgo propio. Aquella civilización puede abundar, o abunda indudablemente, en sugestiones y en ejemplos fecundos; ella puede inspirar admiración, asombro, respeto; pero es difícil que cuando el extranjero divisa de alta mar su gigantesco símbolo: la Libertad de Bartholdi[31], que yergue triunfalmente su antorcha sobre el puerto de Nueva York, se despierte en su ánimo la emoción profunda y religiosa con que el viajero antiguo debía ver surgir, en las noches diáfanas del Ática, el toque luminoso que la lanza de oro de la Atenea de la Acrópolis dejaba notar a la distancia en la pureza del ambiente sereno.

Y advertid que cuando, en nombre de los derechos del espíritu, niego al utilitarismo norteamericano ese carácter típico con que quiere imponérsenos como suma y modelo de civilización, no es mi propósito afirmar que la obra realizada por él haya de ser enteramente perdida con relación a lo que podríamos llamar *los intereses del alma*. Sin el brazo que nivela y construye, no tendría paz el que sirve de apoyo a la noble frente que piensa. Sin la conquista de cierto bienestar material es imposible, en las sociedades humanas, el reino del espíritu. Así lo reconoce el mismo aristocrático idealismo de Renan cuando realza, del punto de vista de los intereses morales de la especie y de su selección espiritual en lo futuro, la significación de la obra utilitaria de este siglo. «Elevarse sobre la necesidad —agrega el maestro— es redimirse»[32]. En lo re-

---

[31] *Frédéric August Bartholdi* (1804-1904): escultor francés, entre sus obras se cuenta la famosa estatua de la *Libertad iluminando al mundo* (1886), a la que se refiere Rodó.

[32] Renan, en *L'Avenir de la science. Pensées de 1848* (1890), se refiere al esfuerzo redentor de las clases pobres cuando luchan por elevar su nivel de vida y de cultura, recurriendo a la historia del estoico Cleanto, que Rodó comenta al final de la segunda parte de *Ariel*.

moto del pasado, los efectos de la prosaica e interesada actividad del mercader que por primera vez pone en relación a un pueblo con otros tienen un incalculable alcance idealizador; puesto que contribuyen eficazmente a multiplicar los instrumentos de la inteligencia, a pulir y suavizar las costumbres, y a hacer posibles, quizá, los preceptos de una moral más avanzada. La misma fuerza positiva aparece propiciando las mayores idealidades de la civilización. El oro acumulado por el mercantilismo de las repúblicas italianas «pagó —según Saint-Victor— los gastos del Renacimiento»[33]. Las naves que volvían de los países de *Las mil y una noches*, colmadas de especias y marfil, hicieron posible que Lorenzo de Médicis renovara, en las lonjas de los mercaderes florentinos, los convites platónicos[34]. La historia muestra en definitiva una inducción recíproca entre los progresos de la actividad utilitaria y la ideal. Y así como la utilidad suele convertirse en fuerte escudo para las idealidades, ellas provocan con frecuencia (a condición de no proponérselo directamente) los resultados de lo útil. Observa Bagehot, por ejemplo, cómo los inmensos beneficios positivos de la navegación no existirían acaso para la Humanidad si en las edades primitivas no hubiera habido soñadores y ociosos —¡seguramente, mal comprendidos de sus contemporáneos!— a quienes interesase la contemplación de lo que pasaba en las esferas del cielo. Esta ley de armonía nos enseña a respetar el brazo que labra el duro terruño de la prosa. La obra del positivismo norteamericano servirá a la causa de Ariel, en último término. Lo que aquel pueblo de cíclopes ha conquistado directamente para el bienestar material con su

---

[33] *Paul de Saint-Victor* (1827-1881): crítico literario de gusto romántico, sucedió a Théophile Gautier como crítico en *La Presse*.

[34] *Lorenzo de Médicis* (1449-1492): perteneciente a una familia de banqueros florentinos, entre 1462 y 1492 su gobierno conjugó la prosperidad material, el desarrollo político y militar y la protección a las artes. Permitió el auge del Renacimiento italiano gracias a su mecenazgo, apoyando a los grandes artistas del momento, fundando la Biblioteca Laurenciana y la Academia que, inspirada en Platón, convocó a los más importantes pensadores neoplatónicos del siglo XV, como Marsilio Ficino, Poliziano, Leon Battista Alberti, Pico della Mirandola y el propio Lorenzo de Médicis. Rodó evocará repetidas veces como modelo la cultura de Florencia bajo los auspicios de este príncipe.

sentido de lo útil y su admirable aptitud de la invención mecánica, lo convertirán otros pueblos, o él mismo en lo futuro,
en eficaces elementos de selección. Así, la más preciosa y fundamental de las adquisiciones del espíritu —el alfabeto, que
da alas de inmortalidad a la palabra—, nace en el seno de las
factorías cananeas y es el hallazgo de una civilización mercantil que, al utilizarlo con fines exclusivamente mercenarios,
ignoraba que el genio de razas superiores lo transfiguraría
convirtiéndole en el medio de propagar su más pura y luminosa esencia. La relación entre los bienes positivos y los bienes intelectuales y morales es, pues, según la adecuada comparación de Fouillée, un nuevo aspecto de la cuestión de la
equivalencia de las fuerzas que, así como permite transformar
el movimiento en calórico, permite también obtener, de las
ventajas materiales, elementos de superioridad espiritual.

Pero la vida norteamericana no nos ofrece aún un nuevo
ejemplo de esa relación indudable, ni nos lo anuncia como
gloria de una posteridad que se vislumbre. Nuestra confianza
y nuestros votos deben inclinarse a que, en un porvenir más
inaccesible a la inferencia, esté reservado a aquella civilización
un destino superior. Por más que, bajo el acicate de su actividad vivísima, el breve tiempo que la separa de su aurora haya
sido bastante para satisfacer el gasto de vida requerido por
una evolución inmensa, su pasado y su actualidad no pueden
ser sino un introito con relación a lo futuro. Todo demuestra
que ella está aún muy lejana de su fórmula definitiva. La energía asimiladora que le ha permitido conservar cierta uniformidad y cierto temple genial, a despecho de las enormes invasiones de elementos étnicos opuestos a los que hasta hoy
han dado el tono a su carácter, tendrá que reñir batallas cada
día más difíciles, y en el utilitarismo proscriptor de toda idealidad no encontrará una inspiración suficientemente poderosa para mantener la atracción del sentimiento solidario. Un
pensador ilustre, que comparaba al esclavo de las sociedades
antiguas con una partícula no digerida por el organismo social, podría quizá tener una comparación semejante para caracterizar la situación de ese fuerte colono de procedencia ger-
mánica que, establecido en los estados del centro y del Far-
West, conserva intacta, en su naturaleza, en su sociabilidad,

en sus costumbres, la impresión del genio alemán que, en muchas de sus condiciones características más profundas y enérgicas, debe ser considerado una verdadera antítesis del genio americano. Por otra parte, una civilización que esté destinada a vivir y a dilatarse en el mundo; una civilización que no haya perdido, momificándose a la manera de los imperios asiáticos, la aptitud de la variabilidad, no puede prolongar indefinidamente la dirección de sus energías y de sus ideas en un único y exclusivo sentido.

Esperemos que el espíritu de aquel titánico organismo social, que ha sido hasta hoy *voluntad* y *utilidad* solamente, sea también algún día inteligencia, sentimiento, idealidad. Esperemos que, de la enorme fragua, surgirá, en último resultado, el ejemplar humano, generoso, armónico, selecto, que Spencer, en un ya citado discurso, creía poder augurar como término del costoso proceso de refundición. Pero no le busquemos ni en la realidad presente de aquel pueblo ni en la perspectiva de sus evoluciones inmediatas; y renunciemos a ver el tipo de una civilización ejemplar donde sólo existe un boceto tosco y enorme, que aún pasará necesariamente por muchas rectificaciones sucesivas antes de adquirir la serena y firme actitud con que los pueblos que han alcanzado un perfecto desenvolvimiento de su genio presiden al glorioso coronamiento de su obra, como en *el sueño del cóndor* que Leconte de Lisle[35] ha descrito con su soberbia majestad, terminando, en olímpico sosiego, la ascensión poderosa, más arriba de las cumbres de la Cordillera!

---

[35] *Charles-Marie-René Leconte de Lisle* (1818-1894): aunque Rodó criticó la frialdad de la estética parnasiana, admiró la obra de este poeta francés, que expresó su escepticismo ante su época refugiándose en la recreación estética de la belleza helénica o exótica en sus libros *Poemas antiguos* (1852) y *Poemas bárbaros* (1862).

VI

[No existe pueblo verdaderamente grande para la historia, sin un ideal desinteresado. No basta la grandeza material para la gloria de los pueblos. Ejemplos históricos. El pensamiento y la grandeza material de las ciudades. Aplicación de lo anterior a las condiciones de la vida de América. Confianza en el porvenir. Nos toca trabajar en beneficio del porvenir. La dignidad humana exige que se piense en lo futuro y se trabaje para él. Simbolismo de Ariel.]

Ante la posteridad, ante la historia, todo gran pueblo debe aparecer como una vegetación cuyo desenvolvimiento ha tendido armoniosamente a producir un fruto en el que su savia acrisolada ofrece al porvenir la idealidad de su fragancia y la fecundidad de su simiente. Sin este resultado duradero, *humano*, levantado sobre la finalidad transitoria de lo *útil*, el poder y la grandeza de los imperios no son más que una noche de sueño en la existencia de la Humanidad; porque, como las visiones personales del sueño, no merecen contarse en el encadenamiento de los hechos que forman la trama activa de la vida.

Gran civilización, gran pueblo —en la acepción que tiene valor para la historia— son aquellos que, al desaparecer materialmente en el tiempo, dejan vibrante para siempre la melodía surgida de su espíritu y hacen persistir en la posteridad su legado imperecedero —según dijo Carlyle del alma de sus «héroes»—: *como una nueva y divina porción de la suma de las cosas.* Tal, en el poema de Goethe, cuando la Elena evocada del reino de la noche vuelve a descender al Orco sombrío, deja a Fausto su túnica y su velo. Estas vestiduras no son la misma deidad; pero participan, habiéndolas llevado ella consigo, de su alteza divina, y tienen la virtud de elevar a quien las posee por encima de las cosas vulgares[1].

Una sociedad definitivamente organizada que limite su idea de la civilización a acumular abundantes elementos de prosperidad, y su idea de la justicia a distribuirlos equitativamente entre los asociados, no hará de las ciudades donde habite nada que sea distinto, por esencia, del hormiguero o la colmena. No son bastantes ciudades populosas, opulentas, magníficas, para probar la constancia y la intensidad de una civilización. La gran ciudad es, sin duda, un organismo necesario de la alta cultura. Es el ambiente natural de las más altas manifestaciones del espíritu. No sin razón ha dicho Quinet que «el alma que acude a beber fuerzas y energía en la íntima comunicación con el linaje humano, esa alma que constituye el grande hombre, no puede formarse y dilatarse en medio de los pequeños partidos de una ciudad pequeña»[2]. Pero así la grandeza cuantitativa de la población como la grandeza material de sus instrumentos, de sus armas, de sus habitaciones, son sólo *medios* del genio civilizador, y en ningún caso resultados en los que él pueda detenerse. De las piedras que compusieron a Cartago, no dura una partícula transfigurada en espíritu y en luz. La inmensidad de Babilonia y de Nínive no representa en la memoria de la Humanidad el hueco de una mano si se la compara con el espacio que va desde la Acrópolis al Pireo. Hay una perspectiva ideal en la que la ciudad no aparece grande sólo porque prometa ocupar el área inmensa que había edificada en torno a la torre de Nemrod[3]; ni aparece fuerte sólo porque sea capaz de levantar de nuevo ante sí los muros babilónicos sobre los que era posible hacer pasar seis carros de frente; ni aparece hermosa sólo

---

[1] Se refiere Rodó al parlamento de Forquias en *Fausto*, II, III, también comentado por Carlyle.

[2] *Edgard Quinet* (1803-1875): filósofo, poeta, político e historiador francés. De ideas liberales y antirreligiosas, estudió desviaciones heterodoxas del cristianismo y la Inquisición. La cita pertenece a su obra *La création* (1870).

[3] *La torre de Nemrod:* Babel. Nemrod (o Nimrud), según el *Génesis* (10, 8-12), fue nieto de Cam y fundó el imperio babilónico.

porque, como Babilonia, luzca en los paramentos de sus palacios losas de alabastro y se enguirnalde con los jardines de Semíramis[4].

Grande es en esa perspectiva la ciudad, cuando los arrabales de su espíritu alcanzan más allá de las costumbres y los mares, y cuando, pronunciado su nombre, ha de iluminarse para la posteridad toda una jornada de la historia humana, todo un horizonte del tiempo. La ciudad es fuerte y hermosa cuando sus días son algo más que la invariable repetición de un mismo eco, reflejándose indefinidamente de uno en otro círculo de una eterna espiral; cuando hay algo en ella que flota por encima de la muchedumbre; cuando entre las luces que se encienden durante sus noches está la lámpara que acompaña la soledad de la vigilia inquietada por el pensamiento y en la que se incuba la idea que ha de surgir al sol del otro día convertida en el grito que congrega y la fuerza que conduce las almas.

Entonces sólo la extensión y la grandeza material de la ciudad pueden dar la medida para calcular la intensidad de su civilización. Ciudades regias, soberbias aglomeraciones de casas, son para el pensamiento un cauce más inadecuado que la absoluta soledad del desierto, cuando el pensamiento no es el señor que las domina. Leyendo el *Maud*, de Tennyson, hallé una página que podría ser el símbolo de este tormento del espíritu allí donde la sociedad humana es para él un género de soledad. Presa de angustioso delirio, el héroe del poema se sueña muerto y sepultado, a pocos pies dentro de tierra, bajo el pavimento de una calle de Londres. A pesar de la muerte, su conciencia permanece adherida a los fríos despojos de su cuerpo. El clamor confuso de la calle, propagándose en sorda vibración hasta la estrecha cavidad de la tumba, impide en ella todo sueño de paz. El peso de la multitud indiferente gravita a toda hora sobre la triste prisión de aquel espíritu, y los cascos de los caballos que pasan parecen empeñarse en estampar sobre él un sello de oprobio. Los días se suceden con

---

[4] *Semíramis:* personaje mítico que, según la leyenda, fue reina de Asiria y Babilonia.

lentitud inexorable. La aspiración de Maud consistiría en hundirse más dentro, mucho más dentro, de la tierra. El ruido ininteligente del tumulto sólo sirve para mantener en su conciencia desvelada el pensamiento de su cautiverio[5].

Existen ya, en nuestra América Latina, ciudades cuya grandeza material y cuya suma de civilización aparente las acercan con acelerado paso a participar del primer rango en el mundo. Es necesario temer que el pensamiento sereno que se aproxime a golpear sobre las exterioridades fastuosas, como sobre un cerrado vaso de bronce, sienta el ruido desconsolador del vacío. Necesario es temer, por ejemplo, que ciudades cuyo nombre fue un glorioso símbolo en América, que tuvieron a Moreno[6], a Rivadavia[7], a Sarmiento; que llevaron la iniciativa de una inmortal Revolución; ciudades que hicieron dilatarse por toda la extensión de un continente, como en el armonioso desenvolvimiento de las ondas concéntricas que levanta el golpe de la piedra sobre el agua dormida, la gloria de sus héroes y la palabra de sus tribunos, puedan terminar en Sidón, en Tiro, en Cartago.

A vuestra generación toca impedirlo; a la juventud que se levanta, sangre y músculo y nervio del porvenir. Quiero considerarla personificada en vosotros. Os hablo ahora figurándome que sois los destinados a guiar a los demás en los combates por la causa del espíritu. La perseverancia de vuestro esfuerzo debe identificarse en vuestra intimidad con la certeza del triunfo. No desmayéis en predicar el Evangelio de la delicadeza a los escitas, el Evangelio de la inteligencia a los beocios, el Evangelio del desinterés a los fenicios[8].

---

[5] *Maud*: poema publicado en 1855 por el escritor romántico inglés Lord Alfred Tennyson (1809-1892). A través de un monólogo lírico el protagonista narra desde su infancia hasta el trágico desenlace de su experiencia amorosa.

[6] *Mariano Moreno* (1788-1811): secretario de la primera Junta gubernativa que se constituyó en Buenos Aires en 1810. Dirigía la facción revolucionaria más radical entre las que luchaban por la independencia frente a España.

[7] *Bernardino Rivadavia* (1780-1845): político argentino. Tras haber sido ministro de Relaciones Exteriores y de Gobierno de Buenos Aires, en 1826 fue nombrado presidente de las Provincias Unidas del Río de la Plata, cargo que abandonó al año siguiente.

[8] *Escitas, beocios, fenicios:* estos tres pueblos de la antigüedad consiguieron

Basta que el pensamiento insista en *ser* —en demostrar que existe, con la demostración que daba Diógenes del movimiento— para que su dilatación sea ineluctable y para que su triunfo sea seguro[9].

El pensamiento se conquistará, palmo a palmo, por su propia espontaneidad, todo el espacio de que necesite para afirmar y consolidar su reino entre las demás manifestaciones de la vida. Él, en la organización individual, levanta y engrandece, con su actividad continuada, la bóveda del cráneo que le contiene. Las razas pensadoras revelan, en la capacidad creciente de sus cráneos, ese empuje del obrero interior. Él, en la organización social, sabrá también engrandecer la capacidad de su escenario, sin necesidad de que para ello intervenga ninguna fuerza ajena a él mismo. Pero tal persuasión, que debe defenderos de un desaliento cuya única utilidad consistiría en eliminar a los mediocres y los pequeños de la lucha, debe preservaros también de las impaciencias que exigen vanamente del tiempo la alteración de su ritmo imperioso.

Todo el que se consagra a propagar y defender, en la América contemporánea, un ideal desinteresado del espíritu —arte, ciencia, moral, sinceridad religiosa, política de ideas—, debe educar su voluntad en el culto perseverante del porvenir. El pasado perteneció todo entero al brazo que combate; el presente pertenece, casi por completo también, al tosco brazo que nivela y construye; el porvenir —un porvenir tanto más cercano cuanto más enérgicos sean la voluntad y el pensamiento de los que le ansían— ofrecerá, para el desenvolvimiento de superiores facultades del alma, la estabilidad, el escenario y el ambiente.

¿No la veréis vosotros, la América que nosotros soñamos; hospitalaria para las cosas del espíritu, y no tan sólo para las

---

una célebre prosperidad material, pero también pasaron a la historia con matices psicológicos peyorativos. Los escitas fueron considerados bárbaros por sus costumbres poco civilizadas, los beocios tuvieron fama de torpes y los fenicios de materialistas y mercantilistas.

[9] *Diógenes:* Rodó hace alusión a una anécdota del filósofo griego Diógenes el Cínico (413 a. C. -327): asistía a una lección en la que Zenón de Elea negaba el movimiento, cuando Diógenes se levantó y, en silencio, se puso a andar.

muchedumbres que se amparen a ella; pensadora, sin menoscabo de su aptitud para la acción; serena y firme a pesar de sus entusiasmos generosos; resplandeciente con el encanto de una seriedad temprana y suave, como la que realza la expresión de un rostro infantil cuando en él se revela, al través de la gracia intacta que fulgura, el pensamiento inquieto que despierta?... Pensad en ella a lo menos; el honor de vuestra historia futura depende de que tengáis constantemente ante los ojos del alma la visión de esa América regenerada, cerniéndose de lo alto sobre las realidades del presente, como en la nave gótica el vasto rosetón que arde en luz sobre lo austero de los muros sombríos. No seréis sus fundadores, quizá; seréis los precursores que inmediatamente la precedan. En las sanciones glorificadoras del futuro hay también palmas para el recuerdo de los precursores. Edgard Quinet, que tan profundamente ha penetrado en las armonías de la historia y la Naturaleza, observa que para preparar el advenimiento de un nuevo tipo humano, de una nueva unidad social, de una personificación nueva de la civilización, suele precederles de lejos un grupo disperso y prematuro, cuyo papel es análogo en la vida de las sociedades al de las *especies proféticas* de que a propósito de la evolución biológica habla Héer[10]. El tipo nuevo empieza por significar, apenas, diferencias individuales y aisladas; los individualismos se organizan más tarde en variedad; y por último, la variedad encuentra para propagarse un medio que la favorece, y entonces ella asciende quizá al rango específico: entonces —digámoslo con las palabras de Quinet— *el grupo se hace muchedumbre, y reina.*

He ahí por qué vuestra filosofía moral en el trabajo y el combate debe ser el reverso del *carpe diem* horaciano; una filosofía que no se adhiera a lo presente sino como al peldaño donde afirmar el pie o como a la brecha por donde entrar en

---

[10] *Oswald Heer* (1809-1883): paleontólogo suizo que se especializó en la fauna y la flora terciarias en la zona helvética y croata. Nuevamente Rodó acude a la terminología científica para ilustrar un proceso intelectual. Como señala Brotherston, Quinet, traductor de Héer, toma de él la expresión «Las especies proféticas» para titular el segundo capítulo de *La creación*, a la que se refiere Rodó cuando cita a Quinet al final de este mismo párrafo.

muros enemigos. No aspiraréis, en lo inmediato, a la consagración de la victoria definitiva, sino a procuraros mejores condiciones de lucha. Vuestra energía viril tendrá con ello un estímulo más poderoso, puesto que hay la virtualidad de un interés dramático mayor en el desempeño de ese papel, activo esencialmente, de renovación y de conquista, propio para acrisolar las fuerzas de una generación heroicamente dotada, que en la serena y olímpica actitud que suelen las edades de oro del espíritu imponer a los oficiantes solemnes de su gloria. «No es la posesión de los bienes —ha dicho profundamente Taine, hablando de las alegrías del Renacimiento—; no es la posesión de bienes, sino su adquisición, lo que da a los hombres el placer y el sentimiento de su fuerza[11].

Acaso sea atrevida y candorosa esperanza creer en un aceleramiento tan continuo y dichoso de la evolución, en una eficacia tal de vuestro esfuerzo que baste el tiempo concedido a la duración de una generación humana para llevar en América las condiciones de la vida intelectual, desde la incipiencia en que las tenemos ahora, a la categoría de un verdadero interés social y a una cumbre que de veras domine. Pero, donde no cabe la transformación total, cabe el progreso; y aun cuando supierais que las primicias del suelo penosamente trabajado no habrían de servirse en vuestra mesa jamás, ello sería, si sois generosos, si sois fuertes, un nuevo estímulo en la intimidad de vuestra conciencia. La obra mejor es la que se realiza sin las impaciencias del éxito inmediato; y el más glorioso esfuerzo es el que pone la esperanza más allá del horizonte visible; y la abnegación más pura es la que se niega en lo presente, no ya la compensación del lauro y el honor ruidoso, sino aun la voluptuosidad moral que se solaza en la contemplación de la obra consumada y el término seguro.

Hubo en la antigüedad altares para los «dioses ignorados». Consagrad una parte de vuestra alma al porvenir desconocido. A medida que las sociedades avanzan, el pensamiento del porvenir entra por mayor parte como uno de los factores de su evolución y una de las inspiraciones de sus obras. Desde la

---

[11] Taine: *Historia de la literatura inglesa* (G. B.).

imprevisión oscura del salvaje, que sólo divisa del futuro lo que falta para el terminar de cada periodo de sol y no concibe cómo los días que vendrán pueden ser gobernados en parte desde el presente, hasta nuestra preocupación solícita y previsora de la posteridad, media un espacio inmenso, que acaso parezca breve y miserable algún día. Sólo somos capaces de progreso en cuanto lo somos de adaptar nuestros actos a condiciones cada vez más distantes de nosotros en el espacio y en el tiempo. La seguridad de nuestra intervención en una obra que haya de sobrevivirnos, fructificando en los beneficios del futuro, realza nuestra dignidad humana haciéndonos triunfar en las limitaciones de nuestra naturaleza. Si, por desdicha, la Humanidad hubiera de desesperar definitivamente de la inmortalidad de la conciencia individual, el sentimiento más religioso con que podría sustituirla sería el que nace de pensar que, aun después de disuelta nuestra alma en el seno de las cosas, persistiría en la herencia que se transmiten las generaciones humanas lo mejor de lo que ella ha sentido y ha soñado, su esencia más íntima y más pura, al modo como el rayo lumínico de la estrella extinguida persiste en lo infinito y desciende a acariciarnos con su melancólica luz.

El porvenir es en la vida de las sociedades humanas el pensamiento idealizador por excelencia. De la veneración piadosa del pasado, del culto de la tradición por una parte, y por la otra del atrevido impulso hacia lo venidero, se compone la noble fuerza que, levantando el espíritu colectivo sobre las limitaciones del presente, comunica a las agitaciones y los sentimientos sociales un sentido ideal. Los hombres y los pueblos trabajan, en sentir de Fouillée, bajo la inspiración de las ideas, como los irracionales bajo la inspiración de los instintos; y la sociedad que lucha y se esfuerza, a veces sin saberlo, por imponer una idea a la realidad, imita, según el mismo pensador, la obra instintiva del pájaro que, al construir el nido bajo el imperio de una imagen interna que le obsede, obedece a la vez a un recuerdo inconsciente del pasado y a un presentimiento misterioso del porvenir[12].

---

[12] Fouillée: *L'idée moderne du droit.*

Eliminando la sugestión del interés egoísta de las almas, el pensamiento inspirado en la preocupación por destinos ulteriores a nuestra vida, todo lo purifica y serena, todo lo ennoblece; y es un alto honor de nuestro siglo el que la fuerza obligatoria de esa preocupación por lo futuro, el sentimiento de esa elevada imposición de la dignidad del ser racional, se hayan manifestado tan claramente en él que, aun en el seno del más absoluto pesimismo, aun en el seno de la amarga filosofía que ha traído a la civilización occidental, dentro del loto de Oriente, el amor de la disolución y la nada, la voz de Hartmann ha predicado, con la apariencia de la lógica, el austero deber de continuar la obra del perfeccionamiento, de trabajar en beneficio del porvenir, para que, acelerada la evolución por el esfuerzo de los hombres, llegue ella con más rápido impulso a su término final, que será el término de todo dolor y toda vida[13].

Pero no, como Hartmann, en nombre de la muerte, sino en el de la vida misma y la esperanza, yo os pido una parte de vuestra alma para la obra del futuro. Para pedíroslo, he querido inspirarme en la imagen dulce y serena de mi Ariel. El bondadoso genio en quien Shakespeare acertó a infundir, quizá con la divina inconsciencia frecuente en las adivinaciones geniales, tan alto simbolismo, manifiesta claramente en la estatua su situación ideal, admirablemente traducida por el arte en líneas y contornos. Ariel es la razón y el sentimiento superior. Ariel es este sublime instinto de perfectibilidad, por cuya virtud se magnifica y convierte en centro de las cosas la arcilla humana a la que viene vinculada su luz, la *miserable arcilla* de que los genios de Arimanes hablaban a Manfredo[14]. Ariel

---

[13] *K. R. Eduard von Hartmann (1842-1906):* filósofo alemán, es el autor de *Filosofía del inconsciente* (1869), obra que parte de la idea de «Voluntad» de Schopenhauer y del concepto de «idea racional» de Hegel para formular una teoría según la cual la razón guía a la voluntad instintiva y ciega tratando de conducirla hacia la acción lúcida y controlada. Anticipándose a Freud, Von Hartmann concibió un espacio de la mente donde las ideas y los impulsos residen antes de hacerse conscientes, y desde donde actúan en la conducta sin que el individuo sea consciente de ello. La voluntad, aliada con la razón, será entonces el medio de perfeccionamiento del hombre.

[14] *Manfredo:* drama en verso de Lord Byron, publicado en 1817 e inspira-

es, para la naturaleza, el excelso coronamiento de su obra, que hace terminarse el proceso de ascensión de las formas organizadas, con la llamarada del espíritu. Ariel triunfante, significa idealidad y orden en la vida, noble inspiración en el pensamiento, desinterés en moral, buen gusto en arte, heroísmo en la acción, delicadeza en las costumbres. Él es el héroe epónimo en la epopeya de la especie; él es el inmortal protagonista; desde que con su presencia inspiró los débiles esfuerzos de racionalidad del hombre prehistórico, cuando por primera vez dobló la frente oscura para labrar el pedernal o dibujar una grosera imagen en los huesos de reno; desde que con sus alas avivó la hoguera sagrada que el aria primitivo, progenitor de los pueblos civilizadores, amigo de la luz, encendía en el misterio de las selvas del Ganges, para forjar con su fuego divino el cetro de la majestad humana, hasta que, dentro ya de las razas superiores, se cierne, deslumbrante, sobre las almas que han extralimitado las cimas naturales de la Humanidad; lo mismo sobre los héroes del pensamiento y el ensueño que sobre los de la acción y el sacrificio; lo mismo sobre Platón en el promontorio de Sunium[15], que sobre San Francisco de Asís en la soledad de Monte Albernia[16]. Su fuerza incontrastable tiene por impulso todo el movimiento ascendente de la vida. Vencido una y mil veces por la indomable rebelión de Calibán, proscrito por la barbarie vencedora, asfixiado en el humo de las batallas, manchadas las alas transparentes al rozar el «eterno estercolero de Job»[17], Ariel resurge

---

do en el *Fausto* de Goethe. Manfredo, un personaje frustrado y destructivo, se acerca a la morada de los espíritus malignos, donde un demonio, Ahrimán, le quiere someter. Manfredo les pide que evoquen a sus muertos y se le aparece su amada, Astarté. Ésta le comunica su próxima muerte y Manfredo no transige en someterse al poder de los demonios, por lo que muere al día siguiente.

[15] *Sunium o Sunion:* cabo elevado en la costa de Grecia, donde aún se conservan las ruinas del templo de Poseidón, de la época de Pericles.

[16] *Monte Albernia:* en 1224 San Francisco de Asís recibió durante una meditación en el Monte Albernia, situado entre el Tíber y el Arno, una visión de Cristo. Según los biógrafos del santo, desde ese momento la señal de los estigmas sagrados quedó grabada en su carne, como prueba de la aparición y de su santidad.

[17] *El eterno estercolero de Job:* en la Biblia (Job 2, 7-11) se cuenta cómo Satán

inmortalmente, Ariel recobra su juventud y su hermosura, y acude ágil, como al mandato de Próspero, al llamado de cuantos le aman e invocan en la realidad. Su benéfico imperio alcanza, a veces, aun a los que le niegan y le desconocen. Él dirige a menudo las fuerzas ciegas del mal y la barbarie para que concurran, como las otras, a la obra del bien. Él cruzará la historia humana entonando, como en el drama de Shakespeare, su canción melodiosa, para animar a los que trabajan y a los que luchan, hasta que el cumplimiento del plan ignorado a que obedece le permita —cual se liberta, en el drama, del servicio de Próspero— romper sus lazos materiales y volver para siempre al centro de su lumbre divina.

Aún más que para mi palabra, yo exijo de vosotros un dulce e indeleble recuerdo para mi estatua de Ariel. Yo quiero que la imagen leve y graciosa de este bronce se imprima desde ahora en la más segura intimidad de vuestro espíritu. Recuerdo que una vez que observaba el monetario de un museo provocó mi atención en la leyenda de una vieja moneda la palabra *Esperanza*, medio borrada sobre la palidez decrépita del oro. Considerando la apagada inscripción, ya meditaba en la posible realidad de su influencia. ¿Quién sabe qué activa y noble parte sería justo atribuir, en la formación del carácter y en la vida de algunas generaciones humanas, a ese lema sencillo actuando sobre los ánimos como una insistente sugestión? ¿Quién sabe cuántas vacilantes alegrías persistieron, cuántas generosas empresas maduraron, cuántos fatales propósitos se desvanecieron, al chocar las miradas con la palabra alentadora, impresa, como un gráfico grito, sobre el disco metálico que circuló de mano en mano?... Pueda la imagen de este bronce —troquelados vuestros corazones con ella— desempeñar en vuestra vida el mismo inaparente pero decisivo papel. Pueda ella, en las horas sin luz del desaliento, reanimar en vuestra conciencia el entusiasmo por el ideal va-

---

puso a prueba la fe del patriarca bíblico, arruinándolo y causándole una terrible llaga que cubría todo su cuerpo. Job, desesperado, «fue a sentarse entre la basura» hasta que reconoció la voluntad divina. Entonces fue curado y se le restituyó su ingente riqueza.

cilante, devolver a vuestro corazón el calor de la esperanza perdida. Afirmado primero en el baluarte de vuestra vida interior, Ariel se lanzará desde allí a la conquista de las almas. Yo le veo, en el porvenir, sonriéndoos con gratitud, desde lo alto, al sumergirse en la sombra vuestro espíritu. Yo creo en vuestra voluntad, en vuestro esfuerzo; y más aún en los de aquellos a quienes daréis la vida y transmitiréis vuestra obra. Yo suelo embriagarme con el sueño del día en que las cosas reales harán pensar que la Cordillera que se yergue sobre el suelo de América ha sido tallada para ser el pedestal de esta estatua, para ser el ara inmutable de su veneración!

Así habló Próspero. Los jóvenes discípulos se separaron del maestro después de haber estrechado su mano con afecto filial. De su suave palabra, iba con ellos la persistente vibración en que se prolonga el lamento del cristal herido, en un ambiente sereno. Era la última hora de la tarde. Un rayo del moribundo sol atravesaba la estancia, en medio de discreta penumbra, y tocando la frente de bronce de la estatua parecía animar en los altivos ojos de Ariel la chispa inquieta de la vida. Prolongándose luego, el rayo hacía pensar en una larga mirada que el genio, prisionero en el bronce, enviase sobre el grupo juvenil que se alejaba. Por mucho espacio marchó el grupo en silencio. Al amparo de un recogimiento unánime se verificaba en el espíritu de todos ese fino destilar de la meditación, absorta en cosas graves, que un alma santa ha comparado exquisitamente a la caída lenta y tranquila del rocío sobre el vellón de un cordero. Cuando el áspero contacto de la muchedumbre les devolvió a la realidad que les rodeaba, era la noche ya. Una cálida y serena noche de estío. La gracia y la quietud que ella derramaba de su urna de ébano sobre la tierra triunfaban de la prosa flotante sobre las cosas dispuestas por manos de los hombres. Sólo estorbaba para el éxtasis la presencia de la multitud. Un soplo tibio hacía estremecerse el ambiente con lánguido y delicioso abandono, como la copa trémula en la mano de una bacante. Las sombras, sin ennegrecer el cielo purísimo, se limitaban a dar a su azul el tono oscuro en que parece expresarse una serenidad pensadora. Esmaltándolas, los grandes astros centelleaban en medio de un cortejo infinito; Aldebarán, que ciñe una púrpura de luz; Sirio, como la cavidad de un nielado cáliz de plata volcado sobre el mundo; el Crucero, cuyos brazos abiertos se tienden sobre el suelo de América como para defender una última esperanza...

Y fue entonces, tras el prolongado silencio, cuando el más joven del grupo, a quien llamaban *Enjorlás* por su ensimismamiento reflexivo[18], dijo, señalando sucesivamente la perezosa ondulación del rebaño humano y la radiante hermosura de la noche:

—Mientras la muchedumbre pasa, yo observo que, aunque ella no mira al cielo, el cielo la mira. Sobre su masa indiferente y oscura, como tierra del surco, algo desciende de lo alto. La vibración de las estrellas se parece al movimiento de unas manos de sembrador.

---

[18] *Enjorlás:* personaje de *Los miserables*, de Víctor Hugo. Brotherston asocia la frase de este personaje con el poema «Saison des semailles, le soir», también de V. Hugo.